Uśmiechu na twarzy,
Życia jak zabawy,
Szczęścia bez liku,
Wspomnień jak w pamiętniku,
Zero zazdrości,
Ale mega dużo miłości!

Tego życzy Tobie Mysiu
Twój Ziorek :)

J.R.R.
TOLKIEN
Dzieci Húrina

Dzieła J.R.R. Tolkiena
w Wydawnictwie Amber

Władca Pierścieni

Silmarillion

Hobbit

Niedokończone opowieści

Księga Zaginionych Opowieści

oraz

Gospodarz Giles z Ham

Kowal z Przylesia Wielkiego

Pan Gawen i Zielony Rycerz

Przygody Toma Bombadila

J.R.R. TOLKIEN

Dzieci Húrina

Redakcja
Christopher Tolkien

Ilustracje
Alan Lee

Przekład
AGNIESZKA SYLWANOWICZ
(„Evermind")

AMBER

Redakcja merytoryczna
dr nauk humanistycznych Marek Gumkowski

Korekta
Janina Stasiszyn

Opracowanie graficzne okładki
Wydawnictwo Amber

Skład
Wydawnictwo Amber

Druk
Drukarnia Naukowo-Techniczna
Oddział Polskiej Agencji Prasowej SA, Warszawa, ul. Mińska 65

Tytuł oryginału
The Children of Húrin

Ilustracje
© Alan Lee 2007

ISBN 978-83-241-2815-0

Warszawa 2007. Wydanie I

Wydawnictwo AMBER Sp. z o.o.
00-060 Warszawa, ul. Królewska 27
tel. 620 40 13, 620 81 62

www.wydawnictwoamber.pl

Dzieci Húrina

Dzieło, nad którym Tolkien pracował przez całe życie, wydane po raz pierwszy w ponad 30 lat od śmierci jednego z największych pisarzy XX wieku

Historia Túrina i jego siostry Niënor – dzieci Húrina, człowieka, który śmiał się przeciwstawić Czarnemu Władcy – toczy się na długo przed wydarzeniami *Władcy Pierścieni*, w rozległej krainie za Szarymi Przystaniami, na ziemiach, po których chadzał niegdyś Drzewiec, zatopionych podczas wielkiego kataklizmu, jaki zakończył Pierwszą Erę świata. W odległych czasach, gdy na Północy wznosiła się ogromna twierdza pierwszego Czarnego Władcy.

To opowieść o wojnie rozpętanej przez Morgotha przeciwko elfom i ludziom, o nienawiści i zemście, o odwadze i słabnącej nadziei, o strachu i o zmaganiu się z przeznaczeniem. O losach Túrina i Niënor, naznaczonych straszliwą klątwą Czarnego Władcy.

J.R.R. Tolkien

John Ronald Reuel Tolkien (1892–1973), światowej sławy angielski pisarz, zasłynął jako twórca niepowtarzalnego gatunku literackiego i niezwykłej krainy fikcji, która od lat zachwyca kolejne pokolenia czytelników na całym świecie.

Źródłem inspiracji dla powstania *Hobbita, Władcy Pierścieni, Silmarillionu, Niedokończonych opowieści* były legendy. Lecz sięgając do mitów greckich i rzymskich, celtyckich i anglosaskich, legend arturiańskich, karolińskich i germańskich, Tolkien – profesor języka staroangielskiego w Oksfordzie, jeden z najlepszych filologów swoich czasów – powołał do życia własną, na wskroś oryginalną mitologię. Rozmach tego przedsięwzięcia jest oszałamiający, a niepowtarzalny świat Śródziemia – najbardziej zwarty i drobiazgowo wymyślony świat w historii literatury – zapisał się trwale we współczesnej kulturze. W 2001, 2002 i 2003 roku zachwycił miliony widzów dzięki wielkiej filmowej trylogii *Władca Pierścieni.*

J.R.R. Tolkien zaczął pisać *Dzieci Húrina* w 1918 roku i pracował nad tą opowieścią przez całe życie. Christopher Tolkien, syn pisarza i opiekun jego spuścizny literackiej, przez trzydzieści lat uzupełniał nieukończone dzieło na podstawie materiałów pozostawionych przez ojca.

Dla Baillie Tolkien

Spis treści

Tablice genealogiczne

Dodatek

Przedmowa

Nie ulega wątpliwości, że istnieje bardzo wielu czytelników *Władcy Pierścieni*, którzy legendy Dawnych Dni (opublikowane w różnych formach w *Silmarillionie*, *Niedokończonych opowieściach* oraz *The History of Middle-earth*) znają wyłącznie ze słyszenia jako utwory dziwne i ze względu na styl trudne w odbiorze. Dlatego też od dawna uważam, że warto przedstawić spisaną przez mego ojca długą wersję legendy o dzieciach Húrina w formie niezależnego utworu, w oddzielnej książce, z jak najmniejszą liczbą uwag redaktorskich, a przede wszystkim – jako ciągłą opowieść bez luk czy przerw, mimo że ojciec mój pozostawił niektóre jej części w stanie niedokończonym.

Sądzę, że jeśli uda się w ten sposób przedstawić historię losów Túrina i Niënor, dzieci Húrina i Morweny, to otworzy się widok na miejsca położone w nieznanym Śródziemiu i na rozgrywającą się tam historię, barwną i przemawiającą bezpośrednio do czytelnika, a zarazem pomyślaną jako przekaz z zamierzchłej przeszłości. Widok na zatopione ziemie na zachodzie, za Górami Błękitnymi, gdzie w młodości przechadzał się Drzewiec, a także widok ukazujący Dor-lómin, Doriath, Nargothrond i las Brethil, gdzie wiódł życie Túrin Turambar.

Ta książka jest zatem przeznaczona przede wszystkim dla tych czytelników, którzy mogą pamiętać, że skóra Szeloby była tak straszliwie twarda, że „najtęższy człowiek nie zdołałby jej rozpłatać, nie dokonałaby tego nawet ręka Berena czy Túrina zbrojna w stal wykutą przez elfów lub krasnoludów*", albo że w Rivendell Elrond, zwracając się do Froda, nazwał Túrina jednym z „dawnych potężnych przyjaciół elfów**", lecz nic więcej o Túrinie nie wiedzą.

Podczas I wojny światowej, na długo przedtem, nim powstały choćby zręby opowieści, które później miały przekształcić się w *Hobbita* i *Władcę Pierścieni*, mój ojciec, będąc wtedy jeszcze młodym człowiekiem, zaczął tworzyć zbiór historii, który nazywał „Księgą zaginionych opowieści". Było to jego pierwsze dzieło literackie osadzone w wyimaginowanym świecie i do tego dość pokaźne, choć bowiem pozostało nieukończone, zawiera czternaście w pełni ukształtowanych opowieści. To w „Księdze zaginionych opowieści" po raz pierwszy pojawiają się Bogowie, czyli Valarowie, elfowie i ludzie jako Dzieci Ilúvatara (Stwórcy), Melkor-Morgoth jako Wielki Nieprzyjaciel, Balrogowie i orkowie, a także ziemie, na których rozgrywa się akcja opowieści: Valinor, „ziemia Bogów" za zachodnim oceanem, oraz „Wielka Kraina" (później nazwana „Śródziemiem") między wschodnim i zachodnim morzem.

Wśród „Zaginionych opowieści" były trzy o wiele dłuższe i lepiej rozwinięte od pozostałych; bohaterami wszystkich trzech są zarówno ludzie, jak i elfowie. Są to: *Opowieść o Tinúviel* (pojawia się ona w skróconej formie we *Władcy Pierścieni* jako historia Berena i Lúthien, którą Aragorn opowiada hobbitom na Wichrowym Czubie; ojciec mój napisał ją w 1917 roku), *Turambar i Foalókë* („Túrin Turambar i smok", z pewnością istniejąca już w 1919 roku, jeśli nie wcześniej) oraz *Upadek Gondolinu* (1916–1917). W często cytowanym fragmencie długiego listu – napisanego

---

* J.R.R. Tolkien *Dwie Wieże*, przekład Maria i Cezary Frąc, Amber, Warszawa 2001, s. 314 (przyp. red.).

** J.R.R. Tolkien *Drużyna Pierścienia*, przekład Maria i Cezary Frąc, Amber, Warszawa 2001, s. 259 (przyp. red.).

w 1951 roku, na trzy lata przed wydaniem *Drużyny Pierścienia* – w którym przedstawiał swoje dzieło, ojciec wyjawił ambitny młodzieńczy zamiar: „Kiedyś jednak (dawno już przestałem się z tego powodu puszyć) chciałem stworzyć zbiór mniej lub więcej powiązanych ze sobą legend, począwszy od tych największych, kosmogonicznych, aż do poziomu romantycznej baśni – te większe miały być oparte na mniejszych, pozostających w kontakcie z ziemią, a mniejsze miały czerpać chwałę z rozległego tła tamtych (...). Niektóre z wielkich opowieści napisałbym w całości, a inne pozostawiłbym ledwie naszkicowane, o jedynie zaznaczonym planie".

Owo wspomnienie dowodzi, że w koncepcji tego, co później zostało nazwane *Silmarillionem*, od dawna mieściła się myśl, iż niektóre z opowieści powinny otrzymać znacznie pełniejszą postać; w tym samym liście z 1951 roku ojciec wyraźnie stwierdzał, że wymienione wyżej trzy historie są najdłuższymi w „Księdze zaginionych opowieści". Nazwał tu historię Berena i Lúthien „główną opowieścią *Silmarillionu*" i tak o niej napisał: „Opowieść jest (moim zdaniem pięknym i poruszającym) romansem heroiczno-baśniowym, zrozumiałym nawet przy bardzo ogólnej, mglistej znajomości tła. Stanowi on jednak także zasadnicze ogniwo cyklu, poza jego kontekstem tracące swe pełne znaczenie". I dalej: „Są inne, niemal w równym stopniu rozwinięte i niezależne opowieści, splatające się jednak z ogólną historią", czyli *Dzieci Húrina* i *Upadek Gondolinu*.

Opierając się na słowach mego ojca, sądzę, iż nie ulega wątpliwości, że gdyby zdołał doprowadzić do ostatecznej, ukończonej postaci narrację utrzymaną w zamierzonej przez siebie skali, to trzy Wielkie Opowieści z Dawnych Dni (o Berenie i Lúthien, dzieciach Húrina oraz upadku Gondolinu) uznałby za utwory na tyle kompletne, że niewymagające znajomości obszernego zbioru ledend, znanego jako *Silmarillion*. Z drugiej strony, jak zauważył ojciec w tym samym miejscu, opowieść o dzieciach Húrina jest integralną częścią historii elfów i ludzi w Dawnych Dniach, z konieczności zawiera więc sporo odniesień do wydarzeń i okoliczności wspominanych w tej większej opowieści.

Czymś całkowicie sprzecznym z koncepcją tej książki byłoby obciążenie jej mnogością przypisów, podających informacje o postaciach i wydarzeniach, które i tak rzadko kiedy mają istotne znaczenie dla bezpośredniej narracji. Jednakże taka pomoc może się okazać gdzieniegdzie użyteczna, dlatego też we Wstępie naszkicowałem pokrótce obraz Beleriandu i jego mieszkańców pod koniec Dawnych Dni, kiedy to urodzili się Túrin i Niënor; zamieściłem również mapę Beleriandu i ziem leżących na północ od niego oraz spis wszystkich imion i nazw geograficznych występujących w tekście wraz ze zwięzłymi opisami, a także uproszczone tablice genealogiczne.

Na końcu książki znajduje się dwuczęściowy Dodatek: pierwsza jego część dotyczy prób, jakie podejmował mój ojciec, by nadać owym trzem opowieściom ostateczny kształt, druga zaś kompozycji tekstu w tej książce, która pod wieloma względami różni się od układu w *Niedokończonych opowieściach*.

Jestem bardzo wdzięczny mojemu synowi, Adamowi Tolkienowi, za jego nieoszacowaną pomoc przy rozmieszczeniu i prezentacji materiału we Wstępie i Dodatku oraz za bezbolesne wprowadzenie książki do onieśmielającej (mnie przynajmniej) rzeczywistości przekazów elektronicznych.

Wstęp

Śródziemie za Dawnych Dni

Postać Túrina miała głębokie znaczenie dla mego ojca, który, posługując się bezpośrednim opisem i tworząc wrażenie naoczności, odmalował przejmujący obraz jego dzieciństwa, stanowiący zasadniczy element całej opowieści. Ukazał surowość i brak wesołości chłopca, jego poczucie sprawiedliwości oraz zdolność do współczucia. Dał także portret Húrina, człowieka bystrego, wesołego i optymistycznego, oraz Morweny – powściągliwej, odważnej i dumnej matki Túrina; nie zapomniał też o życiu rodziny w zimnej krainie Dor-lómin w latach już naznaczonych strachem, po przerwaniu przez Morgotha Oblężenia Angbandu, poprzedzających narodziny Túrina.

Lecz wszystko to rozgrywało się w Dawnych Dniach, w Pierwszej Erze świata, w czasach niewyobrażalnie zamierzchłych. Głębia czasu, do jakiej sięga ta opowieść, została ukazana w pamiętnym fragmencie *Władcy Pierścieni*, gdy podczas wielkiej narady w Rivendell Elrond mówi o Ostatnim Sojuszu elfów i ludzi oraz o pokonaniu Saurona pod koniec Drugiej Ery, czyli przed ponad trzema tysiącami lat:

W tym miejscu Elrond przerwał opowieść i westchnął.
– Dobrze pamiętam świetność ich sztandarów – rzekł po chwili. – Przypomniały mi chwałę Dawnych Dni i armie Beleriandu, tak wielu wielkich książąt i wodzów wówczas się zebrało. Choć nie było ich tylu i nie byli tak potężni jak wówczas, kiedy upadł Thangorodrim, odnieśli zwycięstwo, a elfowie pochopnie uwierzyli, że zło nigdy już się nie odrodzi.
– Pamiętasz to? – zapytał ze zdumieniem Frodo. – Sądziłem... – zająknął się, gdy Elrond obrócił się w jego stronę – sądziłem, że upadek Gil-galada miał miejsce bardzo dawno temu.
– Tak było – przyznał Elrond z powagą. – Ale moja pamięć sięga nawet do Dawnych Dni. Eärendil, który narodził się w Gondolinie przed jego upadkiem, był moim ojcem, moją matką zaś była Elwing, córka Diora, syna Lúthien z Doriath. Widziałem trzy epoki świata Zachodu, liczne klęski i wiele bezowocnych zwycięstw*.

Túrin urodził się w Dor-lóminie „zimą owego roku", jak zostało zapisane w *Annals of Beleriand* (Kronikach Beleriandu), „wśród zwiastunów smutku", mniej więcej sześć i pół tysiąca lat przed Naradą u Elronda w Rivendell.

Tragedii życia Túrina w żaden sposób nie można tłumaczyć jedynie jego charakterem. Przyszło mu bowiem wieść życie osaczonego, nad którym ciąży przekleństwo przemożnej i tajemniczej potęgi, życie obłożonego klątwą nienawiści, rzuconą przez Morgotha na Húrina, Morwenę oraz ich dzieci za to, że Húrin mu się przeciwstawił i nie ugiął przed jego wolą. Morgoth zaś, nazywany później Czarnym Nieprzyjacielem, był pierwotnie – jak to oznajmił przyprowadzonemu przed swe oblicze pojmanemu Húrinowi – „Melkorem, pierwszym i najpotężniejszym z Valarów, który był, zanim powstał świat". Teraz na trwałe nosił cielesną postać, występując jako olbrzym i majestatyczny, lecz straszliwy król północnego zachodu Śródziemia i fizycznie przebywając w swej ogromnej fortecy Angbandzie, Piekle Żelaza. Czarne wyziewy, które, unosząc się nad szczytami Thangorodrimu – gór, które Morgoth wypiętrzył nad

* J.R.R. Tolkien *Drużyna Pierścienia*, op. cit., s. 233–234 (przyp. red.).

Angbandem – plamiły północne niebo, widać było z daleka. Powiada się w *Annals of Beleriand*, że „bramy Morgotha od mostu Menegrothu dzieliło ledwie sto pięćdziesiąt staj; wiele, a zarazem o wiele za mało". Słowa te odnoszą się do mostu prowadzącego do siedziby króla elfów Thingola, który przyjął Túrina na wychowanie; siedziba ta zwała się Menegroth, Tysiąc Grot, i leżała daleko na południowy wschód od Dor-lóminu.

Jednak przybrawszy cielesną postać, Morgoth odczuwał strach. Mój ojciec napisał o nim: „W miarę jak wzrastał w złośliwość i wysyłał z siebie zło, które zasiewał w swych kłamstwach i nikczemnych stworach, jego moc przechodziła na nie i się rozpraszała, a on sam stawał się coraz bardziej związany z ziemią i niechętnie opuszczał swe mroczne twierdze". Toteż kiedy Fingolfin, Najwyższy Król Noldorów, samotnie pojechał konno do Angbandu, by wyzwać Morgotha na pojedynek, zawołał u bram: „Wynijdź, tchórzliwy królu, i własną prawicą ujmij oręż! Ty, który gnieździsz się w jamach, władasz niewolnikami, kłamco i czatowniku, wrogu Bogów i elfów, wynijdź! Chcę bowiem ujrzeć twą bojaźliwą twarz". Wtedy (jak powiadają) „Morgoth wyszedł. Nie mógł bowiem odrzucić takiego wyzwania w przytomności swoich dowódców". Walczył olbrzymim młotem Grondem, który każdym uderzeniem wybijał w ziemi wielką dziurę, i w końcu powalił Fingolfina, lecz umierając, król przygwoździł ogromną stopę Morgotha do ziemi „i trysnęła czarna krew, wypełniając dziury wybite przez Grond. Odtąd Morgoth już zawsze chromał". Także kiedy Beren i Lúthien pod postaciami wilka i nietoperzycy zakradli się do najgłębiej położonej sali Angbandu, w której zasiadał Morgoth, a Lúthien rzuciła na niego zaklęcie, „nagle padł jak góra rozsypująca się w lawinie, runął z łoskotem ze swego tronu i legł twarzą do ziemi na dnie piekła. Żelazna korona z głośnym brzękiem stoczyła się z jego głowy"*.

Klątwa takiej istoty, która może głosić, iż „cień mego zamysłu wisi nad Ardą [Ziemią] i wszystko, co się na niej znajduje, powoli i nieuchronnie nagina się do mej woli", jest niepodobna do klątw czy przekleństw istot

---

* J.R.R. Tolkien *Silmarillion*, przekład Maria Skibniewska, Amber, Warszawa 2006, s. 187 (przyp. red.).

o znacznie mniejszej mocy. Morgoth nie „sprowadza" zła czy nieszczęść na Húrina i jego dzieci, nie „odwołuje się" do jakiejś wyższej potęgi, występując w roli jej przedstawiciela: on bowiem, „Pan losów Ardy", jak się nazwał, mówiąc do Húrina, zamierza zniszczyć swego wroga siłą własnej przepotężnej woli. W ten sposób „planuje" przyszłość tych, których nienawidzi, i w związku z tym mówi do Húrina: „nad wszystkimi, których miłujesz, myśl moja ciążyć będzie jak chmura zagłady, aż przywiedzie ich ku ciemności i rozpaczy".

Męką, jaką wymyślił dla Húrina, było „widzenie oczyma Morgotha". Mój ojciec tak to zdefiniował: ktoś zmuszony do patrzenia na świat poprzez oko Morgotha „widziałby" (lub odbierałby bezpośrednio swym umysłem z umysłu Morgotha) przekonujący i wiarygodny obraz wydarzeń, zniekształcony jednak przez niewyczerpaną złośliwość Morgotha. Jeśli nawet ktokolwiek byłby w stanie sprzeciwić się rozkazowi Morgotha, to Húrin tego nie uczynił. Według wyjaśnień ojca stało się tak częściowo dlatego, że miłość do rodziny i pełen udręki niepokój o nią kazały Húrinowi dowiadywać się wszystkiego, czego tylko mógł, bez względu na źródło wiadomości, a częściowo z powodu jego dumy, ponieważ Húrin wierzył, że pokona Morgotha swoimi argumentami i że może wygrać z nim pojedynek na spojrzenia, a przynajmniej zachować zdolność krytycznego myślenia oraz rozróżniania faktów od złośliwych omamień.

Taki był los Húrina, posadzonego wysoko na zboczu Thangorodrimu bez możliwości ruchu, gdy coraz większą gorycz zsyłał nań jego dręczyciel. Trwało to przez całe życie Túrina, od chwili opuszczenia Dor-lóminu, i przez całe życie jego siostry Niënor, która nigdy nie widziała ojca.

Wydaje się, że w opowieści o Túrinie, który sam siebie nazwał Turambarem, Panem Losu, klątwa Morgotha jawi się jako wyzwolona potęga czynienia zła, wyszukująca swe ofiary. O samym upadłym Valarze powiedziano, że boi się on, iż Túrin „wzrośnie w taką siłę, iż zniweczy ciążącą na nim klątwę i uniknie przeznaczonego mu losu" (s. 116). Później w Nargothrondzie Túrin będzie ukrywał swoje prawdziwe imię i rozzłości się, kiedy Gwindor je wyjawi: „Źle mi się przysłużyłeś, przyjacielu, zdradzając moje prawdziwe imię i sprowadzając na mnie przeznaczenie, przed którym chciałem się przyczaić w ukryciu". To Gwindor powiedział wcześniej Túrinowi o pogłosce krążącej po Angbandzie, gdzie był więźniem, że Morgoth rzucił klątwę na Húrina i cały jego ród. Teraz jednak odparł, w odpowiedzi na gniewne słowa Túrina: „Przeznaczenie ściga ciebie, a nie twoje imię".

Ta złożona koncepcja ma tak zasadnicze znaczenie dla opowieści, że ojciec zaproponował nawet nadanie jej alternatywnego tytułu: *Narn e·'Rach Morgoth, Opowieść o klątwie Morgotha*. Swoją opinię na ten temat zawarł w słowach: „Tak zakończyła się opowieść o losach nieszczęsnego Túrina, najgorszym z uczynków Morgotha wobec ludzi w pradawnym świecie".

Kiedy Drzewiec szedł przez las Fangorn, trzymając na rękach Merry'ego i Pippina, śpiewał im o miejscach, które znał w zamierzchłych czasach, i o drzewach, które tam rosły:

Po wierzbowych łąkach Tasarinan wędrowałem w czas wiosny.
Ach! Jakiż był to widok i woń wiosny w Nan-tasarion!
Rzekłem – to dobre jest.
Przez wiązowe Ossiriandu knieje wędrowałem w czas lata.
Ach! Jakiż blask, jakie brzmienie lata wśród Siedmiu Ossiru Rzek!
Pomyślałem – to lepsze jest.
Ku brzezinom Neldoreth w czas jesieni przybyłem.
Ach! Jakaż purpura i złoto, jakiż szept liści jesiennych w Taur-na-neldor!
To więcej, niż mógłbym zapragnąć.
Do Dorthonion borów sosnowych w porze zimy się wspiąłem.
Ach! Jakaż biel, jakiż wicher w czarnych konarach na Orod-na-Thôn!
Głos swój wzniosłem, śpiewając, ku niebu.
A dziś wszystkie te kraje spoczywają w głębinie,
A ja wędruję po Ambaróna, po Tauremorna, po Aldalómë,
Po ziemi mej własnej, po kraju Fangorna,
Gdzie głęboko sięgają korzenie,
A lat pokłady są grubsze niż liści opadłych,
*Tu, w Tauremornalómë**.

* J.R.R. Tolkien *Dwie Wieże*, op. cit., s. 71–72 (przyp. red.).

Pamięć Drzewca, „Enta z ziemi zrodzonego i jak góry starego”, istotnie sięgała daleko. Wspominał pradawne lasy rozległej krainy Beleriand, która została zniszczona podczas Wielkiej Bitwy pod koniec Dawnych Dni. Wielkie Morze zatopiło wszystkie ziemie na zachód od Gór Błękitnych, nazywanych Ered Luin i Ered Lindon: mapa dołączona do *Silmarillionu* kończy się na wschodzie na tym właśnie paśmie górskim, podczas gdy mapa we *Władcy Pierścieni* kończy się tym samym łańcuchem na zachodzie. Leżące za górami kraje nadbrzeżne, opisane na tej mapie jako Forlindon i Harlindon (Lindon Północny i Lindon Południowy), są jedynymi w Trzeciej Erze pozostałościami krain nazywanych Ossiriandem, Krajem Siedmiu Rzek, oraz Lindonem, po którego wiązowych lasach chodził niegdyś Drzewiec.

Chodził także wśród wielkich sosen na wyżynie Dorthonion (Kraju Sosen), która później zyskała nazwę Taur-nu-Fuin, Las Okryty Nocą, kiedy Morgoth zmienił ją w „krainę budzącą przerażenie i pełną mrocznych omamów, w krainę zrozpaczonych, błąkających się wędrowców” (s. 120); przybył także do Neldoreth, lasu leżącego w północnej części Doriathu, królestwa Thingola.

Scenerią strasznych kolei losu Túrina był Beleriand i krainy leżące na północ od niego; ważną też rolę pełniły w jego życiu Dorthonion i Doriath, po których przechadzał się Drzewiec. Túrin urodził się w czasie wojny, choć ostatnia i największa bitwa w Beleriandzie została stoczona, gdy był jeszcze dzieckiem. Krótkie wyjaśnienie dotyczące tych spraw pozwoli odpowiedzieć na pytania, jakie rodzą się w trakcie rozwoju opowieści, i wyjaśnić kwestie, do których się w niej nawiązuje.

Na północy granicę Beleriandu stanowiły Ered Wethrin, Góry Cienia, za którymi leżał kraj Húrina, Dor-lómin, należący do Hithlumu, na wschodzie zaś Beleriand rozciągał się aż do podnóża Gór Błękitnych. Dalej na wschód leżały ziemie, które prawie się nie pojawiają w historii Dawnych Dni, lecz ludy, które tę historię ukształtowały, przybyły ze wschodu przez przełęcze w Górach Błękitnych.

Elfowie pojawili się na Ziemi daleko na wschodzie, nad jeziorem Cuiviénen, Wodą Przebudzenia, a gdy Valarowie wezwali ich, by opuścili Śródziemie, przebyli Wielkie Morze i zawitali do Błogosławionego Królestwa Amanu – leżącej na zachodzie świata krainy Bogów. Tych, którzy odpowiedzieli na wezwanie, poprowadził w wielkim marszu Valar Oromë, Myśliwy, a nazwano ich Eldarami, Ludem Wielkiej Wędrówki lub Elfami Wysokiego Rodu – dla odróżnienia od tych, którzy odrzucili wezwanie Valarów i wybrali Śródziemie jako swoją ziemię i swoje przeznaczenie. To „pomniejsi elfowie", nazywani Avarimi, co oznacza Oporni.

Lecz nie wszyscy Eldarowie odeszli za Morze, mimo że przekroczyli Góry Błękitne; ci, którzy pozostali w Beleriandzie, są nazywani Sindarami, Elfami Szarymi. Ich królem był Thingol (co znaczy Szary Płaszcz), rządzący z Menegrothu, Tysiąca Grot, w Doriacie. Nie wszyscy też elfowie, którzy przebyli Morze, zostali w krainie Valarów; jeden bowiem z ich wielkich szczepów, Noldorowie (Mądrzy), wrócił do Śródziemia. Nazwano ich Wygnańcami. Przywódcą ich buntu przeciwko Valarom był Fëanor, Duch Ognisty, najstarszy syn Finwëgo – elfa, który niegdyś przyprowadził zastęp Noldorów z Cuiviénen, lecz teraz już nie żył. To główne wydarzenie w historii elfów mój ojciec tak pokrótce opisał w Dodatku A do *Władcy Pierścieni*:

Fëanor był najznakomitszym artystą i uczonym pośród Eldarów, był też jednak najbardziej pyszny i samowolny. Wykonał Trzy Klejnoty, słynne Silmarile, i wypełnił je blaskiem Dwóch Drzew, zwanych Telperion i Laurelin, które dawały światło krainie Valarów. Nieprzyjaciel Morgoth spoglądał na Klejnoty z pożądliwością, wykradł je więc po zniszczeniu Drzew, zabrał do Śródziemia i trzymał w ukryciu swojej wielkiej fortecy Thangorodrimie [góry nad Angbandem]. Wbrew woli Valarów Fëanor opuścił Błogosławione Królestwo i odszedł na wygnanie do Śródziemia, prowadząc ze sobą większą część swego ludu. W swojej pysze zamierzał odzyskać siłą Klejnoty z rąk Morgotha. Rozpoczęła się rozpaczliwa wojna Eldarów i Edainów przeciw Thangorodrimowi, w której ostatecznie ponieśli oni straszną klęskę*.

Fëanor zginął w bitwie wkrótce po powrocie Noldorów do Śródziemia, a jego siedmiu synów zajęło rozległe ziemie na wschodzie Beleriandu, między Dorthonionem (Taur-nu-Fuin) a Górami Błękitnymi, lecz

---

* J.R.R. Tolkien *Powrót Króla*, przekład Maria i Cezary Frąc, Amber, Warszawa 2002, s. 286 (przyp. red.).

ich potęga została zmiażdżona w straszliwej Bitwie Nieprzeliczonych Łez, opisanej w *Dzieciach Húrina*, po której „synowie Fëanora rozproszyli się niby liście niesione wiatrem" (s. 50).

Drugim synem Finwëgo był Fingolfin (przyrodni brat Fëanora), uznany za zwierzchnika wszystkich Noldorów; wraz ze swoim synem Fingonem rządził Hithlumem, leżącym na północny zachód od wielkiego łańcucha Ered Wethrin, Gór Cienia. Fingolfin mieszkał w krainie Mithrim, nad brzegiem wielkiego jeziora o tej samej nazwie, a Fingon zajął Dor-lómin na południu Hithlumu. Ich główną twierdzą była Barad Eithel (Wieża Źródła) przy Eithel Sirion (Źródłach Sirionu), gdzie na wschodnich stokach Gór Cienia brała swój początek rzeka Sirion. Służył tam przez wiele lat jako żołnierz Sador, stary okaleczony sługa Húrina i Morweny, o czym opowiadał Túrinowi (s. 35). Po śmierci Fingolfina w pojedynku z Morgothem godność Najwyższego Króla Noldorów objął Fingon. Túrin widział go raz, kiedy „król Fingon przejeżdżał przez Dor-lómin ze swymi wasalami i, błyszcząc srebrem i bielą, przekroczył most na Nen Lalaith" (s. 34).

Drugim synem Fingolfina był Turgon. Początkowo, po powrocie Noldorów, mieszkał nad morzem w Nevraście, na zachód od Dor-lóminu, w siedzibie zwanej Vinyamar, lecz później w tajemnicy przed światem zbudował ukryte miasto Gondolin. Było ono rozłożone na wzgórzu pośrodku równiny Tumladen, całkowicie otoczonej przez Góry Okrężne, na wschód od Sirionu. Kiedy po wielu latach mozolnej pracy Gondolin został wybudowany, Turgon wyprowadził się z Vinyamaru i zamieszkał tam ze swoim ludem, składającym się z Noldorów i Sindarów. Położenie tej przepięknej elfickiej fortecy było utrzymywane w najgłębszej tajemnicy przez wiele stuleci, ponieważ jedyna prowadząca do niej droga była nie do odkrycia i pilnie jej strzeżono, tak że do miasta nie mógł się przedostać nikt obcy, a Morgoth nie potrafił się dowiedzieć, gdzie ono leży. Turgon wyszedł z Gondolinu wraz ze swoją wielką armią dopiero wtedy, gdy doszło do Bitwy Nieprzeliczonych Łez, czyli po ponad trzystu pięćdziesięciu latach od opuszczenia Vinyamaru.

Trzecim synem Finwëgo, bratem Fingolfina i przyrodnim bratem Fëanora, był Finarfin. Nie wrócił do Śródziemia, lecz jego synowie i córka przybyli z zastępem Fingolfina i jego synów. Najstarszym synem Finarfina był Finrod, który, zainspirowany wspaniałością i urodą Menegrothu w Doriacie, założył podziemne miasto-fortecę Nargothrond, z którego to powodu otrzymał imię Felagund, co w języku krasnoludów znaczy Władca Jaskiń lub Rębacz Jaskiń. Brama Nargothrondu wychodziła na wąwóz rzeki Narog w Beleriandzie Zachodnim, gdzie rzeka ta przepływała przez wysokie wzgórza zwane Taur-en-Faroth, czyli Wysoki Faroth, lecz królestwo Finroda rozciągało się daleko – na wschód do Sirionu, a na zachód do rzeki Nenning, wpadającej do morza w okolicy przystani Eglarest. Finrod zginął w lochach Saurona, głównego sługi Morgotha, i koronę Nargothrondu przejął Orodreth, drugi syn Finarfina. Nastąpiło to w następnym roku po narodzinach Túrina w Dor-lóminie.

Pozostali synowie Finarfina, Angrod i Aegnor, wasale swego brata Finroda, mieszkali w Dorthonionie, graniczącym na północy z rozległą równiną Ard-galen. Galadriela, siostra Finroda, długo mieszkała w Doriacie z królową Melianą. Meliana była Majarem, potężnym duchem, który przybrał cielesną postać; zamieszkała wtedy w lasach Beleriandu z królem Thingolem. Była matką Lúthien i przodkinią Elronda. Niedługo przed powrotem Noldorów z Amanu, kiedy do Beleriandu wkroczyły z północy wielkie armie Angbandu, Meliana (jak czytamy w *Silmarillionie*) „mocą swoich czarów opasała całą tę krainę [lasy Neldoreth i Region] niewidzialnym murem cieni i omamień, Obręczą Meliany, której nikt nie mógł przekroczyć bez zezwolenia jej lub jej małżonka, chyba tylko istota obdarzona potężniejszą władzą niż sama Meliana, wywodząca się z rodu Majarów"*. Od tego czasu kraj ten nazywany był Doriathem, Krajem Obręczy.

W sześćdziesiątym roku po powrocie Noldorów wyruszył z Angbandu wielki oddział orków, kończąc tym wieloletni pokój, lecz został całkowicie pokonany i wycięty w pień przez Noldorów. Była to Dagor Aglareb, Bitwa Chwalebna, lecz władcy elfów potraktowali ją jako ostrzeżenie i rozpoczęli Oblężenie Angbandu, które trwało niemal czterysta lat.

---

* J.R.R. Tolkien *Silmarillion*, op. cit., s. 108 (przyp. red.).

Powiada się, że ludzie (których elfowie nazwali Atanimi, Drugim Ludem oraz Hildorami – Następcami) pojawili się daleko na wschodzie Śródziemia pod koniec Dawnych Dni; lecz ci z nich, którzy wkroczyli do Beleriandu w czasach Długiego Pokoju, kiedy Angband był oblężony, a jego bramy zawarte, nie chcieli mówić o swej najwcześniejszej historii. Przywódcą tych pierwszych ludzi, którzy przekroczyli Góry Błękitne, był Bëor Stary. Finrodowi Felagundowi, królowi Nargothrondu, który jako pierwszy ich spotkał, Bëor oznajmił: „Za nami leżą ciemności i odwracamy się do nich plecami. Nie chcemy wracać nawet myślą do tamtych spraw. Zawsze nasze serca zwracały się ku Zachodowi i wierzymy, że w tamtej stronie znajdziemy Światło"*. Sador, stary sługa Húrina, mówił to samo Túrinowi, gdy ten był chłopcem (s. 36). Powiadano jednak potem, że kiedy Morgoth dowiedział się o pojawieniu się ludzi, po raz ostatni opuścił Angband i udał się na wschód, oraz że jako pierwsi przybyli do Beleriandu ci ludzie, którzy „żałowali swych uczynków i zbuntowali się przeciwko Czarnej Potędze, i byli okrutnie ścigani i prześladowani przez jej wyznawców oraz sługi".

Ludzie ci wywodzili się z trzech rodów znanych jako Ród Bëora, Ród Hadora i Ród Halethy. Ojciec Húrina, Galdor Wysoki, pochodził z Rodu Hadora – był jego synem; matka Húrina pochodziła z Rodu Halethy, a jego żona Morwena wywodziła się z Rodu Bëora i była spokrewniona z Berenem.

Ludzi z Trzech Rodów nazwano Edainami (*Edain* to sindarska forma słowa *Atani*) i Przyjaciółmi Elfów. Hador mieszkał w Hithlumie i otrzymał od króla Fingolfina zwierzchnictwo nad Dor-lóminem; lud Bëora osiadł w Dorthonionie; a potomkowie Halethy mieszkali w owym czasie w lesie Brethil. Po zakończeniu Oblężenia Angbandu zza gór nadciągnęli ludzie zupełnie innego rodzaju; określano ich powszechnie mianem Easterlingów, a niektórzy z nich odegrali ważną rolę w historii Túrina.

Koniec Oblężenia Angbandu nadszedł ze straszliwą nagłością (choć był długo przygotowywany) pewnej nocy w środku zimy, trzysta dziewięćdziesiąt pięć lat po jego rozpoczęciu. Morgoth uwolnił rzeki ognia, które spłynęły ze stoków Thangorodrimu i rozległa trawiasta równina

* J.R.R. Tolkien *Silmarillion*, op. cit., s. 108 (przyp. red.).

Ard-galen leżąca na północ od wyżyny Dothonion zmieniła się w spalone, jałowe pustkowie, znane odtąd pod nazwą Anfauglith, Dławiący Pył.

Ten katastrofalny atak otrzymał nazwę Dagor Bragollach, Bitwa Nagłego Płomienia. Po raz pierwszy wychynął wtedy z Angbandu w pełni swej mocy Glaurung, Ojciec Smoków; na południe ruszyły ogromne armie orków; elficcy władcy Dorthonionu ponieśli śmierć, podobnie jak wielka część wojowników ludu Bëora. Król Fingolfin i jego syn Fingon zostali zepchnięci wraz z wojskami Hithlumu do fortecy Eithel Sirion na wschodnich stokach Gór Cienia; w jej obronie poległ Hador Złotowłosy. Władcą Dor-lóminu został wówczas Galdor, ojciec Húrina, potoki ognia zatrzymały się bowiem na barierze Gór Cienia i Hithlum oraz Dor-lómin pozostały niezdobyte.

To w roku, który nastąpił po Bragollach, Fingolfin, miotany wściekłą rozpaczą, pojechał konno do Angbandu i rzucił Morgothowi wyzwanie. Dwa lata później Húrin i Huor znaleźli się w Gondolinie. Po kolejnych czterech latach, w ponowionym ataku na Hithlum, w twierdzy Eithel Sirion zginął ojciec Húrina, Galdor. Był tam Sador, o czym opowiedział Túrinowi (s. 35), i widział, jak „przywództwo i komendę" przejmuje Húrin (wówczas dwudziestojednoletni młodzieniec).

Kiedy w dziewięć lat po Bitwie Nagłego Płomienia urodził się Túrin, wszystko to Dor-lómin miał jeszcze świeżo w pamięci.

Wskazówki dotyczące wymowy

Poniższe wskazówki mają na celu wyjaśnienie kilku głównych zagadnień związanych z wymową imion.

Spółgłoski

C	ma zawsze wartość *k*, nigdy *c*; tak więc *Celebros* wymawia się *Kelebros*.
CH	ma zawsze wartość *ch* jak w polskim *śmiech*, nigdy jak w angielskim *church*; przykłady to *Anach*, *Narn i Chîn Húrin*.
DH	zawsze oddaje dźwięk angielskiego dźwięcznego („miękkiego") *th*, czyli tak, jak w *then*, a nie w *thin*. Przykłady to *Glóredhela*, *Eledhwen*, *Maedhros*.
G	zawsze brzmi jak polskie *g*, zatem *Region* wymawia się tak, jak po polsku, nie zaś z głoską występującą na początku angielskiego słowa *gin*.

Samogłoski

AE	jak w *Aegnor*, *Nirnaeth*, jest połączeniem poszczególnych samogłosek, *a-e*, lecz można je wymawiać tak jak AI (np. *Edain*, jak w polskim *maić*).
EA i EO	należy wymawiać oddzielnie; połączenia są zapisywane jako *ëa* i *ëo*, jak w *Bëor*, a na początku imion *Eä*, *Eö*, jak w *Eärendil*.
E	na końcu wyrazów jest zawsze wymawiane jako wyraźna samogłoska i zapisywane jako *ë*.

NARN I CHÎN HÚRIN

Opowieść
o dzieciach Húrina

Rozdział I

Dzieciństwo Túrina

Hador Złotowłosy był władcą Edainów, Eldarowie zaś wielce go miłowali. Do końca swych dni mieszkał na terenach znajdujących się pod zwierzchnictwem Fingolfina, który nadał mu rozległe ziemie na obszarze Hithlumu, zwane Dor-lóminem. Córka Hadora, Glóredhela, została żoną Haldira, syna Halmira, wodza ludzi z Brethilu. Podczas tej samej uroczystości syn Hadora, Galdor Wysoki, poślubił Harethę, córkę Halmira.

Galdor i Haretha mieli dwóch synów, Húrina i Huora. Húrin, o trzy lata starszy od Huora, był od swych krewniaków niższy, co zawdzięczał krwi matki, lecz we wszystkim innym przypominał swego dziada, Hadora, mężczyznę o silnym ciele i porywczym charakterze. Płomień jego ducha gorzał jednak spokojnie, ujęty w okowy silnej woli. O zamierzeniach Noldorów wiedział najwięcej ze wszystkich Ludzi Północy. Jego brat Huor był wysoki, najwyższy ze wszystkich Edainów, spośród których tylko jego syn, Tuor, przewyższał go wzrostem; szybko też biegał. Lecz jeśli wyścig był długi i ciężki, Húrin docierał do celu pierwszy, bowiem pod koniec próby biegł tak samo pewnie, jak na jej początku. Wielka była miłość pomiędzy braćmi i w młodości rzadko się rozstawali.

Húrin poślubił Morwenę, córkę Baragunda, syna Bregolasa z rodu Bëora – bliską zatem krewniaczkę Berena Jednorękiego. Morwena była ciemnowłosa i wysoka; jej oblicze jaśniało urodą, a spojrzenie pełne było blasku. Dlatego też ludzie zwali ją Eledhwen, Blaskiem Elfów. Była jednak nieco surowa w obejściu i dumna. Niedole rodu Bëora zasiały smutek w jej sercu, gdyż do Dor-lóminu przybyła jako wygnanka z Dorthonionu, zniszczonego w Dagor Bragollach.

Najstarsze dziecko Húrina i Morweny miało na imię Túrin. Urodziło się ono w tym roku, w którym Beren przybył do Doriathu i spotkał Lúthien Tinúviel, córkę Thingola. Morwena powiła Húrinowi także córkę; nadano jej imię Urwena, lecz wszyscy, którzy znali ją podczas jej krótkiego życia, nazywali ją Lalaith, co znaczy Śmiech.

Huor poślubił Rianę – kuzynkę Morweny, a córkę Belegunda, syna Bregolasa. Urodziła się ona w takich czasach przez zrządzenie twardego losu, miała bowiem łagodne serce i nie kochała ani polowań, ani wojny. Darzyła miłością drzewa i dzikie kwiaty, śpiewała pieśni i sama je układała. Ledwie dwa miesiące po zaślubinach Huor poszedł ze swym bratem walczyć w Nirnaeth Arnoediad i Riana nigdy go już nie ujrzała.

Teraz jednak opowieść wraca do Húrina i Huora za dni ich młodości. Powiada się, że zgodnie z ówczesnym obyczajem Ludzi Północy synowie Galdora mieszkali przez czas jakiś w Brethilu jako przybrani synowie ich wuja, Haldira. Wyprawiali się często z mieszkańcami Brethilu przeciwko orkom, którzy nękali teraz północne rubieże ich kraju. Húrin bowiem, chociaż miał zaledwie siedemnaście lat, był silny, a młodszy od niego Huor już dorównywał wzrostem większości dorosłych mężczyzn z tego plemienia.

Pewnego razu Húrin i Huor szli z drużyną zwiadowców; wciągnięta w zasadzkę przez orków, została rozproszona, a orkowie ścigali braci do brodu Brithiach. Tam niechybnie by ich pojmali lub zabili, gdyby nie moc Ulma, którą wciąż były przesycone wody Sirionu; powiada się, że z rzeki uniósł się gęsty opar i ukrył ich przed wrogami, a bracia przebyli Brithiach i uciekli do Dimbaru. Tam pośród wielkich trudów błąkali się między wzgórzami u stóp stromych skał gór Crissaegrim, aż ulegli omamom tej krainy i nie wiedzieli już, którędy mają iść dalej albo wracać. Wypatrzył ich tam Thorondor i wysłał na pomoc dwa spośród swoich orłów; orły uniosły ich za Góry Okrężne do tajemnej doliny Tumladen i ukrytego miasta Gondolin, którego jeszcze żaden człowiek nie oglądał.

Król Turgon, kiedy dowiedział się o ich pochodzeniu, przyjął ich dobrze, Hador bowiem był przyjacielem elfów. Co więcej, jakiś czas przedtem Ulmo doradził Turgonowi, by życzliwie traktował synów tego rodu, jako że w potrzebie otrzyma od niego pomoc. Húrin i Huor gościli w domu króla przez blisko rok; powiada się, że przez ten czas Húrin, który miał bystry i chłonny umysł, wiele się od elfów nauczył i skorzystał z ich wiedzy, a także poznał nieco zamysłów króla. Turgon bowiem wielce polubił synów Galdora i prowadził z nimi długie rozmowy. W rzeczywistości zamierzał zatrzymać ich w Gondolinie z miłości, a nie tylko ze względu na wydane przez siebie prawo, wedle którego nikt obcy – czy to elf, czy człowiek – kto odnalazł drogę do tajemnego królestwa albo ujrzał to miasto, odejść z niego nie mógł, dopóki król nie otworzy bram i ukryty lud nie wyjdzie z doliny Tumladen.

Lecz Húrin i Huor pragnęli wrócić do swoich pobratymców, by wraz z nimi brać udział w wojnach i dzielić niedole, które na nich spadły. Rzekł więc Húrin do Turgona:

– Śmiertelnymi ludźmi tylko jesteśmy, panie, niepodobnymi Eldarom. Oni mogą przez długie lata wyczekiwać bitwy z wrogami, która nadejdzie w odległej przyszłości, lecz czas naszego życia jest krótki, a nasza nadzieja i siła szybko więdną. Co więcej, my nie znaleźliśmy drogi do Gondolinu i żadnej zaiste pewności nie mamy, gdzie leży to miasto; przyniesieni bowiem zostaliśmy, cali w strachu i zdumieniu, podniebnymi drogami, a z litości zasłonięto nam oczy.

Turgon spełnił wtedy prośbę człowieka, mówiąc:

– Tą samą zatem drogą pozwalam wam wrócić, jeśli Thorondor się na to zgodzi. Boleję nad naszym rozstaniem, lecz być może wkrótce, wedle rachuby Eldarów, spotkamy się ponownie.

Jednak Maeglin, siostrzeniec króla, cieszący się w Gondolinie wielkim posłuchem, wcale nad odejściem ludzi nie bolał; miał im za złe królewską przychylność, jako że plemienia ludzkiego nie lubił. Rzekł więc do Húrina:

– Łaska króla jest większa, niż zdajesz sobie sprawę, i niektórzy mogliby zachodzić w głowę, z jakiegoż to powodu to surowe prawo nie dotyczy dwóch niegodziwych ludzkich dzieci. Bezpieczniej by było, gdyby nie mając wyboru, mieszkały tu do końca swego życia jako nasi słudzy.

– Łaska króla zaiste jest wielka – odparł Húrin – lecz jeśli nie wystarczy ci nasze słowo, złożymy ci przysięgę.

I bracia przyrzekli, iż nigdy nie ujawnią zamysłów Turgona i że utrzymają w tajemnicy wszystko, co widzieli w jego królestwie. Potem się pożegnali; przybyłe orły uniosły ich nocą i przed świtem postawiły na ziemi Dor-lóminu. Krewniacy ucieszyli się na ich widok, bowiem posłańcy z Brethilu donieśli, że bracia zaginęli; ci jednak nawet ojcu nie chcieli powiedzieć, gdzie przebywali, oprócz tego, że ocaliły ich na pustkowiu orły, które przyniosły ich w rodzinne strony. Lecz Galdor rzekł:

– Czy zatem przez rok mieszkaliście w dziczy? A może schronienia udzieliły wam w swoich gniazdach orły? Bo znaleźliście pożywienie i piękne szaty, i powracacie niczym młodzi książęta, a nie jak ktoś, kto zabłądził w lesie.

– Ciesz się, ojcze – odrzekł Húrin – z naszego powrotu, pozwolono nam bowiem na to jedynie pod przysięgą milczenia. To ona usta nam zamyka.

Wtedy Galdor już ich nie wypytywał, lecz wraz z wieloma innymi domyślał się prawdy. Wedle ich mniemania, zarówno przysięga milczenia jak i orły wskazywały na związek tej sprawy z Turgonem.

Tak mijały dni, a cień strachu, rzucany przez Morgotha, wydłużał się. Jednakże w roku czterysta sześćdziesiątym dziewiątym od powrotu Noldorów do Śródziemia wśród elfów i ludzi zaczęła się budzić nadzieja, gdyż doszły ich słuchy o czynach Berena i Lúthien oraz o tym, jak to w Angbandzie przechytrzyli samego Morgotha; niektórzy powiadali, że Beren i Lúthien ciągle żyją albo że wyrwali się śmierci. W tym samym roku także wielkie zamysły Maedhrosa były bliskie urzeczywistnienia, a odnowione siły Eldarów i Edainów powstrzymały pochód Morgotha, orkowie zaś zostali wypędzeni z Beleriandu. Wówczas zaczęto mówić o przyszłych zwycięstwach i o powetowaniu strat poniesionych w Dagor Bragollach, kiedy to Maedhros powinien poprowadzić połączone hufce, zapędzić Morgotha pod ziemię i zapieczętować Wrota Angbandu.

Lecz bardziej rozważnych nadal nękał niepokój, obawiali się bowiem, że Maedhros zbyt szybko ujawnił swą rosnącą siłę i że Morgoth będzie miał

dość czasu, by podjąć działania przeciwko niemu. Mówili: „W Angbandzie zawsze będzie się rodzić nowe zło, którego elfowie i ludzie przewidzieć nie będą umieli". I jakby na potwierdzenie tych słów jesienią owego roku z północy, gdzie nad horyzontem wisiały ołowiane chmury, nadszedł zły wiatr. Zwano go Zły Dech, niósł bowiem śmierć. Tej jesieni na północnych ziemiach graniczących z Anfauglithem wielu ludzi zachorowało i umarło, a najczęściej los taki spotykał dzieci oraz młódź.

Túrin syn Húrina w owym roku liczył zaledwie pięć lat, a na początku wiosny jego siostra Urwena skończyła trzeci rok życia. Kiedy biegała wśród pól, jej włosy były jak żółte lilie w trawie, a jej śmiech jak radosny śpiew strumienia spływającego ze wzgórz i mknącego dalej obok ścian domu jej ojca. Strumień ów zwał się Nen Lalaith, więc wszyscy domownicy nazywali dziewczynkę Lalaith, a póki była wśród nich, radowały się ich serca.

Lecz Túrin nie cieszył się taką miłością, jak ona. Odziedziczył po matce ciemne włosy i chyba także usposobienie, gdyż nie był wesoły i rzadko się odzywał, choć nauczył się mówić wcześnie. Zawsze wyglądał na starszego, niż był w rzeczywistości. Długo pamiętał niesprawiedliwość i każde szyderstwo, lecz miał też w sobie ogień swego ojca i potrafił się zachować porywczo i gwałtownie. Jednakże łatwo ogarniała go litość, a widok krzywdy lub smutku odczuwanego przez jakąkolwiek żywą istotę potrafił mu wycisnąć łzy z oczu. W tym także przypominał ojca, bowiem Morwena była tak samo surowa dla innych, jak i dla siebie. Túrin kochał matkę, gdyż przemawiała do niego otwarcie i prosto. Ojca widywał rzadko, ponieważ Húrin często przebywał poza domem, strzegąc w służbie Fingona wschodnich granic Hithlumu, a kiedy wracał, jego szybka mowa, pełna dziwnych słów, żartów i ukrytych znaczeń, oszałamiała i onieśmielała Túrina. W tym czasie całe uczucie przelał na Lalaith, swą siostrę, lecz bawił się z nią rzadko. Wolał strzec jej tak, by go nie widziała, i obserwować, jak biega po trawie lub przechadza się pod drzewami, śpiewając piosenki, które dzieci Edainów ułożyły dawno temu, gdy czuły jeszcze na wargach świeżość mowy elfów.

– Piękna jak dziecię elfów jest Lalaith – rzekł Húrin do Morweny – lecz, niestety, nie tak długowieczna! Może właśnie przez to jest nam droższa.

Túrin długo zastanawiał się nad tymi słowami, lecz pojąć ich nie potrafił. Nigdy bowiem nie widział dzieci elfów. W owym czasie na ziemiach jego ojca nie mieszkali żadni Eldarowie, a widział ich tylko raz jeden, kiedy to król Fingon przejeżdżał przez Dor-lómin ze swymi wasalami i błyszcząc srebrem i bielą, przekroczył most na Nen Lalaith.

Lecz zanim rok dobiegł końca, okazało się, jak prawdziwe były słowa ojca Túrina. Zły Dech dotarł bowiem nad Dor-lómin i chłopiec zachorował. Długo leżał w gorączce, dręczony przez mroczne sny, a gdy przeznaczenie i siła życiowa sprawiły, że wyzdrowiał, zapytał o Lalaith. Lecz jego opiekunka odparła:

– Nigdy już jej tak nie nazywaj, synu Húrina, a o swą siostrę Urwenę musisz pytać matkę.

Gdy Morwena przyszła do niego, Túrin rzekł:

– Nie jestem już chory i pragnę ujrzeć Urwenę. Dlaczego nie wolno mi już wymawiać imienia Lalaith?

– Ponieważ Urwena nie żyje i ucichł śmiech w tym domu – odparła matka. – Lecz ty, synu Morweny, żyjesz i żyje Nieprzyjaciel, który nam to uczynił.

Nie próbowała go pocieszać, gdyż sama przyjmowała boleść w milczeniu i z zimnym sercem. Húrin zaś cierpiał otwarcie. Ujął swą harfę, by pieśnią wyrazić ból, lecz nie potrafił zagrać ani jednej nuty. Roztrzaskał więc harfę, wyszedł przed dom i wyciągnąwszy rękę ku północy, zawołał:

– Ty, który znaczysz Śródziemie bliznami! Obym mógł cię spotkać twarzą w twarz i poznaczyć ranami, jak uczynił to król Fingolfin!

Túrin gorzko płakał nocami w samotności i nigdy już przy Morwenie nie wspominał imienia swej siostry. Do jednego tylko przyjaciela wówczas się zwracał i rozmawiał z nim o swym smutku i pustce, jaka zapanowała w domu. Przyjaciel ten zwał się Sador i służył w domu Húrina; chromał i niewiele się liczył. Był niegdyś drwalem. Przez przypadek czy też nieumiejętne obchodzenie się z toporem odrąbał sobie prawą stopę, a pozbawiona jej noga się skurczyła. Túrin nazwał go Labadalem, co znaczy Skakun, lecz imię to nie było Sadorowi niemiłe, gdyż zrodziło się ze współczucia, a nie z pogardy. Pracował on w gospodarstwie, wytwarzając i naprawiając drobne sprzęty domowe, umiał bowiem obrabiać drewno.

Túrin przynosił przyjacielowi to, czego Sador akurat potrzebował, chcąc oszczędzić mu wysiłku przy chodzeniu; czasami, jeśli sądził, że może się to Sadorowi przydać, zabierał dla niego po kryjomu jakieś narzędzie lub kawałek drewna, który znalazł niestrzeżony. Sador uśmiechał się wówczas, lecz nakazywał mu odnosić to wszystko na miejsce. Mówił wtedy:

– Dawaj szczodrą ręką, lecz tylko to, co należy do ciebie.

Nagradzał serdeczność chłopca, jak umiał, rzeźbiąc dla niego figurki ludzi i zwierząt, lecz Túrinowi najbardziej podobały się opowieści z czasów Dagor Bragollach. Sador był wówczas młodzieńcem i lubił teraz wspominać krótkie dni pełnego rozkwitu swych męskich sił przed okaleczeniem.

– Powiadają, że wielka była to bitwa, synu Húrina. Odwołano mnie owego roku od pracy w lesie, bym służył w potrzebie, lecz nie wziąłem udziału w Bragollach, gdzie z większym honorem mógłbym otrzymać taką samą ranę. Stało się tak, ponieważ przybyliśmy za późno – po to jedynie, by przynieść na marach starego pana Hadora, który poległ, walcząc w straży króla Fingolfina. Przystałem wtedy do żołnierzy i przebywałem w Eithel Sirion, wielkiej warowni królów elfów, przez długie lata, choć może tak mi się tylko wydaje, monotonne bowiem wiodłem potem życie. Byłem w Eithel Sirion, gdy twierdzę zaatakował Czarny Król, a Galdor, ojciec twego ojca, dowodził wojskiem w zastępstwie króla. Poległ podczas tego ataku i widziałem, jak przywództwo i komendę przejmuje twój ojciec, choć ledwie niedawno osiągnął wiek męski. Powiadano, że płonął w nim ogień, od którego rozpalał się miecz w jego ręce. Postępując za nim, zepchnęliśmy orków na piaski. Od tego dnia nie odważali się zbliżyć do murów na odległość wzroku. Lecz ja, niestety, straciłem już serce do walki, gdyż widziałem wystarczająco wiele krwi i wystarczająco dużo ran. Pozwolono mi wrócić do lasów, za którymi tęskniłem. I tam właśnie zostałem kaleką. Tak to już bywa, że kiedy człowiek ucieka przed swoim strachem, może się przekonać, że zdąża jedynie skrótem na jego spotkanie.

Tak Sador mówił do Túrina, gdy chłopiec już podrósł. Syn Húrina począł zadawać liczne pytania, na które Sadorowi trudno było odpowiadać, gdyż uważał, że chłopca powinni uczyć najbliżsi krewni.

Pewnego dnia Túrin rzekł do niego:

– Czy Lalaith naprawdę była podobna do dziecka elfów, jak powiedział mój ojciec? I co miał na myśli, mówiąc, że nie jest tak długowieczna?

– Była bardzo podobna – odrzekł Sador – jako że w pierwszych latach młodości dzieci ludzkie i elfie wydają się blisko spokrewnione. Lecz dzieci ludzi rosną szybciej i ich młodość szybko przemija. Taki jest nasz los.

Wtedy Túrin zapytał go:

– Co to jest los?

– Jeśli chodzi o los ludzi – odparł Sador – musisz o to zapytać mądrzejszych od Labadala. Wiadomo, że szybko opadamy z sił i umieramy, a bywa i tak, że niejednego spotyka śmierć przed nadejściem starości. Elfowie zaś nie tracą sił i nie umierają, chyba że ciężko zranieni. Można ich uzdrowić z rozpaczy i ran, które zabiłyby ludzi, a niektórzy powiadają, że elfowie, nawet unicestwieni, powracają. Z nami tak się nie dzieje.

– A więc Lalaith nie wróci? – rzekł Túrin. – Dokąd odeszła?

– Nie wróci – odpowiedział Sador. – A dokąd odeszła, nie wie żaden człowiek, a przynajmniej nie wiem tego ja.

– Czy zawsze tak było? Czy też może nikczemny król rzucił na nas jakąś klątwę, tak jak zesłał Zły Dech?

– Nie wiem. Niewiele wiemy o tej Ciemności, która leży za nami. Może ojcowie naszych ojców mogliby nam coś o tym opowiedzieć, lecz nie uczynili tego. Nawet ich imiona zostały zapomniane. Między nami a życiem, które porzucili, uciekając nie wiadomo przed czym, stoją Góry.

– Czy czegoś się bali? – zapytał Túrin.

– Możliwe – odrzekł Sador. – Możliwe, że uciekaliśmy ze strachu przed Ciemnością po to tylko, by znaleźć ją tutaj przed sobą i nie mieć żadnej już drogi ucieczki prócz tej wiodącej ku Morzu.

– Ale my się już nie boimy – powiedział Túrin. – Nie wszyscy się boją. Mój ojciec się nie lęka i ja też nie będę się bał, albo przynajmniej, podobnie jak moja matka, będę się bał, lecz nie pokażę tego po sobie.

Zdało się wtedy Sadorowi, że oczy Túrina nie są oczyma dziecka, i pomyślał: „Boleść jest kamieniem szlifierskim dla silnego ducha". Głośno zaś rzekł:

– Synu Húrina i Morweny, Labadal nie potrafi odgadnąć, co jest pisane twemu sercu, lecz rzadko i niewielu będziesz okazywał, co w nim nosisz.

Wówczas Túrin powiedział:

– Może lepiej nie mówić, czego się chce, jeśli nie można tego otrzymać. Ale chciałbym być Eldarem, Labadalu. Wtedy Lalaith mogłaby powrócić, a ja ciągle bym tu na nią czekał, nawet gdyby jej nieobecność się przeciągnęła. Jeśli tylko zdołam, zostanę żołnierzem króla elfów, jak ty, Labadalu.

– Wiele się możesz od nich nauczyć – odparł Sador i westchnął. – Są plemieniem pięknym i zdumiewającym, i mają moc zjednywania sobie serc ludzkich. A jednak czasami myślę, że lepiej by było, gdybyśmy nigdy ich nie spotkali, lecz wędrowali swoimi własnymi drogami. Z dawien dawna bowiem posiadają oni wiedzę, są dumni i wytrzymali. W ich blasku przygasamy albo płoniemy zbyt szybko, a brzemię naszego przeznaczenia tym bardziej nam ciąży.

– Lecz mój ojciec ich kocha – powiedział Túrin – i gdy nie znajduje się wśród nich, nie jest szczęśliwy. Powiada, że prawie wszystkiego, co umiemy, nauczyliśmy się od nich i że dzięki nim staliśmy się szlachetniejsi. Mówi, że ci ludzie, którzy ostatnimi czasy przybyli zza Gór, są niewiele lepsi od orków.

– To prawda – odparł Sador – przynajmniej jeśli chodzi o niektórych z nas. Lecz piąć się wzwyż jest trudno, a z wysoka bardzo łatwo spaść na sam dół.

Był to rok, który zawsze pozostanie w ludzkiej pamięci. Túrin miał wtedy prawie osiem lat. Nadszedł miesiąc zwany wedle kalendarza Edainów Gwaeronem. Wśród starszych rozeszły się pogłoski o wielkich przeglądach wojsk i gromadzeniu oręża. Túrin nic o tym nie słyszał, chociaż zauważył, że ojciec często z uwagą na niego spogląda. Tak mógłby patrzeć na rzecz drogą mu człowiek, który musi się z nią rozstać.

Húrin, znając odwagę i powściągliwość Morweny, często rozmawiał z nią o zamierzeniach królów elfów i o tym, co mogłoby przynieść zwycięstwo, a co mogłaby sprowadzić klęska. Serce przepełniała mu nadzieja i nie lękał się o wynik bitwy, nie przypuszczał bowiem, by jakakolwiek siła w Śródziemiu mogła zniszczyć potęgę i świetność Eldarów.

– Widzieli światło na Zachodzie – mawiał – więc w końcu Ciemność musi umknąć przed blaskiem bijącym z ich twarzy.

Morwena nie przeczyła Húrinowi, gdyż w jego towarzystwie to, co ukazywała nadzieja, zawsze wydawało się jej bardziej prawdopodobne. Lecz w jej rodzinie wiele wiedziano o elfach, toteż pytała samą siebie: „Czyż jednak nie porzucili światła i czyż nie są już od niego odsunięci? Możliwe, że Władcy Zachodu już o nich zapomnieli, a czy wówczas nawet Pierworodni zdołaliby pokonać jedną z Potęg?"

Wydawało się, że na myślach Húrina Thaliona nie kładą się cieniem podobne wątpliwości. Jednak pewnego wiosennego poranka owego roku zbudził się otumaniony jakby po głębokim śnie, a jego wesołość przesłoniła chmura. Wieczorem odezwał się nagle:

– Gdy zostanę wezwany, Morweno Eledhwen, zostawię pod twoją opieką dziedzica rodu Hadora. Życie ludzi jest krótkie, wiele w nim przytrafia się złych i niefortunnych zdarzeń, nawet podczas pokoju.

– Tak było zawsze – odparła. – Co się kryje za twymi słowami?

– Rozwaga, nie zwątpienie – rzekł Húrin, lecz wyglądał na stroskanego. – Jednakże ten, kto wybiega wzrokiem w przód, musi dostrzec, że sprawy nie będą się toczyć po dawnemu. Nadchodzą dni wielkich przemian. Ten, kto w tej wojnie poniesie porażkę, upadnie niżej niż kiedykolwiek. Jeśli stanie się to udziałem królów elfów, to i Edainom źle się będzie wiodło, a mieszkamy najbliżej Nieprzyjaciela. Ta kraina mogłaby się dostać pod jego panowanie. Lecz jeśli sprawy istotnie potoczą się źle, nie powiem ci: „Nie lękaj się!" Gdyż ty boisz się jedynie tego, czego trzeba się bać i nie poddajesz się przerażeniu. Powiadam ci więc: „Nie czekaj!" Powrócę, jak tylko będę mógł, lecz ty nie czekaj! Udaj się jak najszybciej na południe, a ja, jeśli będę żyw, pójdę za tobą i odnajdę cię, choćbym miał przeszukać cały Beleriand.

– Beleriand jest rozległy i nie ma w nim domu dla wygnańców – rzekła Morwena. – Dokąd mam uciekać, z nieliczną czy też liczną świtą?

Wtedy Húrin zastanawiał się chwilę w milczeniu.

– W Brethilu mieszka rodzina mojej matki – powiedział. – To jakieś trzydzieści staj stąd lotem orła.

– Jeśli istotnie nadejdzie zły czas, jakiej pomocy będzie się można spodziewać od ludzi? – spytała Morwena. – Ród Bëora padł. Jeśli padnie wielki ród Hadora, w jakie kryjówki ma wpełznąć Lud Halethy?

– W takie, jakie zdoła znaleźć – odparł Húrin. – Nie wątp jednakże w jego męstwo, chociaż jest on nieliczny i nie posiada wielkiej wiedzy. Gdzież indziej można znaleźć nadzieję?

– Nie wspominasz o Gondolinie – rzekła Morwena.

– Nie, gdyż nazwa ta nigdy nie wyszła z mych ust – odpowiedział Húrin. – Jednak pogłoski, jakie słyszałaś, są prawdziwe: byłem tam. Lecz mówię ci teraz tak szczerze, jak nie mówiłem nikomu innemu i nigdy nie powiem: nie wiem, gdzie leży to miasto.

– Ale domyślasz się i, jak sądzę, twoje przypuszczenia są trafne – powiedziała Morwena.

– To być może – rzekł Húrin. – Lecz dopóki sam Turgon nie zwolni mnie z przysięgi, nawet tobie nie mogę wyjawić tego domysłu, toteż twoje poszukiwania byłyby beznadziejne. Jeśli zaś, ku mojej hańbie, złamałbym przysięgę milczenia, to w najlepszym wypadku dotarłabyś do zawartej bramy, gdyż dopóki Turgon nie wyruszy na wojnę – a nie było o tym wieści i nie ma na to nadziei – nikt nie wejdzie do twierdzy.

– Zatem gdy twoja rodzina nie daje nadziei, a przyjaciele się ciebie wyrzekają – powiedziała Morwena – sama muszę znaleźć radę. I tu przychodzi mi na myśl Doriath.

– Zawsze mierzysz wysoko – rzekł Húrin.

– Zbyt wysoko, chcesz powiedzieć? Myślę jednak, że Obręcz Meliany zostanie przerwana jako ostatni punkt oporu, a w Doriacie nie będą gardzić rodem Bëora. Czyż nie jestem teraz spokrewniona z królem? Gdyż Beren, syn Barahira, był wnukiem Bregora, tak jak i mój ojciec.

– Serce moje nie skłania się ku Thingolowi – odrzekł Húrin. – Nie przyśle on żadnej pomocy dla króla Fingona. Nie wiem dlaczego, gdy słyszę nazwę Doriath, mego ducha ogarnia cień.

– Na wspomnienie Brethilu moje serce także pogrąża się w mroku – odparła Morwena.

Wtedy Húrin roześmiał się nagle i powiedział:

– Siedzimy tu, rozważając sprawy, których biegu nie możemy zmienić, i przerażają nas cienie wylęgłe z naszych snów. Sprawy nie potoczą się tak źle, a jeśli stanie się inaczej, wszystko będzie zależeć tylko od twojej odwagi i roztropności. Czyń wtedy to, co nakaże ci serce, lecz unikaj zwłoki. Gdybyśmy zaś osiągnęli nasz cel, królowie elfów przywrócą wszystkie lenna rodu Bëora jego spadkobiercy, a jesteś nim ty, Morweno, córko Baragunda. Wówczas będziemy sprawować władzę nad rozległymi dziedzinami, a nasz syn otrzyma wielkie dziedzictwo. Gdy nie będzie już zła na Północy, przypadną mu w udziale wielkie bogactwa i korona króla ludzi.

– Húrinie Thalionie – rzekła Morwena – prawdziwszym wydaje mi się osąd, że to ty podnosisz wzrok wysoko, a ja boję się nisko upaść.

– Tego nawet w najgorszym wypadku nie musisz się bać – odparł Húrin.

Tej nocy na wpół rozbudzonemu Túrinowi zdało się, że obok jego łóżka stoją ojciec i matka, patrząc na niego. Nie mógł jednak dojrzeć ich twarzy, chociaż trzymali w rękach świece.

Rankiem w dniu urodzin Túrina Húrin podarował synowi nóż wykuty przez elfów. Jego rękojeść i pochwa mieniły się srebrem i czernią. Húrin rzekł:

– Dziedzicu rodu Hadora, oto podarunek odpowiedni na ten dzień. Lecz bądź ostrożny! To drapieżne ostrze, a stal służy jedynie tym, którzy potrafią nią władać. Przetnie twą dłoń równie chętnie, jak wszystko inne. – Postawiwszy zaś Túrina na stole, ucałował syna i powiedział: – Już wyższy jesteś ode mnie, synu Morweny, a wkrótce będziesz taki wysoki, stojąc na własnych nogach. Gdy nadejdzie ten dzień, wrogowie będą się lękać twej klingi.

Wtedy Túrin wybiegł na dwór i oddalił się samotnie, czując w sercu takie ciepło, jakie czuje zimna ziemia, gdy promień słońca budzi ją do życia. Powtarzał sobie słowa ojca: „dziedzic rodu Hadora", lecz przypomniał sobie także inne zdanie: „Dawaj szczodrą ręką, lecz tylko to, co należy do ciebie". Przyszedł więc do Sadora i zawołał:

– Labadalu, dziś są moje urodziny, urodziny dziedzica rodu Hadora! Przyniosłem ci podarunek, aby ten dzień uczcić. Oto nóż, taki, jakiego potrzebujesz. Wytnie wszystko, co zechcesz, z wielką dokładnością.

Zatroskał się wtedy Sador, dobrze bowiem wiedział, że Túrin sam otrzymał ów nóż tego dnia, lecz wśród ludzi odmowa przyjęcia podarku uchodziła za czyn wielce niestosowny. Zatem rzekł z powagą:

– Jesteś hojny jak twoi przodkowie, Túrinie, synu Húrina. Nie zasłużyłem na ten dar i nie mam nadziei, że nań zasłużę w czasie, jaki mi pozostał. Lecz zrobię, co będę mógł. – A gdy wyjął nóż z pochwy, powiedział: – Zaiste, piękny to podarek: ostrze ze stali elfów. Od dawna brakowało mi jej dotyku.

Húrin wkrótce zauważył, iż Túrin nie nosi noża. Zapytał więc syna, czy przestraszył się jego ostrzeżenia. Túrin odpowiedział na to:

– Nie, lecz dałem nóż snycerzowi Sadorowi.

– Czyżbyś zatem wzgardził podarkiem ojca? – zapytała Morwena.

– Nie, lecz miłuję Sadora i mu współczuję.

Na to rzekł Húrin:

– Wszystko to mogłeś dać w podarunku, jako że do ciebie, Túrinie, należało: miłość, współczucie i, oczywiście, nóż.

– Wątpię jednak, czy Sador zasługuje na takie dary – rzekła Morwena. – Sam się okaleczył przez brak umiejętności i powoli wykonuje powierzoną mu pracę, poświęcając wiele czasu błahostkom, o które nikt go nie prosi.

– A mimo to darz go współczuciem – powiedział Húrin. – Niefortunny cios może paść z ręki człowieka szczerego i uczciwego, a tak wyrządzoną krzywdę czasem trudniej znieść, niż gdyby była dziełem wroga.

– Ty jednak, Túrinie, musisz teraz poczekać na nowy nóż – rzekła Morwena. – W ten sposób twój podarunek będzie prawdziwym darem, bo poniesiesz jego koszty.

Jednakże Túrin przekonał się, że odtąd Sador był lepiej traktowany. Polecono mu nawet wykonać dla pana wielkie krzesło do głównej komnaty.

W jasny poranek miesiąca Lothron zbudziło nagle Túrina granie trąbek. Kiedy chłopiec podbiegł do drzwi, ujrzał na dziedzińcu wielką ciżbę pieszych i konnych, a wszyscy byli w pełnym uzbrojeniu, jakby szli na wojnę. Stał tam także Húrin. Przemawiał do ludzi i wydawał rozkazy. Túrin dowiedział się, że wyruszają tego dnia do Barad Eithel. Zebrała się cała drużyna Húrina i jego domownicy, lecz zostali także wezwani wszyscy mężczyźni z jego ziem, których można było oderwać od zajęć.

Niektórzy już przedtem odeszli z Huorem, bratem ojca Túrina, a wielu innych miało po drodze przyłączyć się do oddziału władcy Dor-lóminu i ruszyć pod jego sztandarem na wielkie zgromadzenie wojsk królewskich.

Morwena pożegnała się z Húrinem, nie uroniwszy ani łzy.

– Będę strzegła tego, co zostawiasz pod moją opieką – rzekła. – Zatroszczę się zarówno o to, co jest, jak i o to, co będzie.

A Húrin odpowiedział:

– Żegnaj, pani na Dor-lóminie. Wyruszamy teraz z większą nadzieją, niż kiedykolwiek jej zaznaliśmy. Bądźmy dobrej myśli, że tej zimy święto przesilenia będzie radosne jak nigdy dotąd i że nastąpi po nim wiosna wolna od strachu! – Następnie posadził sobie Túrina na ramieniu i zawołał do swych ludzi: – Niech dziedzic rodu Hadora ujrzy blask waszych mieczy!

I słońce zalśniło w pięćdziesięciu klingach wyrwanych z pochew, a dziedziniec rozbrzmiał okrzykiem wojennym Edainów z Północy: *Lacho calad! Drego morn!* Płoń, Światło! Pierzchaj, Nocy!

Wówczas Húrin wskoczył w końcu na siodło, załopotał jego złocisty sztandar i wśród poranka znów zagrały trąbki. Tak Húrin Thalion odjechał na Nirnaeth Arnoediad.

Lecz Morwena i Túrin, milcząc, stali w drzwiach, aż wiatr przyniósł z daleka stłumione granie pojedynczego rogu: to Húrin minął szczyt wzgórza, spoza którego nie widział już domu.

Rozdział II

Bitwa Nieprzeliczonych Łez

Wiele pieśni śpiewają elfowie i wiele opowieści opowiadają o Nirnaeth Arnoediad, Bitwie Nieprzeliczonych Łez, w której zginął Fingon i poległ kwiat Eldarów. Gdyby spróbować to wszystko raz jeszcze opowiedzieć, nie starczyłoby ludzkiego życia na wysłuchanie owych historii. Zostaną tu zatem opisane te tylko czyny, które mają wpływ na los rodu Hadora oraz dzieci Húrina Nieugiętego.

Zebrawszy w końcu wszystkie siły, jakie zdołał zgromadzić, Maedhros wybrał czas – poranek dnia letniego przesilenia. Tego dnia słońce powitały trąby Eldarów; na wschodzie wzniesiono sztandar synów Fëanora, a na zachodzie sztandar Fingona, króla Noldorów.

Wtedy Fingon spojrzał z murów twierdzy Eithel Sirion; jego zastępy, rozstawione w dolinach i lasach na wschodnich stokach Ered Wethrin, były dobrze ukryte przed wzrokiem Nieprzyjaciela, lecz król wiedział, że są bardzo liczne. Zebrali się tam bowiem wszyscy Noldorowie z Hithlumu, a przyłączyli się do nich liczni elfowie z krainy Falas i Nargothrondu; miał też pod swoim dowództwem wielu ludzi. Na prawym skrzydle stał zastęp z Dor-lóminu, wspierany męstwem Húrina i jego brata Huora, do których ich krewniak, Haldir z Brethilu, dołączył z wieloma leśnymi ludźmi.

Potem Fingon obrócił oczy ku wschodowi i dojrzał swym elfim wzrokiem odległy tuman kurzu i błyski stali niczym gwiazdy we mgle; poznał, że to wyruszył Maedhros, i radość ogarnęła króla. Na koniec spojrzał w stronę Thangorodrimu, gdzie kłębiła się ciemna chmura i wznosił się w niebo słup czarnego dymu; pojął Fingon, że płonie gniew Morgotha, że wyzwanie zostanie podjęte, i na serce króla padł cień zwątpienia. Lecz w tej chwili rozległ się okrzyk, niesiony południowym wiatrem z doliny w dolinę, i elfowie wraz z ludźmi zawołali ze zdumienia i radości. To niewzywany i nieoczekiwany Turgon otworzył bramy Gondolinu i przybył z dziesięciotysięczną armią wojowników w lśniących kolczugach, z długimi mieczami i lasem włóczni. I kiedy Fingon usłyszał z dala wielką trąbę Turgona, cień przeminął, a w serce króla wstąpiła otucha. Zakrzyknął wówczas wielkim głosem:

– *Utúlie'n aurë! Aiya Eldalië ar Atanatári, utúlie'n aurë!* Nadszedł ten dzień! Spójrz, ludu Eldarów i Ojców Ludzi, nadszedł ten dzień!

A wszyscy, którzy usłyszeli donośny głos króla, rozbiegający się echem wśród gór, odpowiedzieli okrzykiem:

– *Auta i lómë!* Przemija noc!

Wkrótce wywiązała się wielka bitwa. Morgoth bowiem znał wiele poczynań i zamierzeń swoich wrogów i ułożył sobie plany na godzinę ich ataku. Do Hithlumu już się zbliżały wielkie siły, które wyszły z Angbandu, a jeszcze liczniejsze oddziały zmierzały na spotkanie Maedhrosa, by nie dopuścić do połączenia się wojsk królów. Ci zaś, którzy wyprawili się przeciwko Fingonowi, mieli bure odzienie i osłaniali błyszczącą broń, tak więc, kiedy wykryto ich marsz, znajdowali się już daleko na piaskach Anfauglithu.

Wówczas zapłonęły serca Noldorów, a ich dowódcy chcieli zaatakować wrogów na równinie, lecz Fingon się temu sprzeciwił.

– Strzeżcie się podstępów Morgotha, o czcigodni! – rzekł. – Siła jego zawsze jest większa, niż się zdaje, a zamiary inne od tych, które odsłania. Nie wyjawiajcie własnej siły, lecz pozwólcie nieprzyjacielowi wytracić impet pierwszego ataku na stokach gór.

Królowie bowiem taki ułożyli plan: Maedhros otwarcie miał przejść przez Anfauglith z całym swym wojskiem, składającym się z elfów, ludzi i krasnoludów, a kiedy wywabi już, jak miał nadzieję, główne armie

Morgotha na otwarte pole, wtedy z zachodu miał nadejść Fingon, tak by potęga Morgotha znalazła się niby między młotem i kowadłem i została rozbita na kawałki; a sygnałem do tego działania miało być rozpalenie wielkiego ogniska na wzgórzu w Dorthonionie.

Lecz wódz Morgotha wysłany na zachód miał rozkaz wszelkimi środkami wywabić Fingona spośród gór. Nie przerywał więc pochodu, aż rozciągnął front planowanej bitwy wzdłuż biegu Sirionu, od murów Barad Eithel po Moczary Serech; jego oddziały stanęły tak blisko, że żołnierze wysuniętych posterunków Fingona widzieli oczy nieprzyjaciół. Lecz nikt nie podjął rzuconego w ten sposób wyzwania, a szydercze okrzyki zamierały na wargach orkom, podnoszącym wzrok na milczące mury i kryjące przyczajoną groźbę zbocza gór.

Wtedy wódz Morgotha wysłał konnych parlamentarzy, którzy podjechali pod same zewnętrzne umocnienia Barad Eithel. Przywieźli ze sobą Gelmira, syna Guilina, znacznego elfa z Nargothrondu, którego pojmali w bitwie Bragollach i oślepili; teraz ich heroldowie wypchnęli go naprzód i zawołali:

– Wielu więcej takich mamy u siebie, lecz jeśli chcecie ich odnaleźć, musicie się pośpieszyć. Kiedy bowiem wrócimy do domu, tak z nimi uczynimy.

I odrąbawszy Gelmirowi ręce i nogi, zostawili go na ziemi.

Przez niefortunny przypadek na tym odcinku umocnień stał Gwindor, syn Guilina, wraz z licznym wojskiem z Nargothrondu; w istocie przybył na wojnę z takimi siłami, jakie tylko mógł zebrać, bo trawiła go boleść z powodu pojmania brata. Teraz ogarnął go płomień gniewu; rzucił się konno w pościg za heroldami z Angbandu, a wraz z nim wielu innych jeźdźców. Zabili posłańców, a wtedy ich śladem podążyło całe wojsko z Nargothrondu, wdzierając się głęboko w szyki Angbandu. Na ten widok zapłonęły serca Noldorów, Fingon nałożył swój biały hełm i kazał dąć w trąby, po czym cały jego zastęp wypadł w nagłym ataku spośród gór.

Blask dobywanych mieczy Noldorów był niczym pożar trzcinowiska, a tak szybki i straszliwy atak przypuścili, że plany Morgotha niemal że przepadły. Zanim zdołał wzmocnić wysłaną na przynętę armię, została ona zmieciona i zniszczona, a sztandary Fingona przebyły Anfauglith i zatrzymały się pod murami Angbandu.

Na czele zawsze szedł Gwindor z zastępem elfów z Nargothrondu. Teraz też nie dali się powstrzymać; wpadli przez zewnętrzne wrota i zabili strażników na samym dziedzińcu Angbandu, a Morgoth słysząc, jak dobijają się do jego drzwi, zadrżał na swym ukrytym głęboko pod ziemią tronie. Lecz Gwindor wpadł w zasadzkę i został pojmany, a jego elfowie zginęli, jako że Fingon nie mógł mu przyjść z pomocą. Morgoth trzymał dotąd swe główne siły w odwodzie; teraz wypuścił je przez liczne wyjścia ukryte w zboczach Thangorodrimu i Fingon z wielkimi stratami został odepchnięty spod murów Angbandu.

Wtedy na równinie Anfauglith, czwartego dnia wojny, rozpoczęła się Nirnaeth Arnoediad, a całego smutku, który przyniosła, nie da się zawrzeć w żadnej opowieści. O tym wszystkim, co się wydarzyło w rozegranej na wschodzie bitwie: o pokonaniu smoka Glaurunga przez krasnoludów z Belegostu, o zdradzie Easterlingów, rozgromieniu zastępów Maedhrosa i ucieczce synów Fëanora, nie mówi się tu nic więcej. Na zachodzie wojsko Fingona wycofało się poprzez piaski, gdzie poległ Haldir, syn Halmira, i większość ludzi z Brethilu. Lecz piątego dnia, gdy zapadła noc, a wojsko wciąż znajdowało się daleko od Ered Wethrin, otoczyły je armie Angbandu. Walka toczyła się aż do świtu, a pierścień wroga stale się zacieśniał. Rankiem zaświtała nadzieja, rozległ się bowiem głos rogów Turgona, któremu przypadło obsadzenie posterunków na południu, strzegących przełomów Sirionu, i który powstrzymywał dotąd większość swoich oddziałów przed nierozważnym atakiem. Teraz pośpieszył bratu na odsiecz. Noldorowie z Gondolinu byli silni, a ich szyki lśniły w słońcu jak rzeka stali, miecz i oporządzenie bowiem najpośledniejszego spośród wojowników Turgona były warte więcej, niźli największy okup, jakiego można by zażądać za któregokolwiek króla ludzi.

Falanga królewskiej gwardii przedarła się przez szeregi orków, a Turgon wyrąbał sobie drogę do miejsca u boku brata. Powiada się, że spotkanie Turgona z Húrinem, który stał ramię w ramię z Fingonem, przyniosło im pośród bitwy radość. Wtedy na jakiś czas wojska Angbandu zostały odepchnięte i Fingon na nowo podjął odwrót. Pokonawszy jednakże Maedhrosa na wschodzie, Morgoth miał teraz do dyspozycji liczne zastępy i zanim Fingon z Turgonem zdołali się schronić wśród gór, zalała ich fala wrogów trzykroć liczniejszych od wszystkich sił, jakie pozostały elfom. Przybył Gothmog, dowódca sił Angbandu; wbił on ciemny klin swoich oddziałów między zastępy elfów, otaczając króla Fingona i odrzucając Turgona oraz Húrina ku Moczarom Serech. Wtedy natarł na Fingona. Zacięta była to walka. W końcu Fingon został samotny w otoczeniu poległej gwardii i zmagał się z Gothmogiem, aż zaszedł go od tyłu inny Balrog i smagnął stalowym biczem, którego koniec owinął się wokół elfa. Wtedy Gothmog ciął Fingona przez głowę swym czarnym toporem, a z rozciętego hełmu elfa strzelił biały płomień. Tak poległ król Noldorów; Balrogowie maczugami wbili jego ciało w kurz, a błękitnosrebrzysty sztandar wdeptali w krew Fingona.

Bitwa była przegrana, lecz Húrin, Huor i niedobitki rodu Hadora wciąż trwali niezłomnie przy Turgonie z Gondolinu, a wojska Morgotha nadal nie mogły podporządkować sobie przełomów Sirionu. Wtedy odezwał się Húrin do Turgona w te słowa:

– Oddal się, panie, póki jeszcze jest czas! Ty bowiem jesteś ostatnim z rodu Fingolfina i w tobie żyje ostatnia nadzieja Eldarów. Póki nie padnie Gondolin, póty Morgoth będzie czuł w sercu strach.

– Teraz już droga do Gondolinu zostanie rychło odkryta, a skoro tak się stanie, będzie musiał paść – odparł Turgon.

– A jeśli jednak utrzyma się tylko przez krótki czas – rzekł Huor – to z twego rodu narodzi się nadzieja elfów i ludzi. To ci powiadam, panie, widząc, że śmierć nadchodzi: chociaż rozstajemy się tu na zawsze i nie spojrzę już na białe mury twego miasta, z ciebie i ze mnie zrodzi się nowa gwiazda. Żegnaj!

Usłyszał te słowa siostrzeniec Turgona Maeglin, który stał nieopodal, i już ich nie zapomniał.

Wtedy Turgon poszedł za radą Húrina i Huora i wydał swoim zastępom rozkaz, by się zaczęły wycofywać ku przełomom Sirionu; jego dwaj dowódcy, Ecthelion i Glorfindel, strzegli prawej i lewej flanki, tak by żadni wrogowie nie mogli wyprzedzić elfów, jedyna bowiem droga w tej okolicy była wąska i biegła na zachodnim brzegu coraz szerszego nurtu Sirionu. Tyłów kolumny elfów strzegli ludzie z Dor-lóminu, tak jak tego pragnęli Húrin i Huor; w głębi serca nie chcieli bowiem uciekać z Krain Północy, a gdyby nie udało im się przedrzeć z powrotem do ich domów, tu właśnie zamierzali wytrwać do końca. Tak więc Turgon wywalczył sobie drogę na południe i osłaniany przez Húrina i Huora uciekł brzegiem Sirionu i zniknął wśród gór, kryjąc się przed wzrokiem Morgotha. Lecz bracia skupili wokół siebie niedobitki mężnych ludzi z rodu Hadora i zaczęli się krok po kroku wycofywać, dopóki nie przeszli za moczary Serech i zobaczyli przed sobą strumień Rivil. Tam się zatrzymali i nie ustępowali już pola.

Wtedy natarły na nich wszystkie zastępy Angbandu i przeszedłszy przez strumień po ciałach swoich zabitych, otoczyły straceńców z Hithlumu jak wzbierająca fala otacza skałę. Tam, kiedy słońce chyliło się ku zachodowi i gęstniały cienie rzucane przez Ered Wethrin, padł Huor, trafiony w oko zatrutą strzałą, a wokół niego urósł kopiec z trupów wszystkich walecznych mężów z rodu Hadora; orkowie odrąbali im głowy i zgromadzili je na jednym miejscu. Oświetlone blaskiem zachodzącego słońca, wyglądały jak kurhan ze złota.

Na końcu został tylko sam Húrin. Odrzucił wówczas tarczę i oburącz chwycił topór dowódcy orków; wedle pieśni topór ten dymił od czarnej krwi trolli, którzy służyli w straży przybocznej Gothmoga, aż wreszcie się rozpadł. Za każdym zaś razem, kiedy Húrin zabijał wroga, wznosił okrzyk:

– *Aurë entuluva!* Znów wstanie dzień!

Siedemdziesiąt razy tak zawołał, lecz na koniec pojmano go żywcem z rozkazu Morgotha, który chciał w ten sposób więcej mu zła wyrządzić, niż śmierć zadając. Wczepili się weń orkowie, a chociaż odrąbywał im ręce, zaciśnięte dłonie go nie puszczały; coraz to odnawiały się zastępy wrogów, aż wreszcie powaliły go i całkiem zakryły. Wówczas Gothmog związał go i szydząc zeń zawlókł do Angbandu.

Tak, kiedy słońce zaszło za Morzem, zakończyła się Nirnaeth Arnoediad. Noc zapadła w Hithlumie, a z zachodu nadeszła wichura.

Wielki był tryumf Morgotha, chociaż nie osiągnął jeszcze wszystkich celów swej nienawiści. Jedna myśl go prześladowała i kładła się na zwycięstwo smugą niepokoju: z sieci wymknął mu się Turgon, ze wszystkich wrogów ten, którego najbardziej pragnął pojmać lub unicestwić. Turgon z wielkiego rodu Fingolfina został bowiem teraz prawowitym królem

wszystkich Noldorów, a Morgoth bał się tego rodu i go nienawidził, ponieważ elfowie ci pogardzali nim w Valinorze i zaskarbili sobie przyjaźń Ulma, wroga Morgotha. Nie mógł także zapomnieć ran, które Fingolfin zadał mu w walce. A najbardziej ze wszystkich bał się Morgoth Turgona, bo zauważył tego elfa dawno temu w Valinorze i ilekroć Turgon się potem do niego zbliżał, cień omraczał ducha Morgotha. Domyślał się wówczas, że w ukrytej jeszcze przyszłości spotka go za przyczyną Turgona zguba.

Rozdział III

Słowa Húrina i Morgotha

Z rozkazu Morgotha orkowie, trudząc się wielce, zgromadzili na jednym miejscu wszystkie ciała swoich nieprzyjaciół, całe ich oporządzenie wojenne i broń; powstał z tego na środku równiny Anfauglith kurhan, widoczny z daleka niby wielkie wzgórze, a Eldarowie nazwali go Haudh-en-Nirnaeth. Z całego pustkowia tylko na tym wzgórzu znów się pojawiła trawa i rosła na nim zielonymi, długimi źdźbłami, a na ziemi, pod którą w rdzę się rozsypywały miecze Eldarów i Edainów, nie postawił nigdy stopy żaden sługa Morgotha. Królestwo Fingona przestało istnieć, synowie Fëanora rozproszyli się niby liście niesione wiatrem. Do Hithlumu nie wrócił nikt z rodu Hadora ani nie doszły żadne wieści o bitwie i losie przywódców ludzi. Lecz Morgoth posłał tam podległych mu smagłych Easterlingów, osiedlił ich w tej krainie i zakazał ją opuszczać. Tyle tylko im dał z bogactw przyobiecanych za zdradę Maedhrosa: mogli do woli rabować i nękać starców, dzieci i kobiety z ludu Hadora. Niedobitki Eldarów z Hithlumu, wszystkich tych elfów, którzy nie uciekli na pustkowia i w góry, zapędził Morgoth do kopalń Angbandu; tam się stali jego niewolnikami. Orkowie przemierzali bez przeszkód wszystkie Krainy Północy i bez ustanku parli na południe, ku Beleriandowi. Tam ostał się jeszcze Doriath i Nargothrond, lecz Morgoth niewiele na nie zważał, albo że mało wiedział o tych królestwach, albo nie nadeszła jeszcze ich godzina w jego nikczemnych zamysłach. Myślą jednakże wciąż wracał do Turgona.

Dlatego doprowadzono Húrina przed oblicze Morgotha, który przez szpiegów i dzięki swoim umiejętnościom dowiedział się o przyjaźni syna Galdora z królem. Zrazu próbował więc ujarzmić jeńca spojrzeniem, lecz Húrin się nie przeląkł i szydził z Morgotha. Kazał go wówczas Morgoth zakuć w kajdany i poddać powolnym torturom, lecz po pewnym czasie przyszedł do Húrina i taki dał mu wybór: albo będzie mógł odejść wolny, dokąd zechce, albo otrzyma władzę i rangę najwyższego dowódcy wojsk Morgotha, jeśli tylko wyjawi, gdzie się znajduje forteca Turgona, a także wszystko, co wie o zamiarach króla. Lecz Húrin Niezłomny odrzekł na to drwiąco:

– Ślepy jesteś, Morgocie Bauglirze, i zawsze będziesz ślepy, bo widzisz tylko ciemność. Nie wiesz, co rządzi sercami ludzi, a nawet gdybyś wiedział, nie potrafiłbyś im tego dać. Lecz głupcem jest ten, kto przystaje na propozycje Morgotha. Najpierw weźmiesz zapłatę, a potem wycofasz to, co obiecałeś. Ja zaś, gdybym ci powiedział, co chcesz wiedzieć, otrzymałbym jako zapłatę śmierć.

Na to zaśmiał się Morgoth.

– Jeszcze będziesz błagał mnie o śmierć jak o łaskę – rzekł.

Potem zabrał Húrina na świeżo wzniesiony kurhan Haudh-en-Nirnaeth, nad którym unosiły się jeszcze wyziewy śmierci. Postawiwszy jeńca na szczycie, Morgoth kazał mu popatrzeć na zachód w stronę Hithlumu i pomyśleć o żonie, synu i innych krewnych.

– Oni mieszkają teraz w moim królestwie – rzekł Morgoth – i są zdani na moją łaskę.

– Ty nie wiesz, co to łaska – odparł Húrin. – Zaś do Turgona nie trafisz za ich pośrednictwem, gdyż nie znają jego sekretów.

Wtedy Morgotha ogarnął gniew.

– A jednak dosięgnę ciebie i twój przeklęty ród. Złamię was i nie przemożecie mej woli, choćbyście wszyscy byli ze stali. – Ujął leżący nieopodal długi miecz i złamał go. Húrin, którego odprysk metalu zranił w twarz, nawet nie drgnął. Wtedy Morgoth wyciągnął długą rękę ku Dor-lóminowi i tak przeklął Húrina, Morwenę i ich potomstwo: –

Spójrz! Oto cień moich myśli, który ich dosięgnie, dokądkolwiek pójdą, a moja nienawiść ścigać ich będzie aż na krańce świata.

Lecz Húrin odrzekł:

– Próżne są twe słowa. Dopóki bowiem nosisz tę postać i pragniesz być królem widzialnym na ziemi, nie możesz ich dostrzec ani rządzić nimi z daleka.

– Głupcze, niewiele znaczący wśród ludzi, którzy są najmniej ważni pomiędzy istotami władającymi mową! Czyś widział Valarów, czy poznałeś potęgę Manwëgo i Vardy? Czy wiesz, jak daleko sięgają ich myśli? A może sądzisz, że myślą o tobie i że mogą cię osłonić z oddali? – zawołał Morgoth.

– Tego nie wiem – odparł Húrin. – Choć jeśli zechcą, może się tak stać. Bowiem Odwieczny Król będzie zasiadał na tronie, dopóki istnieje Arda.

– Tyś to rzekł – powiedział Morgoth. – Jam jest Odwieczny Król: Melkor, pierwszy i najpotężniejszy z Valarów, który był, zanim powstał świat, jam go bowiem stworzył. Cień mego zamysłu wisi nad Ardą i wszystko, co się na niej znajduje, powoli i nieuchronnie nagina się do mej woli. I nad wszystkimi, których miłujesz, myśl moja ciążyć będzie jak chmura zagłady, aż przywiedzie ich ku ciemności i rozpaczy. Dokądkolwiek pójdą, przyniosą zło. Kiedykolwiek się odezwą, ich słowa okażą się złą radą. Cokolwiek uczynią, obróci się to przeciw nim. Umrą bez nadziei, przeklinając i życie, i śmierć.

Lecz Húrin mu odpowiedział:

– Czy zapomniałeś, do kogo się zwracasz? To samo mówiłeś dawno temu naszym ojcom, a jednak zdołaliśmy ujść przed twoim cieniem. Teraz zaś znamy cię, bowiem patrzyliśmy w twarze tych, co widzieli Światło, i słyszeliśmy głosy, które rozmawiały z Manwëm. Istniałeś wcześniej niż Arda, ale byli wówczas także inni i nie ty ją stworzyłeś. Nie jesteś też najpotężniejszy, swą moc zużyłeś bowiem na samego siebie i roztrwoniłeś ją we własnej pustce. Jesteś teraz ledwie zbiegłym niewolnikiem Valarów i wciąż czeka na ciebie łańcuch, który ci przygotowali.

– Tej lekcji nauczyłeś się na pamięć od swych panów – rzekł Morgoth. – Lecz takie dziecinne opowiastki ci nie pomogą, kiedy wszyscy uciekli precz.

– Więc na koniec, niewolniku Morgocie, powiem ci coś, co nie pochodzi z legend Eldarów, lecz zostało objawione memu sercu w tej godzinie – odparł Húrin. – Nie jesteś władcą ludzi i nigdy nim nie będziesz, choćby cała Arda i Menel znaleźć się miały pod twoimi rządami. Nie dościgniesz poza Kręgami Świata tych, co cię odrzucili.

– Nie będę ich ścigał poza Kręgami Świata – powiedział Morgoth – bowiem tam jest tylko Nicość. Ale dopóki nie przekroczą ich granicy, nie ujdą mi.

– Kłamiesz – rzekł Húrin.

– Przekonasz się, że ja nie kłamię, i sam to przyznasz – odparł Morgoth.

I zabrawszy Húrina z powrotem do Angbandu, posadził go na kamiennym siedzisku wysoko na zboczu Thangorodrimu, skąd mógł Húrin daleko sięgnąć wzrokiem, aż po krainę Hithlum na zachodzie i ziemie Beleriandu na południu. Tam spętał go Morgoth swą mocą, a stanąwszy przy nim, przeklął go ponownie, tak by Húrin nie mógł się ruszyć z miejsca ani umrzeć, dopóki Morgoth sam go nie uwolni.

– Siedź tu – rzekł Morgoth – i patrz na krainy, gdzie zło i rozpacz zawładną tymi, których mi wydałeś. Ośmieliłeś się bowiem ze mnie szydzić i poddałeś w wątpliwość moc Melkora, pana losów Ardy. Będziesz zatem widział moimi oczyma i słyszał moimi uszami, a nic nie zostanie przed tobą ukryte.

Rozdział IV

Odejście Túrina

Trzech tylko ludzi odnalazło w końcu drogę powrotną przez Taur-nu--Fuin. Smutna i trudna była to podróż. A gdy Glóredhela, córka Hadora, dowiedziała się o śmierci Haldira, pogrążyła się w żalu i umarła.

Do Dor-lóminu nie nadeszły żadne wieści. Ríana, żona Huora, popadła w szaleństwo i uciekła na pustkowia, lecz Elfy Szare z Mithrimu przyszły jej z pomocą; a gdy urodził się jej syn, Tuor, wzięły go na wychowanie. Jednakże Ríana poszła ku Haudh-en-Nirnaeth, położyła się na kurhanie i umarła.

Morwena Eledhwen pozostała w Hithlumie, cierpiąc w milczeniu. Jej synowi szło dopiero na dziewiąty rok, ona zaś znów była brzemienna. Wiodło jej się źle. Do kraju napłynęły hordy Easterlingów, którzy z potomkami Hadora postępowali okrutnie, ograbiając ich ze wszystkiego, co posiadali, i czyniąc z nich niewolników. Na ziemiach rodzinnych Húrina zabierali z domów wszystkich, którzy mogli pracować lub być im użyteczni. Brali w niewolę nawet dziewczęta i chłopców, a starców zabijali albo wypędzali, by pomarli z głodu. Jednak nie ośmielili się jeszcze podnieść ręki na Panią Dor-lóminu ani wygnać jej z domu, krążyła bowiem wśród Easterlingów pogłoska, iż Morwena jest niebezpieczną czarownicą, która się zadaje z białymi demonami, jak nazywali elfów. Żywili do nich nienawiść, ale jeszcze bardziej się ich lękali. Właśnie dlatego bali się także zapuszczać w góry, zwłaszcza na południu kraju, gdzie schroniło się wielu Eldarów. Toteż gdy splądrowali ten obszar i nagrabili bogactw do woli, Easterlingowie wycofali się na północ. Dom Húrina znajdował się bowiem na południowym wschodzie Dor-lóminu, w bliskim sąsiedztwie gór, a źródła Nen Lalaith ukryte były w cieniu Amon Darthir, w którego grzbiet wcinała się stroma przełęcz. Śmiały wędrowiec mógł się tędy przeprawić przez Ered Wethrin i zejść do Beleriandu tuż u źródeł Glithui. Lecz ani Morgoth, ani Easterlingowie nie znali jeszcze tej drogi, bowiem dopóki trwał ród Fingolfina, Nieprzyjaciel nie zagrażał tym ziemiom i żaden jego sługa nigdy się tu nie pojawił. Morgoth sądził, że Ered Wethrin stanowią przeszkodę, której nie sforsują ani uciekinierzy z północy, ani najeźdźcy z południa. Istotnie, dla tych, co nie mieli skrzydeł, od moczarów Serech aż po wspólną granicę Dor-lóminu i Nevrastu daleko na zachodzie innej drogi przez góry nie było.

Stało się więc tak, że po pierwszych napadach zostawiono Morwenę w spokoju, jednakże w okolicznych lasach czaili się ludzie i nie było bezpiecznie wypuszczać się daleko od domu. Pod opieką Morweny wciąż pozostawał snycerz Sador, kilkoro starych mężczyzn i kobiet oraz Túrin, któremu matka nie pozwalała się oddalać poza dziedziniec. Lecz gospodarstwo Húrina wkrótce podupadło i choć Morwena ciężko pracowała, cierpiała biedę. Chodziłaby głodna, gdyby nie pomoc, jakiej potajemnie udzielała jej Aerina, krewna Húrina, którą pewien Easterling imieniem Brodda przymusił do małżeństwa. Gorzka była dla Morweny ta jałmużna, lecz Pani Dor-lóminu przyjmowała tę pomoc ze względu na Túrina i nienarodzone jeszcze dziecko, a także dlatego, że, jak mawiała, dary pochodziły z jej własnej spiżarni. To właśnie Brodda pojmał ludzi, zagrabił dobytek i uprowadził bydło z dziedziny Húrina do własnej siedziby. Był człowiekiem zuchwałym, lecz przed przybyciem do Hithlumu niewiele znaczył wśród swoich pobratymców. Szukając bogactw, był więc gotów zająć ziemie, których inni jemu podobni nie pożądali. Morwenę Brodda widział tylko raz, gdy najechał jej gospodarstwo, lecz na jej widok ogarnęło go przerażenie. Myślał, że zajrzał w straszliwe oczy białego demona; owładnął nim śmiertelny strach, że przytrafi mu się coś złego. Nie splądrował więc jej domu i nie odkrył Túrina. Gdyby stało się inaczej, życie dziedzica prawowitego pana Dor-lóminu szybko by się skończyło.

Brodda zniewolił Słomiane Głowy, jak nazywał lud Hadora, i rozkazał, by wybudowali dla niego drewnianą siedzibę na północ od domu Húrina. Na dziedzińcu otoczonym palisadą jego niewolnicy byli stłoczeni jak bydło, ale źle strzeżeni. Znalazło się wśród nich jeszcze kilku niezastraszonych, gotowych zaryzykować życie, by pomóc Pani Dor-lóminu. Oni to właśnie przynosili Morwenie potajemnie wieści o tym, co się dzieje na jej ziemiach, lecz wiadomości te nie budziły nadziei. Brodda wziął sobie Aerinę za żonę, nie zaś jako niewolnicę, gdyż wśród najeźdźców niewiele było kobiet, a żadna z nich nie mogła się równać z córkami Edainów. Miał też nadzieję, że zdobędzie zwierzchnictwo nad tą krainą, a żona urodzi mu spadkobiercę, który przejmie po nim włości.

Morwena niewiele mówiła Túrinowi o tym, co się wydarzyło i co mogła przynieść przyszłość, a on lękał się przerywać pytaniami milczenie matki. Gdy Easterlingowie po raz pierwszy pojawili się w Dor-lóminie, zapytał:

– Kiedy wróci mój ojciec, by wypędzić tych niegodziwych złodziei? Dlaczego nie przybywa?

– Nie wiem – odpowiedziała Morwena. – Może poległ, a może został pojmany albo się wycofał tak daleko, że teraz nie zdoła się przedrzeć przez otaczających nas nieprzyjaciół.

– W takim razie myślę, że nie żyje – rzekł Túrin, kryjąc przed matką łzy. – Bowiem gdyby żył, nikt nie mógłby mu przeszkodzić w przyjściu nam z pomocą.

– Nie sądzę, by tak było, synu mój – odparła Morwena.

W miarę upływu czasu serce Morweny mroczniało od strachu o Túrina, dziedzica Dor-lóminu i Ladrosu, gdyż nie widziała dla syna żadnej nadziei na los lepszy niż rychła niewola u Easterlingów. Toteż wspomniała swą rozmowę z Húrinem i znów zwróciła myśli ku Doriathowi. Postanowiła, jeśli się jej uda, wyprawić w końcu potajemnie Túrina do Ukrytego Królestwa i uprosić króla Thingola, aby dał mu schronienie. A gdy tak siedziała i rozmyślała, jak przeprowadzić ów zamiar, wyraźnie usłyszała w myśli głos Húrina, mówiący: „Idź! Nie zwlekaj! Nie czekaj na mnie!" Zbliżały się jednak narodziny jej drugiego dziecka, a wyprawa, którą zamierzała podjąć, była trudna i niebezpieczna. Morwena wiedziała, że im więcej osób wyruszy, tym mniejsza będzie nadzieja na ucieczkę. A serce ciągle oszukiwało ją nadzieją, której nie chciała dać przystępu; w głębi duszy przeczuwała, że Húrin nie zginął, i w czasie bezsennych nocy nasłuchiwała jego kroków albo budziła się z myślą, że usłyszała na dziedzińcu rżenie jego konia, Arrocha. Co więcej, chociaż chciała, by zgodnie z ówczesnym zwyczajem Túrin wychowywał się na cudzym dworze, duma jeszcze nie pozwalała jej się ukorzyć i przyjąć jałmużny w postaci gościny, nawet u króla. Toteż nie usłuchała głosu Húrina czy też owego głosu wspomnienia. Tak oto zostało utkane pierwsze pasmo losu Túrina.

Zanim Morwena powzięła decyzję, nadeszła jesień Roku Lamentu. Wówczas Pani Dor-lóminu zaczęła się śpieszyć, bowiem niewiele pozostało czasu na podróż, a bała się, że na wiosnę Túrin zostanie wzięty w niewolę, jako że wokół grasowali Easterlingowie, obserwując dom. Dlatego też pewnego razu powiedziała niespodzianie do syna:

– Ojciec twój nie wraca, zatem musisz wyruszyć w drogę, i to jak najszybciej. Takie było jego życzenie.

– Wyruszyć w drogę? – wykrzyknął Túrin. – Dokąd mamy się udać? Za Góry?

– Tak – odrzekła Morwena – za Góry, na południe. Może tam jest jakaś nadzieja. Ale udasz się tam beze mnie, synu mój. Ja muszę zostać w domu.

– Nie mogę iść sam! – rzekł Túrin. – Nie opuszczę cię. Dlaczego nie mielibyśmy wyruszyć razem?

– Ja nie mogę – odparła Morwena. – Ale nie pójdziesz sam. Wyślę z tobą Gethrona i może Grithnira.

– Nie wyślesz Labadala? – spytał Túrin.

– Nie, bo Sador jest chromy – rzekła Morwena – a czeka was ciężka droga. Nadeszły srogie czasy, a ponieważ jesteś moim synem, nie będę ukrywała przed tobą prawdy: możesz zginąć w tej podróży. Nadchodzi zima. Lecz jeśli zostaniesz, czeka cię koniec gorszy od śmierci: będziesz niewolnikiem. Jeśli w przyszłości pragniesz być godnym miana mężczyzny, z odwagą postąpisz tak, jak ci mówię.

– Ale w ten sposób zostaną przy tobie tylko z Sador, ślepy Ragnir i stare kobiety – powiedział Túrin. – Czyż ojciec mój nie powiedział, że jestem spadkobiercą Hadora? Spadkobierca powinien zostać w domu, by bronić swego dziedzictwa. Teraz żałuję, że nie mam już noża!

– Spadkobierca powinien zostać, ale nie może – odparła Morwena. – Lecz pewnego dnia może powróci. Nie trać ducha! Jeśli sprawy przybiorą gorszy obrót, to jeśli będę mogła, wyruszę za tobą.

– Ale jak mnie odnajdziesz, zagubionego na pustkowiach? – zapytał Túrin; nagle odeszła go odwaga i otwarcie zapłakał.

– Jeśli będziesz lamentował, inni odnajdą cię wcześniej – rzekła Morwena. – Lecz ja wiem, dokąd się udajesz. Jeśli tam dotrzesz i zostaniesz, znajdę cię, gdy tylko będę mogła. Wysyłam cię bowiem do króla Thingola, do Doriathu. Czy nie wolisz być gościem króla niż niewolnikiem?

– Nie wiem – odparł Túrin. – Nie wiem, co to jest niewolnik.

– Odsyłam cię stąd, byś nie musiał się dowiedzieć – odrzekła Morwena. Ustawiła Túrina przed sobą i zajrzała mu w oczy, jakby próbowała wyczytać z nich jakąś zagadkę.

– To trudne chwile, Túrinie, synu mój – powiedziała w końcu. – Trudne nie tylko dla ciebie. Mnie też ciężko w tych złych czasach osądzić, co najlepiej uczynić. Postępuję jednak tak, jak uważam za słuszne, w przeciwnym bowiem razie dlaczego miałabym się rozstawać z najdroższą istotą, jaka mi pozostała?

Nie rozmawiali już o tym więcej, a oszołomiony Túrin pogrążył się w smutku. Rankiem poszedł poszukać Sadora, który wcześniej ścinał gałązki na podpałkę. Chrustu mieli niewiele, lękali się bowiem zapuszczać do lasu. Teraz Sador, oparty na swej kuli, patrzył na porzucone w kącie wielkie siedzisko, które robił dla Húrina.

– Musimy je spalić – rzekł. – W tych czasach można dbać tylko o najpilniejsze potrzeby.

– Nie rąb go jeszcze – poprosił Túrin. – Może ojciec wróci do domu, a wtedy ucieszy się, gdy zobaczy, co dla niego zrobiłeś.

– Złudne nadzieje są bardziej niebezpieczne od strachu – odparł Sador – i nie ogrzeją nas tej zimy. – Dotknął rzeźbionego krzesła i westchnął. – Zmarnowałem czas, choć wydawało mi się, że spędzam go przyjemnie. Lecz wszystkie takie przedmioty mają krótki żywot i chyba ich jedynym prawdziwym przeznaczeniem jest dostarczyć radości ich tworzenia. Właściwie mógłbym ci teraz zwrócić twój podarunek.

Túrin wyciągnął rękę, ale szybko ją cofnął.

– Mężczyzna nie przyjmuje swych podarków z powrotem – rzekł.

– Ale ten nóż należy już do mnie. Czyż nie mogę go dać, komu zechcę? – spytał Sador.

– Tak – odparł Túrin – ale nie mnie. Dlaczego jednak miałbyś go komuś dawać?

– Nie mam nadziei, bym mógł go użyć w jakimś godnym celu – powiedział Sador. – W czasach, jakie nadejdą, Labadal będzie mógł pracować tylko jako niewolnik.

– Co to jest niewolnik? – spytał Túrin.

– To ktoś, kto kiedyś był człowiekiem, ale jest traktowany jak zwierzę – odpowiedział Sador. – Karmi się go po to tylko, by utrzymać go przy życiu, a utrzymuje się go przy życiu, by ciężko pracował. Zaś on pracuje tylko ze strachu przed bólem czy śmiercią. A ci grabieżcy mogą zadać ból czy śmierć dla zabawy. Słyszałem, że wybierają dobrych biegaczy i polują na nich z psami. Szybciej się uczą od orków niż my od Pięknego Ludu.

– Teraz wszystko lepiej pojmuję – powiedział Túrin.

– To hańba, że musiałeś pojąć takie rzeczy tak wcześnie – rzekł Sador, a ujrzawszy dziwny wyraz twarzy Túrina, dodał: – Co teraz lepiej pojmujesz?

– Dlaczego matka mnie odsyła – odparł Túrin, a oczy napełniły mu się łzami.

– Ach tak! – wykrzyknął Sador i mruknął do siebie: – Ale czemu tak długo zwlekała? – Zwróciwszy się zaś do Túrina, powiedział: – Nie wydaje mi się, aby ta wiadomość mogła wywołać łzy. Lecz nie powinieneś głośno rozmawiać o zamysłach twej matki ani z Labadalem ani z nikim innym. Teraz wszystkie ściany i płoty mają uszy, a uszy te nie rosną na pięknych głowach.

– Ale ja muszę z kimś porozmawiać! Zawsze ci mówiłem o różnych sprawach. Nie chcę cię opuszczać, Labadalu. Nie chcę opuszczać tego domu ani matki.

– Jeżeli tego nie uczynisz – rzekł Sador – wkrótce zginie ród Hadora. Teraz na pewno już to pojmujesz. Labadal nie chce, byś odchodził, lecz Sador, sługa Húrina, będzie szczęśliwszy, gdy syn Húrina znajdzie się z dala od Easterlingów. Cóż, nie ma rady: musimy się pożegnać. Czy teraz przyjmiesz mój nóż jako pożegnalny podarunek?

– Nie! – odrzekł Túrin. – Matka mówi, że idę do elfów, do króla Doriathu. Tam, być może, otrzymam podobny oręż. Ale nie będę mógł ci przysyłać żadnych podarków, Labadalu. Będę bardzo daleko i zupełnie sam.

Przy tych słowach Túrin zapłakał, lecz Sador tak doń przemówił:

– Hola! Gdzież się podział syn Húrina? Bo słyszałem, jak niedawno mówił: „Jeśli tylko zdołam, zostanę żołnierzem króla elfów".

Túrin powstrzymał wtedy łzy i powiedział:

– Dobrze, skoro syn Húrina tak powiedział, musi dotrzymać słowa i odejść. Ale zawsze, ilekroć powiem, że chcę coś zrobić, to gdy nadchodzi czas spełnienia tych zamysłów, wszystko wygląda inaczej. Teraz odchodzę niechętnie. Muszę uważać, by więcej takich słów nie wypowiadać.

– Istotnie, tak byłoby najlepiej – rzekł Sador. – Takiego postępowania uczy wielu, lecz nieliczni słuchają ich nauk. Nie zamartwiaj się jednak przyszłością. Dzień dzisiejszy wystarczy ci aż nadto.

Przygotowawszy się do drogi, Túrin pożegnał matkę i wyruszył potajemnie ze swymi dwoma towarzyszami. Lecz gdy ci powiedzieli Túrinowi, żeby się odwrócił i spojrzał na dom swego ojca, ból rozstania niczym miecz przeszył mu serce.

– Morweno, Morweno, kiedyż znowu cię ujrzę? – zawołał chłopiec.

Morwena, która stała na progu, usłyszała echo tego okrzyku wśród lesistych wzgórz i tak mocno zacisnęła dłonie na odrzwiach, że pokaleczyła sobie palce. Był to pierwszy ze smutków Túrina.

Na początku roku, który nadszedł po odejściu Túrina, Morwena powiła córkę, której nadała imię Niënor, co znaczy Żałoba. Túrin znajdował się już wtedy daleko. Długą i ciężką przebył drogę, bowiem potęga Morgotha sięgała daleko. Za przewodników służyli mu Gethron i Grithnir, których młodość przypadła na czasy Hadora; lecz choć teraz się postarzeli, nadal nie brakło im męstwa. Ziemie te znali dobrze, gdyż w dawnych czasach często podróżowali po Beleriandzie. Zrządzeniem losu i dzięki odwadze przebyli Góry Cienia i zszedłszy w Dolinę Sirionu, dotarli do lasu Brethil. W końcu, zmęczeni i wynędzniali, stanęli u granic Doriathu. Lecz tam, oszołomieni, poplątali ścieżki w labiryncie królowej Meliany i błąkali się bez celu wśród drzew, aż skończył im się prowiant. Niewiele brakowało, by spotkała ich śmierć, bowiem z Krain Północy nadeszła mroźna zima, lecz Túrinowi nie tak lekki los był pisany. W chwili gdy zrozpaczeni wędrowcy osunęli się na ziemię, usłyszeli granie rogu. Polował w tej okolicy Beleg Mistrz Łuku, mieszkał bowiem na pograniczu Doriathu. W owym czasie nikt nie znał lasu lepiej od niego; usłyszawszy wołanie zbłąkanych, Beleg odnalazł ich, nakarmił i napoił, a kiedy dowiedział się, kim są i skąd przyszli, ogarnęło go zdumienie i współczucie. Z sympatią patrzył na Túrina, chłopiec bowiem był mocnej budowy, miał urodę matki, a spojrzenie ojca.

– O co chcesz prosić króla Thingola? – spytał go Beleg.

– Chciałbym zostać jego rycerzem, by wyruszyć przeciw Morgothowi i pomścić ojca – odparł Túrin.

– Może się tak stać, gdy zmężniejesz z biegiem lat – rzekł Beleg. – Bowiem choć jesteś jeszcze nieduży, masz zadatki na dzielnego męża, który godzien będzie zwać się synem Húrina Niezłomnego, jeśli to okaże się możliwe.

Imię Húrina szanowano we wszystkich krajach elfów, toteż Beleg chętnie został przewodnikiem wędrowców i zaprowadził ich do chaty, w której wtedy mieszkał z innymi myśliwymi. Zostali tam, a Beleg wysłał do Menegrothu posłańca. Gdy nadeszła wiadomość, że Thingol i Meliana przyjmą syna Húrina i jego opiekunów, Beleg zaprowadził ich tajemnymi ścieżkami do Ukrytego Królestwa.

Tak więc Túrin przybył do wielkiego mostu na Esgalduinie i przekroczył bramę siedziby Thingola. Będąc jeszcze dzieckiem, ujrzał cuda Menegrothu, których prócz Berena żaden śmiertelnik dotąd nie oglądał. Wówczas Gethron przekazał Thingolowi i Melianie poselstwo od Morweny. Thingol przyjął uciekinierów uprzejmie, a z szacunku dla

Húrina, najpotężniejszego z ludzi, oraz ze względu na swego krewnego Berena, posadził sobie Túrina na kolanie. Ci, którzy to widzieli, zdumieli się, był to bowiem znak, iż Thingol uznał chłopca za swego wychowanka; w owym czasie królowie tego nie czynili, a potem nigdy już władca elfów nie przyjął na wychowanie człowieka. Następnie Thingol przemówił do Túrina:

– Tutaj będzie twój dom, synu Húrina, i przez całe życie będziesz uważany za mego syna, choć jesteś człowiekiem. Dana ci będzie mądrość ponad miarę śmiertelnika, a w dłoniach będziesz dzierżył oręż elfów. Być może nadejdzie czas, gdy odzyskasz ziemie swego ojca w Hithlumie, lecz na razie zamieszkaj tutaj, otoczony miłością.

Tak zaczął się pobyt Túrina w Doriacie. Jego opiekunowie, Gethron i Grithnir, zostali z nim przez czas jakiś, choć pragnęli powrócić do swej pani do Dor-lóminu. Grithnir został z Túrinem aż do śmierci, ponieważ podeszły wiek i choroba nie pozwoliły mu ruszyć w drogę, lecz Gethron odszedł. Thingol wysłał z nim kilku towarzyszy, by mu służyli za przewodników i strzegli w podróży oraz zanieśli Morwenie posłanie od Thingola. W końcu przybyli do domu Húrina, a gdy Morwena dowiedziała się, że Túrin został przyjęty w siedzibie Thingola z honorami, zelżał jej ból. Elfowie przynieśli bogate dary od Meliany, a także radę, by Morwena przybyła do Doriathu wraz z powracającymi posłańcami. Meliana bowiem była mądra i przewidująca i miała nadzieję, że swoim zaproszeniem zapobiegnie złu, które lęgło się w myślach Morgotha. Lecz Morwena nie chciała opuścić domu, gdyż nie odmieniło się jeszcze jej dumne serce, a prócz tego Niënor była jeszcze niemowlęciem. Odprawiła przeto elfów z Doriathu, a skrywając swe ubóstwo, do podziękowań dołączyła w podarunku ostatnie drobne przedmioty ze złota, jakie jej pozostały. Poprosiła także, by na dwór Thingola zabrali Hełm Hadora. Túrin przez cały czas wyglądał powrotu posłańców Thingola, gdyż wiedział o zaproszeniu Meliany i miał nadzieję, że przybędzie z nimi Morwena; gdy wrócili bez niej, uciekł do lasu i zapłakał. Był to drugi smutek Túrina. Gdy zaś wysłańcy przekazali odpowiedź Morweny, współczucie ogarnęło Melianę, gdyż odgadła myśli Pani Dor-lóminu. Spostrzegła też, że losu, który przewidziała, nie uda się łatwo odmienić.

Hełm Hadora został oddany w ręce Thingola. Sporządzony był z szarej stali ozdobionej złotem, wyryto też na nim runy zwycięstwa. Tkwiła w nim moc chroniąca od ran czy śmierci każdego, kto go nosił, miecz bowiem, który weń uderzał, pękał, a strzały od niego się odbijały. Wykuł go Telchar, kowal z Nogrodu, którego wyroby cieszyły się wielką sławą. Hełm miał przyłbicę na podobieństwo masek, jakich krasnoludowie używali w swych kuźniach dla ochrony oczu; oblicze tego, który go wkładał, wzbudzało strach w sercach przeciwników, samo zaś było osłonięte od strzał i ognia. Hełm był zwieńczony pozłacanym wizerunkiem smoka Glaurunga, został bowiem zrobiony wkrótce po tym, jak smok po raz pierwszy wychynął z twierdzy Morgotha. Hador, a po nim Galdor, często wkładali Smoczy Hełm, idąc na wojnę, a w serca wojowników z Hithlumu wstępowała otucha, gdy widzieli, jak góruje on ponad polem bitwy. Krzyczeli wtedy: „Więcej wart Smok z Dor-lóminu niż złocisty jaszczur z Angbandu!" Lecz Húrin nie czuł się swobodnie ze Smoczym Hełmem na głowie, a tak czy inaczej nie chciał go nosić. Powiadał: „Wolę, by wrogowie oglądali moją prawdziwą twarz". Niemniej uważał hełm za jeden z największych skarbów swego rodu.

Thingol miał w Menegrocie głęboko położone zbrojownie pełne wszelkiego oręża: były tam kolczugi z metalu kutego na kształt rybich łusek, a lśniące jak woda, w której przegląda się księżyc; miecze i topory; tarcze i hełmy, wykute przez samego Telchara lub jego mistrza, starego Gamila Ziraka, lub przez elfów jeszcze bieglejszych w owej sztuce. Wiele z przedmiotów, które Thingol otrzymał w podarunku, pochodziło z Valinoru i wykuł je z całym mistrzostwem Fëanor, którego nie prześcignął kunsztem żaden rzemieślnik w dziejach świata. A jednak Thingol obracał w rękach Hełm Hadora tak, jakby w skarbcu nie miał nic godnego uwagi, i odezwał się uprzejmie w te słowa:

– Dumna była głowa, którą osłaniał ten hełm, własność przodków Húrina.

Wówczas przyszła królowi do głowy pewna myśl, wezwał więc Túrina i powiedział mu, że Morwena przysłała swemu synowi przedmiot o wielkiej mocy, dziedzictwo jego przodków.

– Przyjmij Smoczy Łeb Północy – rzekł – a kiedy nadejdzie czas, noś go z honorem.

Lecz Túrin był jeszcze zbyt młody, by unieść hełm, i niewiele na niego zważał, gdyż serce miał smutne.

Rozdział V

Túrin w Doriacie

Gdy Túrin był jeszcze dzieckiem, w królestwie Doriathu strzegła go Meliana, choć widywał ją rzadko. Lecz pewna dziewczyna imieniem Nellas, która mieszkała w lasach, szła na polecenie Meliany za Túrinem, jeśli pobłądził w lesie, i często go tam spotykała, niby przez przypadek. Wówczas bawili się razem lub spacerowali, trzymając się za ręce; on bowiem rósł szybko, podczas gdy dziewczyna zdawała się ledwie panną w jego wieku. Choć przeżyła wiele elfich lat, serce miała młode. Od Nellas Túrin wiele się dowiedział o roślinach i zwyczajach zwierząt Doriathu; nauczyła go także posługiwać się językiem Sindarów tak, jak mówiono nim w dawnym królestwie, czyli z użyciem starszych, bardziej dwornych form oraz piękniej brzmiących słów. Dzięki Nellas na jakiś czas poprawił się Túrinowi nastrój – do czasu, gdy duszę chłopca znów ogarnął mrok, a przyjaźń ta przeminęła jak początek wiosny. Nellas nie chadzała bowiem do Menegrothu, jako że nie lubiła przebywać pod kamiennymi sklepieniami. Tak więc, gdy minęło dzieciństwo Túrina i młodzieniec zaczął wybiegać myślą ku męskim czynom, spotykał ją coraz rzadziej, aż w końcu przestał ją nawoływać. Lecz ona nadal go strzegła, choć teraz pozostawała w ukryciu.

Dziewięć lat mieszkał Túrin w salach Menegrothu. Sercem i myślą nieustannie był przy swojej rodzinie. Czasami, ku swej radości, otrzymywał wieści z domu, Thingol bowiem wysyłał posłańców do Morweny tak często, jak tylko mógł, a ona także słała synowi wiadomości. W ten sposób Túrin dowiedział się, że Morwenie wiedzie się lepiej i że jego siostra Niënor staje się coraz piękniejsza, rozkwitając niczym kwiat na szarej Północy. A Túrin mężniał, aż wyrósł na wysokiego mężczyznę i przewyższał wzrostem nawet elfów z Doriathu, a jego siła i odwaga stały się sławne w całym królestwie Thingola. Przez ten czas zdobył dużą wiedzę, chętnie słuchając opowieści o dawnych dziejach i wielkich czynach przeszłości, stał się także rozważny i oszczędny w słowach. Beleg Mistrz Łuku często przybywał do Menegrothu, by odwiedzić Túrina. Prowadził go wtedy daleko poza siedzibę Thingola, uczył życia w lesie, łucznictwa i – co młodzieniec bardziej lubił – władania mieczem. Túrin miał mniej zdolności do rękodzieła, gdyż z trudem się uczył używać swojej siły i często psuł rozpoczęte dzieło jednym nieopatrznym uderzeniem. Zdawało się, że los nie sprzyja mu także w innych sprawach, często bowiem jego plany spełzały na niczym i nie osiągał tego, czego pragnął. Nie zdobywał też łatwo przyjaźni, nie był bowiem wesoły i śmiał się rzadko, a nad jego młodością wisiał cień. Niemniej ci, co go dobrze znali, kochali go i poważali; cieszył się także szacunkiem jako wychowanek króla.

Był jednak w Doriacie ktoś, kto mu tego zazdrościł coraz bardziej, w miarę jak Túrin zbliżał się do wieku męskiego. Elf ów zwał się Saeros. Był dumny i wyniośle traktował tych, których uważał za mniej godnych od siebie. Zdobył przyjaźń minstrela Daerona, bowiem także był dobrym śpiewakiem; ludzi nie kochał, a już najmniej krewnych Berena Jednorękiego.

– Czy to nie dziwne – mawiał – że udzielono tu gościny jeszcze jednemu członkowi tego nieszczęsnego plemienia? Czy ów pierwszy nie wyrządził już w Doriacie wystarczająco wiele szkód?

Toteż krzywo patrzył na Túrina i wszystkie jego poczynania, mówił zaś o nim tyle złego, ile tylko mógł. Jednakże jego słowa były pełne przebiegłości, a złość zamaskowana. Jeśli spotykał Túrina samego, przemawiał do niego wyniośle i wyraźnie okazywał mu pogardę. Túrina to drażniło, choć przez długi czas odpowiadał na złe słowa milczeniem, gdyż Saeros był możnym wśród ludu Doriathu, a także doradcą króla. Lecz milczenie Túrina gniewało Saerosa tyleż, co jego słowa.

W roku, w którym Túrin skończył siedemnaście lat, odnowił się jego ból, bowiem wtedy właśnie przestały napływać z domu jakiekolwiek wieści. Potęga Morgotha rosła z roku na rok i jego cień rozpościerał się już nad całym Hithlumem. Niewątpliwie Nieprzyjaciel wiedział wiele o sprawach rodziny Húrina i przez pewien czas jej nie nękał tylko dlatego, by mogły się spełnić jego zamierzenia. Teraz, chcąc urzeczywistnić swój plan, nakazał pilnie obserwować wszystkie przełęcze w Górach Cienia, tak żeby nikt nie mógł się wydostać z Hithlumu ani do niego wejść bez narażania się na wielkie niebezpieczeństwo. Wokół źródeł Narogu i Teiglinu oraz w górnym biegu Sirionu aż się roiło od orków. Stało się więc, że pewnego razu posłańcy Thingola nie wrócili i król nie chciał już nikogo wysyłać. Nigdy chętnie nie zezwalał swoim poddanym na oddalanie się poza strzeżone granice i w niczym nie okazał rodzinie Húrina większej przychylności jak w tym, że wysyłał posłańców w niebezpieczną drogę do Morweny do Dor-lóminu.

Túrin przez wiele dni siedział w milczeniu, z ciężkim sercem rozpamiętując upadek rodu Hadora i Ludzi Północy. Nie wiedział, na jakie nowe zło się zanosi i lękał się, że Morwenie i Niënor przytrafiło się coś niedobrego. W końcu wstał i poszedł poszukać Thingola. Znalazł go siedzącego z Melianą pod Hírilornem, wielkim bukiem Menegrothu.

Thingol spojrzał na Túrina zdumiony, widząc nagle przed sobą nie wychowanka, lecz jakiegoś obcego – wysokiego, ciemnowłosego człowieka, który spoglądał na niego oczyma głęboko osadzonymi w bladej twarzy, z której biła surowość i duma. Stał i nic nie mówił.

– Czego pragniesz, przybrany synu? – zapytał Thingol; domyślał się, że prośba nie będzie błaha.

– Godnej mnie kolczugi, miecza i tarczy, panie – odparł Túrin. – A także, jeśli pozwolisz, chciałbym odzyskać Smoczy Hełm moich przodków.

– Otrzymasz to wszystko – rzekł Thingol. – Jakaż jednak kryje się za tym potrzeba?

– Potrzeba męża – odrzekł Túrin – i syna, który pamięta o rodzinie. Potrzebuję też towarzyszy wprawnie władających orężem.

– Wyznaczę ci miejsce wśród moich rycerzy walczących mieczami, miecz bowiem będzie zawsze twoją bronią. Wraz z moją drużyną możesz zakosztować wojny na pograniczu, jeśli takie jest twoje pragnienie.

– Serce każe mi się udać poza granice Doriathu. Marzy mi się raczej atak na naszego wroga niż obrona.

– A zatem musisz iść w pojedynkę – rzekł Thingol. – O udziale mego ludu w wojnie z Angbandem zadecyduję sam, kierując się własnym doświadczeniem, Túrinie synu Húrina. Wiedz, że ani teraz, ani kiedykolwiek indziej nie zamierzam wysyłać z Doriathu żadnych zbrojnych oddziałów.

– Ty jednak możesz odejść, jeśli taka jest twoja wola, synu Morweny – odezwała się Meliana. – Obręcz Meliany nie zatrzymuje tych, którzy weszli tu za naszym przyzwoleniem.

– Chyba że powstrzymają cię mądre rady – dodał Thingol.

– A co mi radzisz czynić, panie? – spytał Túrin.

– Z postawy wyglądasz na mężczyznę i zaiste sprawiasz wrażenie doroślejszego niż wielu innych ludzi w twoim wieku – odparł Thingol – lecz nie osiągnąłeś jeszcze pełni męskości. Dopóki tak się nie stanie, powinieneś zachowywać cierpliwość, wypróbowywać i szkolić siłę. Być może wtedy będziesz mógł wspomnieć na niedole twej rodziny; niewielka jest jednakże nadzieja na to, by jeden człowiek mógł samotnie zdziałać przeciw Czarnemu Władcy coś więcej, niż dopomóc władcom elfów w obronie, choćby walka miała trwać długo.

Na to odpowiedział Túrin:

– Mój krewniak Beren uczynił więcej.

– Beren i Lúthien – odezwała się Meliana. – Lecz jesteś zbyt zuchwały, przemawiając tak do jej ojca. Myślę, że twoje przeznaczenie nie sięga takich wyżyn, Túrinie synu Morweny, choć drzemie w tobie wielkość, a los twój jest, na dobre czy na złe, spleciony z losem elfów. Strzeż się samego siebie, by nie wynikło z tego jakieś zło. – Po chwili milczenia przemówiła do niego tymi słowy: – Idź już, mój wychowanku, i posłuchaj rady króla. Ona zawsze będzie mądrzejsza od twej własnej decyzji. Nie sądzę jednak, byś po osiągnięciu wieku męskiego długo tu z nami pozostał. Dla własnego dobra zapamiętaj na przyszłość słowa Meliany: strzeż się zarówno żaru, jak i chłodu swego serca, i jeśli tylko możesz, staraj się zachować cierpliwość.

Wówczas Túrin pokłonił się swym opiekunom i pożegnał ich. Wkrótce potem włożył Smoczy Hełm, wziął oręż i udał się na północne pogranicze, gdzie dołączył do wojowników Thingola, którzy toczyli tam nieustającą wojnę z orkami oraz innymi sługami i stworami Morgotha. W ten sposób, ledwie przestał być dzieckiem, udowodnił, że jest silny i odważny, a pamiętając o krzywdach rodziny, zawsze był pierwszy do zuchwałych czynów. Otrzymał wiele ran od włóczni, strzał czy zakrzywionych szabli orków.

Przeznaczenie chroniło go jednak od śmierci; daleko poza Doriath rozeszły się pogłoski, że znów widziano Smoczy Hełm Dor-lóminu. Wielu się wówczas dziwiło, pytając: „Czy duch człowieka może wrócić po śmierci? A może to Húrin z Hithlumu rzeczywiście uciekł z lochów Piekła?"

Jeden tylko wojownik wśród strażników granic królestwa Thingola przewyższał w owym czasie Túrina w sztuce władania orężem, a był to Beleg Mistrz Łuku. Beleg i Túrin byli nieodstępnymi towarzyszami w każdym niebezpieczeństwie i razem przemierzali wzdłuż i wszerz dzikie lasy.

Tak minęły trzy lata. W tym czasie Túrin rzadko odwiedzał siedzibę Thingola, przestał też dbać o swój wygląd i strój. Włosy miał w nieładzie, a kolczugę okrywał szarym płaszczem, noszącym ślady złej pogody. Aż raz latem trzeciego roku, gdy Túrin był już dwudziestoletnim młodzieńcem, zdarzyło się, iż pragnąc odpoczynku i potrzebując kowala, który by mu broń naprawił, pewnego wieczoru przybył niespodziewanie do Menegrothu i wszedł do wielkiej sali. Thingola tam nie było, jako że wraz z Melianą bawił wówczas w lesie, gdzie chętnie spędzał czas w środku lata. Túrin, zdrożony i pogrążony w myślach, usiadł przy stole. Przez złe zrządzenie losu zajął miejsce wśród dostojników królestwa i to akurat tam, gdzie zwykł siadywać Saeros. Gdy spóźniony Saeros wkroczył do sali, wpadł w gniew, był bowiem przekonany, że

Túrin uczynił to powodowany dumą i chęcią znieważenia go. Gniew jego stał się jeszcze większy, gdy przekonał się, że siedzący wokół nie zganili Túrina, lecz mile przywitali jako kogoś godnego zasiadać między nimi.

Toteż przez jakiś czas Saeros udawał przychylność wobec Túrina. Usiadłszy na innym krześle, naprzeciw niego, powiedział:

– Rzadko zaszczyca nas swą obecnością ten strażnik pogranicza – rzekł – toteż z radością odstępuję mu swoje miejsce w zamian za możliwość porozmawiania z nim.

Lecz Túrin, pogrążony w rozmowie z Mablungiem Myśliwym, nie wstał i odwzajemnił się jedynie oschłym „Dziękuję ci".

Wówczas Saeros zasypał go pytaniami o wieści znad granicy i o jego czyny w głuszy, lecz choć jego mowa brzmiała pięknie, trudno było w głosie nie usłyszeć szyderstwa. Túrina ogarnęło rozdrażnienie; młodzieniec rozejrzał się i poczuł gorycz wygnania. Mimo całej wesołości i światła w salach elfów zaczął wspominać Belega i ich wspólne życie w lesie, a stamtąd przeniósł się myślami hen do Dor-lóminu, do Morweny, do domu swego ojca. Pogrążony w mrocznych rozmyślaniach, zmarszczył brwi i nie odpowiedział Saerosowi. Ten zaś sądząc, że Túrin nachmurzył się z jego powodu, nie powstrzymywał już gniewu. Wyjął złoty grzebień i rzucił go na stół przed Túrina, wołając:

– Niewątpliwie przybyłeś tutaj w pośpiechu, człowieku z Hithlumu, więc można ci wybaczyć twój obszarpany płaszcz, lecz twoja głowa nie musi przypominać wyglądem kolczastych zarośli. Może gdybyś miał odsłonięte uszy, lepiej byś słyszał, co się do ciebie mówi.

Túrin bez słowa spojrzał na Saerosa, a w jego wzroku można było dostrzec złowrogi błysk. Lecz Saeros nie pojął tego ostrzeżenia. Popatrzył na Túrina z pogardą i rzekł tak, by wszyscy usłyszeli:

– Jeśli mężczyźni z Hithlumu są tak dzicy i nieokrzesani, to ciekaw jestem, jak wyglądają ich kobiety. Czy biegają okryte tylko własnymi włosami, niczym łanie?

Wtedy Túrin chwycił puchar i cisnął nim w twarz Saerosa, który padł na wznak, raniąc się dotkliwie. Túrin dobył miecza i chciał się rzucić na przeciwnika, lecz powstrzymał go Mablung. Wtedy Saeros się podniósł i splunąwszy krwią na stół, przemówił, choć wargi miał rozbite:

– Jak długo będziemy dawać schronienie temu dzikiemu Wosowi? Kto tu dziś rządzi? Prawo surowo karze za zranienie w tej sali królewskiego poddanego, a dla takich, co dobywają tu miecza, banicja to najłagodniejszy wyrok. Mogę ci dać odpowiedź na zewnątrz, dzikusie z lasu!

Lecz gdy Túrin ujrzał na stole krew, ochłonął; strząsnął z siebie ręce Mablunga i wyszedł bez słowa.

Wówczas Mablung powiedział do Saerosa:

– Co się dziś trapi? Za to zło ciebie winię i być może król wedle prawa osądzi, iż rozbite wargi stanowią sprawiedliwą zapłatę za twe obelżywe słowa.

– Jeśli ten młokos chce się na mnie skarżyć, niechaj rozsądzi nas król – odparł Saeros. – Lecz dobycie miecza na tej sali nie może być niczym usprawiedliwione. Jeśli ten dzikus sięgnie po broń na zewnątrz, zabiję go.

– Równie dobrze mogłoby się stać inaczej – rzekł Mablung. – Gdyby jednak zginął którykolwiek z was, zły będzie to czyn, bardziej pasujący do zwyczajów Angbandu niż Doriathu, i wyniknie z niego jeszcze więcej zła. Czuję, że chyba istotnie zawisł nad nami dzisiaj jakiś cień z Północy. Zastanów się, Saerosie, byś przez swą dumę nie okazał się wykonawcą woli Morgotha. Pamiętaj, że jesteś Eldarem.

– O tym nie zapominam – odrzekł Saeros, lecz nie pohamował gniewu; jego złość rosła przez całą noc, podsycając urazę.

Wczesnym rankiem, kiedy Túrin opuszczał Menegroth, by wrócić na północne pogranicze, Saeros na niego napadł. Niewiele kroków uszedł Túrin, gdy Saeros wyskoczył nań od tyłu z obnażonym mieczem, osłaniając się tarczą. Lecz Túrin, który w leśnej głuszy nauczył się czujności, dostrzegł napastnika kątem oka, uskoczył w bok i błyskawicznie dobywszy miecza, natarł na Saerosa.

– Morweno! – zawołał. – Teraz szyderca zapłaci za szydercze słowa!

Rozłupał tarczę Saerosa, a potem starły się śmigłe klingi. Túrin przeszedł twardą szkołę i nabył zwinności elfa, lecz każdego z nich przewyższał siłą. Rychło zdobył nad Saerosem przewagę i zranił go w rękę, w której tamten dzierżył miecz. Broń wypadła z dłoni elfa. Túrin postawił nogę na mieczu; teraz Saeros był zdany na łaskę człowieka.

– Saerosie – rzekł Túrin – czeka cię długi bieg, a odzienie będzie w nim zawadą. Same włosy muszą ci wystarczyć za okrycie.

Przewrócił go znienacka na ziemię, zerwał zeń szaty, a Saeros poczuł wielką siłę Túrina i przeląkł się. Lecz Túrin postawił go na nogi i krzyknął:

– Biegnij! Biegnij, ty, który szydzisz z kobiet! Biegnij! A jeśli nie pobiegniesz tak szybko jak jeleń, będę cię popędzał, kłując z tyłu.

I przytknął czubek miecza do pośladków Saerosa, a ten popędził w las, z przerażenia wołając głośno pomocy. Túrin zaś, niczym ogar, puścił się za nim biegiem i jakkolwiek Saeros biegł i kluczył, zawsze miał za sobą nienawistny miecz.

Krzyki Saerosa sprawiły, że do pościgu przyłączyło się wielu innych, lecz tylko najszybsi mogli dotrzymać kroku dwóm przeciwnikom. Mablung biegł na ich czele, wielce zatroskany, gdyż choć szyderstwa Saerosa wydały mu się złe, wiedział, że „złość, która budzi się rankiem, przed nadejściem nocy staje się radością Morgotha". Ponadto za ciężkie przewinienie uważano samowolne wymierzenie elfowi hańbiącej kary bez oddania sprawy pod osąd innych. Nikt wówczas nie wiedział, że Saeros pierwszy zaatakował Túrina i że chciał go zabić.

– Stój, stój, Túrinie! – wołał Mablung. – Tak czynią orkowie!

Lecz Túrin odkrzyknął:

– Czyny orków już były; to jest tylko orkowa zabawa.

Zanim odezwał się Mablung, Túrin zamierzał poniechać Saerosa, lecz teraz na nowo puścił się za nim z krzykiem. Elf, straciwszy nadzieję na pomoc i sądząc, że śmierć się zbliża, pędził bez opamiętania przed siebie, aż dotarł niespodziewanie nad skraj głębokiej przepaści, którą płynął strumień zasilający Esgalduinę. Przepaść była tak szeroka, że nie przesadziłby jej z łatwością nawet jeleń. Przerażony Saeros skoczył, lecz nie znalazłszy na przeciwległym brzegu oparcia dla stóp, spadł z krzykiem i roztrzaskał się na wielkim kamieniu wystającym z wody. Tak zakończyło się jego życie w Doriacie, a Mandos zatrzyma go u siebie przez długi czas.

Túrin spojrzał na ciało leżące w strumieniu. „Nieszczęsny głupiec! – pomyślał. – Pozwoliłbym, by stąd wrócił do Menegrothu. A teraz obciążył mnie niezasłużoną winą". Odwrócił się i spojrzał posępnie na Mablunga i jego towarzyszy, którzy podeszli na skraj urwiska. Po chwili milczenia odezwał się z powagą Mablung:

– Biada! Wróć teraz z nami, Túrinie, bowiem król musi osądzić te czyny.

Lecz Túrin odpowiedział:

– Gdyby król był sprawiedliwy, uznałby mnie za niewinnego. Czyż jednak Saeros nie był jednym z jego doradców? A czy sprawiedliwy król wybrałby sobie na przyjaciela kogoś z sercem przepełnionym złością? Wyrzekam się jego prawa i jego sądu.

– Nadto dumne są twe słowa – rzekł Mablung, choć w głębi serca współczuł młodzieńcowi. – Naucz się mądrości! Nie powinieneś zostać zbiegiem. Proszę cię, abyś wrócił ze mną jako przyjaciel. Są też inni świadkowie. Gdy król dowie się prawdy, możesz mieć nadzieję na przebaczenie.

Lecz Túrin miał już dość dworu elfów. Obawiał się również, że może zostać uwięziony. Powiedział więc do Mablunga:

– Nie, nie posłucham cię. Nie będę prosił króla Thingola o przebaczenie, skoro nic złego nie uczyniłem. Odejdę tam, gdzie jego wyrok mnie nie dosięgnie. Masz teraz do wyboru: albo puścić mnie wolno, albo zabić, skoro takie jest wasze prawo. Bowiem jest was zbyt mało, by wziąć mnie żywym.

Poznali po ogniu płonącym w jego wzroku, że mówi prawdę, toteż pozwolili mu odejść, a Mablung powiedział:

– Jedna śmierć wystarczy.

– Nie chciałem jej, ale jej też nie opłakuję – odrzekł Túrin. – Oby Mandos osądził go sprawiedliwie, a jeśli Saeros kiedykolwiek powróci do krainy żyjących, oby okazał się mądrzejszy. Bywaj!

– Odejdź więc, odejdź wolny! – powiedział Mablung – Niechaj się stanie zadość twemu pragnieniu. Nie życzę ci powodzenia, bo byłyby to próżne słowa, skoro odchodzisz w ten sposób. Zawisł nad tobą cień. Oby nie był mroczniejszy, gdy znów się spotkamy.

Túrin nic na to nie odrzekł. Odszedł śpiesznie, samotny, a nikt nie wiedział dokąd.

Powiadają, że gdy Túrin nie powrócił na północne pogranicze Doriathu i nie było o nim żadnych wieści, Beleg Mistrz Łuku sam się udał do Menegrothu, by go odnaleźć. Z ciężkim sercem przyjął wieści o czynach Túrina i jego ucieczce. Wkrótce potem Thingol i Meliana powrócili do swej siedziby, lato miało się bowiem ku końcowi. Gdy król wysłuchał relacji o tym, co zaszło, orzekł:

– To poważna sprawa, którą muszę poznać w całości. Chociaż Saeros, mój doradca, został zabity, a Túrin, mój przybrany syn, uciekł, jutro zasiądę tu jako sędzia i zanim wydam wyrok, jeszcze raz wysłucham wszystkiego w należytej kolejności.

Nazajutrz król zasiadł na swym tronie w wielkiej sali dworu, a wokół niego zgromadzili się wszyscy przywódcy i dostojnicy Doriathu. Następnie złożyło swe świadectwa wielu elfów, a spośród nich Mablung mówił najwięcej i z największą jasnością. A kiedy opowiadał o kłótni przy stole, zdało się królowi, że serce Mablunga skłania się ku Túrinowi.

– Przemawiasz jako przyjaciel Túrina, syna Húrina? – zapytał Thingol.

– Byłem nim, lecz prawdę kocham bardziej i dłużej – odparł Mablung. – Wysłuchaj mnie, panie, do końca!

Kiedy wszystko zostało opowiedziane, aż do pożegnalnych słów Túrina, Thingol westchnął, spojrzał na siedzących przed sobą i powiedział:

– Niestety! Cień widzę na waszych twarzach. W jaki sposób wkradł się on do mego królestwa? To skutki działania czyjejś złości. Saerosa uważałem za wiernego i mądrego, lecz gdyby żył, odczułby mój gniew, gdyż jego szyderstwa były złem. Uznaję go winnym wszystkiego, co wydarzyło się w tej sali. Jeśli o to chodzi, wybaczam Túrinowi. Nie mogę jednak pominąć jego późniejszych czynów, kiedy powinien był powściągnąć gniew. Zhańbienie Saerosa i zagonienie go na śmierć były gorsze od tamtej obrazy. Świadczą one o sercu twardym i dumnym.

Tu Thingol zamilkł, lecz po chwili znów przemówił ze smutkiem:

– Mój przybrany syn okazał się człowiekiem niewdzięcznym i zbyt dumnym, jak na swój stan. Jakże mogę dawać schronienie temu, który gardzi mną i moim prawem, albo przebaczyć komuś, kto nie chce żałować swych postępków? Taki zatem musi być mój wyrok: wygnam Túrina z Doriathu. Jeśli zechce doń przybyć, zostanie przyprowadzony do mnie na sąd i dopóki nie poprosi o wybaczenie padłszy mi do stóp, nie będzie moim synem. Jeśli ktokolwiek z tu obecnych uważa ten wyrok za niesprawiedliwy, niechaj teraz przemówi.

Zapadła cisza i Thingol uniósł rękę, aby ogłosić wyrok. Lecz w tejże chwili wszedł pośpiesznie Beleg i zawołał:

– Panie, czy mogę jeszcze coś powiedzieć?

– Przychodzisz późno – rzekł Thingol. – Czy nie wezwano cię wraz z innymi?

– Istotnie, panie – odpowiedział Beleg – lecz zatrzymałem się w drodze, gdyż szukałem kogoś, kogo znam. Teraz zaś przyprowadziłem świadka, który powinien zostać wysłuchany, zanim zapadnie wyrok.

– Zostali wezwani wszyscy, którzy mieli coś do powiedzenia – rzekł król. – Cóż takiego może ów świadek powiedzieć, co byłoby ważniejsze niż to, czego wysłuchałem od innych?

– Ocenisz to, gdy go wysłuchasz – odparł Beleg. – Jeśli czymkolwiek zasłużyłem sobie na twą łaskę, daj mi zezwolenie, panie.

– Tobie zezwalam – rzekł Thingol.

Wtedy Beleg wyszedł i zaraz wrócił, prowadząc za rękę Nellas, która mieszkała w lasach i nigdy nie przychodziła do Menegrothu. Lękała się teraz owej wielkiej sali z kamiennym sklepieniem wspartym na kolumnach, a spojrzenia licznie zgromadzonych elfów ją onieśmielały. Gdy Thingol kazał jej przemówić, rzekła:

– Panie, siedziałam na drzewie... – lecz wtedy zająknęła się ze strachu przed królem i nie mogła wyrzec nic więcej.

Król się uśmiechnął.

– Inni też to robili, ale nie odczuwali potrzeby, aby mi to oznajmić.

– Inni też – odezwała się, bowiem królewski uśmiech dodał jej odwagi. – Nawet Luthien! O niej właśnie rozmyślałam tamtego poranka. I o człowieku Berenie.

Thingol nic na to nie odpowiedział i już się nie uśmiechał, czekając, co Nellas dalej powie.

– Túrin przypominał mi Berena – wyznała w końcu. – Słyszałam, że są spokrewnieni. Niektórzy, ci, co przyjrzą się dokładniej, potrafią dostrzec między nimi podobieństwo.

Thingol się zniecierpliwił.

– Być może – rzekł. – Lecz Túrin, syn Húrina, odszedł, wzgardziwszy mną, i więcej go nie ujrzysz, by doszukiwać się tego pokrewieństwa. Teraz bowiem ogłoszę mój wyrok.

– Królu, panie! – krzyknęła. – Okaż mi cierpliwość i najpierw wysłuchaj. Wspięłam się na drzewo, by popatrzeć na Túrina, gdy odchodził, i zobaczyłam, jak Saeros wybiega z lasu z mieczem i tarczą i rzuca się nań znienacka.

Podniósł się na to pomruk w sali, a król uniósł rękę, mówiąc:

– Przynosisz mi wiadomość donioślejszą, niż można się było spodziewać. Zważaj teraz na wszystkie swe słowa, jest to bowiem sąd, na którym zapadnie wyrok.

– Tak powiedział mi Beleg – odrzekła – i tylko dlatego ośmieliłam się tu przyjść, by Túrina źle nie osądzono. Jest mężny, ale też miłosierny. Walczyli ze sobą, panie, aż Túrin pozbawił Saerosa tarczy i miecza, a przecież go nie zabił. Toteż nie wierzę, by potem zapragnął jego śmierci. Jeśli Saeros został zhańbiony, to na hańbę tę zasłużył.

– Osąd należy do mnie – rzekł Thingol – lecz wezmę pod rozwagę to, co powiedziałaś. – Następnie dokładnie wypytał Nellas o wszystko i w końcu zwrócił się do Mablunga ze słowami: – Dziwi mnie, że Túrin nic ci nie powiedział.

– A jednak nie uczynił tego – odparł Mablung – bo inaczej bym ci wszystko powtórzył. Inaczej też bym z nim rozmawiał przy pożegnaniu.

– Inny także będzie teraz mój wyrok – powiedział Thingol. – Słuchajcie! Wybaczam Túrinowi to, co można mu zarzucić, uważam bowiem, że został skrzywdzony i sprowokowany. A ponieważ istotnie, jak powiedział Túrin, jest tego winien jeden z moich doradców, nie mój wychowanek będzie zabiegał o wybaczenie, lecz ja je mu przekażę, jeśli tylko uda się go znaleźć, a potem z wszelkimi honorami zaproszę go do mej siedziby.

Gdy wyrok został ogłoszony, Nellas nagle zapłakała.

– Gdzie można go odnaleźć? – rzekła. – Opuścił nasze ziemie, a świat jest szeroki.

– Będziemy go szukać – powiedział Thingol, wstając.

Beleg wyprowadził Nellas z Menegrothu i tak do niej mówił po drodze:

– Nie płacz. Jeśli Túrin żyje i wędruje wolny, znajdę go, choćby wszyscy inni zawiedli.

Nazajutrz Beleg stawił się przed Thingolem i Melianą.

– Posłuż mi radą, Belegu, gdyż zbolałe jest moje serce – rzekł król. – Uznałem bowiem syna Húrina za swego syna i nie przestanę być dla niego ojcem, chyba że sam Húrin wróci z ciemności i upomni się o swoje prawa. Nie chcę, by ktokolwiek mówił, że niesprawiedliwie wypędziłem Túrina w lasy. Chętnie przywitałbym go z powrotem, bo umiłowałem tego młodzieńca.

– Pozwól mi panie, bym w twoim imieniu naprawił to zło, jeśli zdołam – odparł Beleg. – Taki bowiem mąż, na jakiego się zapowiadał, nie powinien sczeznąć w głuszy. Doriath go potrzebuje i będzie potrzebował coraz bardziej. Ja też go miłuję.

Wtedy Thingol powiedział do Belega:

– Teraz mam nadzieję na powodzenie twych poszukiwań! Idź, wspierany moimi dobrymi myślami, a jeśli go odnajdziesz, strzeż go i prowadź najlepiej, jak potrafisz. Od dawna kładziesz największe zasługi w obronie Doriathu, a licznymi dowodami mądrości i mężnymi czynami zasłużyłeś na moje podziękowanie. Za czyn zaś największy uznam odnalezienie Túrina. Zanim się rozstaniemy, proś, o co chcesz, a niczego ci nie odmówię.

– Proszę zatem o dobry miecz – odparł Beleg – orków bowiem jest już zbyt wielu i podchodzą zbyt blisko, by wystarczył sam łuk, a moja klinga nie wyrządza ich zbrojom żadnych szkód.

– Wybierz któryś ze wszystkich, jakie mam – rzekł Thingol – oprócz mojego Aranrútha.

Wówczas wybrał Beleg Anglachela; był to miecz wielkiej sławy, a zwał się tak dlatego, że został wykuty z żelaza, które spadło z nieba jako płonąca gwiazda. Rozcinał wszelkie żelazo dobyte spod ziemi. Jeden tylko miecz w Śródziemiu był do niego podobny. Ta opowieść o nim nie mówi, choć został wykuty z tej samej rudy przez tego samego kowala. Był nim Eöl, Ciemny Elf, który pojął za żonę Aredhelę, siostrę Turgona. Anglachela dał Eöl z żalem Thingolowi jako zapłatę za pozwolenie na zamieszkanie w Nan Emloth, lecz tamten drugi miecz, Anguirel, zachował. Później ukradł go jego syn, Maeglin.

Lecz kiedy Thingol obrócił rękojeść Anglachela w stronę Belega, Meliana spojrzała na klingę i rzekła:

– W tym mieczu drzemie złośliwość. Nadal mieszka w nim serce kowala, który go wykuł, a serce to było mroczne. Miecz ten nie pokocha ręki, której będzie służył, niedługo cię też opuści.

– Mimo to będę nim władał, dopóki zdołam – odparł Beleg, a podziękowawszy królowi, wziął miecz i odszedł.

Na próżno szukał wieści o Túrinie po całym Beleriandzie, narażając się na liczne niebezpieczeństwa. Tak minęła zima, a po niej wiosna.

Rozdział VI

Túrin wśród banitów

Teraz opowieść powraca do Túrina. Uznawszy się za banitę, którego będzie ścigał król, nie wrócił do Belega na północne pogranicze Doriathu, lecz odszedł na zachód i przekroczywszy potajemnie granice Strzeżonego Królestwa, przybył na lesiste tereny, rozciągające się na południe od rzeki Teiglin. Przed Nirnaeth mieszkało tam w rozproszonych gospodarstwach wielu ludzi. W większości wywodzili się z Ludu Halethy, lecz nie mieli władcy. Żyli zarówno z łowiectwa, jak i z rolnictwa, uprawiali ogrodzone polany w lesie, a w okolicach bogatych w bukiew hodowali świnie. Większość z tych leśnych ludzi zginęła lub uciekła do Brethilu, a ci, co pozostali, na całym tym obszarze żyli w strachu przed orkami i zbójcami. W tych bowiem czasach grozy bezdomni i zdesperowani ludzie, którzy uszli z życiem z rozmaitych walk, przegranych bitew i pustoszonych krain, często schodzili na złą drogę, a byli też wśród nich ludzie wygnani w głuszę za złe uczynki. Żywili się tym, co upolowali i z trudem zebrali w lesie, lecz gdy zagrażał im głód lub czegoś im brakło, wielu z nich zaczynało rabować i wtedy stawali się okrutni. Największy postrach siali zimą, jak wilki; ci, którzy jeszcze bronili swych domów, nazywali ich Gaurwaithami, czyli wilkoludźmi. Około sześćdziesięciu takich wyrzutków połączyło się w jedną bandę, wędrującą po lasach za zachodnimi rubieżami Doriathu. Nienawidzono ich niemal tak, jak orków, gdyż byli wśród nich wygnańcy o zatwardziałych sercach, żywiący urazę do własnego plemienia.

Najbardziej zatwardziałe serce miał wśród nich Andróg, wygnany z Dor-lóminu za zabójstwo kobiety. Byli też inni rodem z tej krainy: stary Algund, najstarszy z całej kompanii, który uciekł z pola bitwy podczas Nirnaeth, i Forweg, jak sam siebie nazywał, człowiek o jasnych włosach i rozbieganych błyszczących oczach, rosły i zuchwały, lecz daleki od zwyczajów Edainów z Ludu Hadora. Gaurwaithowie byli bardzo czujni i zarówno w pochodzie, jak i na popasie wysyłali naokoło zwiadowców lub wystawiali straże. W ten sposób szybko zauważyli obecność Túrina, gdy ten zabłąkał się w ich okolice. Wytropili go i otoczyli. Kiedy Túrin wyszedł na polanę przy strumieniu, znalazł się nagle w kręgu ludzi dzierżących w dłoniach nagie miecze i napięte łuki.

Túrin się zatrzymał, ale nie okazał lęku.

– Kim jesteście? – spytał. – Myślałem, że tylko orkowie urządzają zasadzki na ludzi, lecz widzę, że byłem w błędzie.

– Możesz jeszcze tego błędu pożałować – powiedział Forweg – są to bowiem nasze tereny i nie pozwalamy zapuszczać się na nie obcym. Jako grzywnę zabieramy im życie, chyba że mogą je wykupić.

Túrin zaśmiał się na to ponuro.

– Ode mnie, wyrzutka i banity, nie dostaniecie żadnego okupu. Możecie obszukać mego trupa, ale zanim się przekonacie o prawdziwości moich słów, drogo zapłacicie za moją śmierć. Zapewne najpierw umrze wielu z was.

Mimo wszystko śmierć zawisła nad Túrinem, jako że banici założyli już strzały na cięciwy i tylko czekali na słowo herszta, a chociaż pod szarą tuniką i płaszczem Túrin miał na sobie kolczugę elfiej roboty, kilka tych strzał na pewno byłoby zabójczych. Żadnego z wrogów z takiej odległości nie sięgnąłby mieczem. Lecz Túrin nagle się pochylił, spostrzegł bowiem u swych stóp na brzegu strumienia kilka kamieni. W tejże chwili jeden ze zbójców, rozgniewany dumnymi słowami obcego, wypuścił strzałę, celując w jego twarz. Pocisk przeleciał jednak Túrinowi nad głową, on zaś wyprostował się niby zwolniona cięciwa i rzucił w łucznika kamieniem z taką siłą i tak celnie, że roztrzaskał mu głowę.

– Bardziej mógłbym się wam przydać żywy na miejsce tego nieszczęśnika – rzekł Túrin, a zwracając się do Forwega, dodał: – Jeśli ty tu dowodzisz, nie powinieneś pozwalać, by twoi ludzie strzelali bez rozkazu.

– Nie pozwalam – odparł Forweg. – A ten dostał dobrą nauczkę. Jeśli będziesz lepiej słuchał moich poleceń, przyjmę cię na jego miejsce.

– Dopóki ty będziesz dowódcą, będę cię słuchał we wszystkim, co należy do decyzji dowódcy. Myślę jednak, że wybór nowego członka drużyny nie zależy tylko od niego. Powinny zostać wysłuchane wszystkie głosy. Czy jest tu ktoś, komu nie w smak moje towarzystwo?

Wtedy podnieśli przeciw niemu głos dwaj banici. Jeden z nich był przyjacielem zabitego, a zwał się Ulrad.

– Dziwny to sposób przyjmowania nowych ludzi do drużyny: zabicie jednego z naszych najlepszych – odezwał się.

– Zostałem sprowokowany – odparł Túrin. – Nuże, przekonajcie się, czy dotrzymam pola wam obu naraz, uzbrojony czy też z gołymi rękami, a wtedy się okaże, czy potrafię zastąpić jednego z waszych najlepszych ludzi. Lecz jeśli do tej próby potrzebne będą łuki, musicie mi dać jeden ze swoich.

I ruszył ku nim, lecz Ulrad ustąpił i nie chciał walczyć. Ten drugi rzucił łuk na ziemię i podszedł do Túrina. Był to Andróg z Dor-lóminu.

– Nie – rzekł w końcu, kręcąc głową. – Nie jestem tchórzem, jak wszyscy wiedzą, lecz nie sprostam ci w walce. I chyba nie ma wśród nas równego tobie. Jeżeli o mnie chodzi, możesz do nas przystać. Ale masz w oczach dziwny blask; jesteś niebezpiecznym człowiekiem. Jak cię zwą?

– Zwę się Neithan, Skrzywdzony – odrzekł Túrin i tak go odtąd nazywali banici.

Choć twierdził, że cierpiał niesprawiedliwość – i każdemu, kto twierdził coś podobnego, zawsze aż nazbyt chętnie przychylał ucha – niczego więcej o swym życiu czy domu nie chciał opowiadać. Zbójcy widzieli jednak, że chociaż upadł tak nisko, był przedtem możnym człowiekiem, a jego broń, prócz której nie posiadał nic, była wykonana przez kowali elfów. Szybko zdobył uznanie kamratów, był bowiem silny i mężny, a i znał las lepiej niż oni. Ufali mu, gdyż nie był chciwy i o sobie myślał niewiele, lecz obawiali się go z powodu nagłych wybuchów gniewu, których przyczynę rzadko umieli pojąć.

Do Doriathu Túrin nie mógł powrócić ani też nie pozwalała mu na to duma, do Nargothrondu zaś od śmierci Felagunda nikogo nie wpuszczano. Pycha zakazywała mu udać się do pomniejszych szczepów Haladinów w Brethilu, a do Dor-lóminu iść nie śmiał, gdyż kraj ten był nękany przez wroga i w owym czasie, jak sądził Túrin, nikt nie potrafiłby przebyć w pojedynkę przełęczy w Górach Cienia. Jako że w kompanii zawsze łatwiej znosić trudy życia na pustkowiu, przystał Túrin do banitów, a ponieważ nie mógł się stale z nimi wadzić, niewiele robił, by powstrzymać ich od złych czynów. Wkrótce też przyzwyczaił się do podłego i nierzadko okrutnego życia, lecz mimo to czasem budziły się w nim litość i wstręt; wtedy Túrin stawał się groźny w swym gniewie. W ten zły i niebezpieczny sposób wiódł życie do końca roku, przetrwał trudy i głód zimy, aż wreszcie nadeszła piękna wiosna.

Jak już tu powiedziano, w lasach na południe od Teiglinu istniały jeszcze nieliczne gospodarstwa wytrwałych i czujnych osadników. Choć nie darzyli Gaurwaithów miłością ani ich nie żałowali, w środku zimy wykładali zbywające im jadło w miejscach, gdzie zbójcy mogli je łatwo znaleźć. Mieli nadzieję uniknąć w ten sposób ataku bandy wygłodzonych ludzi, lecz zaskarbili sobie raczej wdzięczność ptaków i zwierząt niźli banitów, przed których napaścią broniły ich psy i ogrodzenia. Każde obejście było bowiem okolone wysokim żywopłotem, a każdy dom otaczał rów i palisada. Między zagrodami biegły ścieżki, a ludzie mogli w potrzebie wezwać pomoc głosem rogu.

Nadeszła wiosna i przebywanie w pobliżu domostw stało się dla Gaurwaithów niebezpieczne, gdyż leśni ludzie mogli połączyć swe siły i wytropić ich. Túrin dziwił się, że Forweg nie poprowadził swej bandy w jakieś inne miejsce. Dalej na południe, gdzie nie pozostali już żadni ludzie, było więcej żywności i zwierzyny, a mniej niebezpieczeństw. Pewnego dnia Túrin zauważył nieobecność Forwega i jego przyjaciela Andróga. Zapytał, gdzie są, lecz jego towarzysze tylko się roześmiali.

– Chyba mają coś do załatwienia – powiedział Ulrad. – Wrócą niebawem i wtedy stąd odejdziemy. Być może w pośpiechu, gdyż mogą sprowadzić nam na kark cały rój rozdrażnionych pszczół.

Słońce świeciło, a na drzewach zieleniły się młode liście. Túrinowi sprzykrzył się nędzny obóz banitów, toteż wypuścił się samotnie daleko w las. Wbrew woli zaczął wspominać Ukryte Królestwo; wydawało mu się, że słyszy nazwy kwiatów Doriathu niczym echo prawie zapomnianego starodawnego języka. Nagle usłyszał krzyki. Z leszczynowego zagajnika wybiegła młoda kobieta. Suknie miała poszarpane przez ciernie i było widać, że jest przerażona. Potknęła się i upadła zdyszana na ziemię. Túrin skoczył z dobytym mieczem i powalił ścigającego dziewczynę człowieka, który właśnie ukazał się na skraju zagajnika. Dopiero, gdy zadał cios, spostrzegł, że zabił Forwega.

A gdy tak stał, patrząc w zdumieniu na trawę poplamioną krwią, z zagajnika wyszedł Andróg i zaskoczony, zatrzymał się.

– Zły to czyn, Neithanie! – zawołał, dobywając miecza.

– Gdzież więc są orkowie? Czy przegoniliście ich, przychodząc tej kobiecie z pomocą? – zapytał Túrin chłodno.

– Orkowie? Głupcze! I ty nazywasz siebie wyjętym spod prawa. Banici nie znają żadnych praw oprócz własnych potrzeb. Pilnuj swoich, Neithanie, a nam zostaw nasze.

– Tak też uczynię – rzekł Túrin. – Lecz dzisiaj nasze ścieżki się skrzyżowały. Albo zostawisz tę kobietę mnie, albo dołączysz do Forwega.

Andróg się roześmiał.

– Jeśli tak stawiasz sprawę, niech będzie, jak chcesz – rzekł. – Nie twierdzę, że w pojedynkę ci dorównam, ale naszym towarzyszom to zabójstwo może się nie spodobać.

Wówczas kobieta podniosła się z ziemi i położyła Túrinowi rękę na ramieniu. Spojrzała na rozlaną krew, a potem na Túrina i oczy zabłysły jej z zachwytem.

– Zabij go, panie! – powiedziała. – Jego też zabij! A później pójdź ze mną. Mój ojciec, Larnach, będzie rad, jeśli przyniesiesz mu ich głowy. Za dwa „wilcze łby" dawał zwykle hojną nagrodę.

Lecz Túrin zapytał Androga:

– Czy daleko stąd do jej domu?

– Może mila – odparł tamten. – To gospodarstwo z palisadą. Dziewczyna zapuściła się poza ogrodzenie.

– Wracaj więc szybko do domu – zwrócił się Túrin do kobiety. – Powiedz ojcu, aby cię lepiej pilnował. Ja zaś nie będę obcinał głów towarzyszom, by zaskarbić sobie jego względy. – A schowawszy miecz, powiedział do Andróga: – Chodź! Wracamy. Ale jeśli chcesz pochować swego herszta, musisz to zrobić sam. Pośpiesz się, bo zaraz może ruszyć pogoń. Weź ze sobą jego oręż!

Kobieta odeszła w las, lecz zanim zasłoniły ją drzewa, wiele razy oglądała się za siebie. Túrin poszedł swoją drogą nie mówiąc nic więcej, zaś Andróg patrzył za nim, marszcząc brwi, jak gdyby się zastanawiał nad jakąś zagadką.

Gdy Túrin powrócił do obozu, zastał kamratów niespokojnych i poruszonych, za długo już bowiem zostawali na jednym miejscu w pobliżu dobrze strzeżonych gospodarstw. Szemrali przeciw Forwegowi.

– Igra z losem, także nas narażając na niebezpieczeństwo – mówili. – Być może to my będziemy musieli zapłacić za jego przyjemności.

– Wybierzcie zatem nowego przywódcę! – rzekł Túrin stając przed nimi. – Forweg nie może już was prowadzić, bo nie żyje.

– Skąd to wiesz? – zapytał Ulrad. – Czy chciałeś zakosztować miodu z tego samego ula? Czy Forwega użądliły pszczoły?

– Nie – odrzekł Túrin. – Wystarczyło jedno żądło. Ja go zabiłem. Oszczędziłem jednak Andróga, który rychło powróci.

I Túrin opowiedział wszystko, ganiąc tych, co popełniali takie czyny. Gdy jeszcze mówił, wrócił Andróg, niosąc broń Forwega.

– Patrz, Neithanie! – zawołał. – Nie podniesiono alarmu. Może ona ma nadzieję, że cię jeszcze spotka?

– Nie dworuj sobie ze mnie – rzekł Túrin – bo będę żałował, iż odmówiłem jej twojej głowy. A teraz opowiedz całą historię, byle krótko.

Wówczas Andróg opowiedział zgodnie z prawdą o wszystkim, co się wydarzyło.

– Zastanawiam się teraz, co tam robił Neithan – powiedział na koniec. – Chyba nie to, co my, bo gdy nadszedłem, zabił już Forwega. Kobiecie bardzo się to spodobało, zaproponowała nawet, że z nim pójdzie, i poprosiła go o nasze głowy jako wykup dla ojca. Lecz on jej nie chciał, nie potrafię więc zgadnąć, co miał przeciw Forwegowi. Nie ściął mi głowy, za co jestem wdzięczny, choć bardzo się temu dziwię.

– Nie wierzę więc, iż pochodzisz z Ludu Hadora – rzekł Túrin. – Należysz raczej do rodu Uldora Przeklętego i powinieneś poszukać służby w Angbandzie. A teraz słuchajcie mnie wszyscy! – zawołał. – Daję wam do wyboru: albo obierzecie mnie swoim przywódcą na miejsce Forwega, albo pozwolicie mi odejść. Będę rządził drużyną lub was opuszczę. Jeśli jednak chcecie mnie zabić, to dalejże, będę walczył z wami wszystkimi do śmierci, mojej lub waszej.

Na te słowa wielu chwyciło za broń, lecz powstrzymał ich Andróg.

– Nie! Moja głowa, którą oszczędził, nie jest pozbawiona rozumu. Jeśli będziemy walczyć, wielu zginie niepotrzebnie, zanim zabijemy najlepszego spośród nas. – Roześmiał się. – Tak też było, gdy się do nas przyłączył. Zabija, aby zrobić sobie miejsce. Jeśli wtedy wyszło to nam na dobre, to i teraz może się tak zdarzyć. Kto wie, może z nim czeka nas lepsza przyszłość niż grasowanie po cudzych śmietnikach.

A stary Algund rzekł:

– On jest najlepszy spośród nas. Był kiedyś czas, kiedy każdy postąpiłby tak samo, gdyby starczyło mu odwagi, lecz wiele zapomnieliśmy. Może on doprowadzi nas w końcu do domu.

Wtedy przyszła Túrinowi do głowy myśl, że ta mała drużyna mogłaby się stać zaczątkiem jego udzielnego władztwa. Spojrzawszy na Algunda i Andróga, rzekł:

– Do domu, powiadasz? Dzielą nas od niego wysokie i zimne Góry Cienia, obsadzone przez zastępy Angbandu, a za nimi tereny zamieszkane przez plemię Uldora. Jeśli się jednak nie lękacie, o siedemkroć po siedmiu mężów, mogę was poprowadzić w stronę domu. Lecz jak daleko zdołamy dotrzeć, zanim zginiemy?

Wszyscy milczeli. Túrin znów przemówił:

– Czy zatem uznajecie mnie za swego przywódcę? Jeśli tak, najpierw poprowadzę was na pustkowia, z dala od domostw ludzkich. Może spotka nas tam lepszy los, a może gorszy, lecz przynajmniej nie zasłużymy na nienawiść naszych pobratymców.

Na te słowa wszyscy, którzy pochodzili z Ludu Hadora, zgromadzili się wokół Túrina i obrali go swym wodzem, a inni, choć z mniejszym zapałem, zgodzili się z nimi. Túrin zaś natychmiast wyprowadził ich z tej krainy.

Wielu posłańców wysłał Thingol, by szukali Túrina w Doriacie i na sąsiednich ziemiach, lecz w roku ucieczki młodzieńca poszukiwali go na próżno, nikt bowiem nie wiedział ani się nie domyślał, że Túrin przystał do banitów i nieprzyjaciół ludzi. Gdy nadeszła zima, do króla wrócili wszyscy posłańcy prócz Belega. On jeden nie ustawał w poszukiwaniach.

A w Dimbarze i wzdłuż północnych granic Doriathu źle się działo. Nie widywano tam już podczas bitew Smoczego Hełmu, zabrakło też Mistrza Łuku, więc słudzy Morgotha nabrali odwagi; szybko rosła ich liczba i coraz śmielej sobie poczynali. Nadeszła i minęła zima, a z nastaniem wiosny orkowie ponowili ataki. Padł Dimbar, a ludzie z Brethilu żyli w lęku, bowiem zło rozpanoszyło się teraz wokół ich kraju, z wyjątkiem południowej granicy.

Upłynął prawie rok od ucieczki Túrina, a Beleg wciąż go szukał, lecz nadziei miał coraz mniej. W swych wędrówkach dotarł na północ, do Przeprawy na Teiglinie, posłyszawszy jednak złe wieści o nowym wypadzie orków z Taur-nu-Fuin, zawrócił. Przez przypadek trafił do leśnej osady, gdzie jeszcze niedawno grasowała banda Túrina. Usłyszał tam dziwną opowieść krążącą wśród ludzi. Ponoć w lesie pojawił się wysoki, władczy człowiek lub, jak sądzili niektórzy, wojownik elfów, który zabił jednego z Gaurwaithów i ocalił ściganą przez nich córkę Larnacha.

– Był bardzo dumny – powiedziała Belegowi córka Larnacha. – Miał błyszczące oczy i prawie nie raczył na mnie spojrzeć. Jednak nazywał wilkoludzi swymi towarzyszami i nie chciał zabić tego, który stał obok. Człowiek ten znał jego imię i nazywał go Neithanem.

– Czy potrafisz rozwiązać tę zagadkę? – spytał elfa Larnach.

– Niestety, potrafię – odparł Beleg. – Właśnie szukam człowieka, o którym opowiadacie.

Nie powiedział leśnym ludziom o Túrinie nic więcej, ostrzegł ich natomiast przed złem, wzbierającym na północy.

– Orkowie rychło zaczną grabić ten kraj, a nadejdą gromadami zbyt licznymi, byście mogli stawić im opór – rzekł. – Tego roku będziecie musieli w końcu oddać wolność albo życie. Idźcie do Brethilu, póki jeszcze czas!

Następnie Beleg udał się pośpiesznie w swoją drogę, szukając kryjówek banitów i śladów, które mogłyby mu podpowiedzieć, dokąd poszli. Wkrótce je znalazł, lecz Túrin wyprzedzał go o kilka dni i szybko posuwał się naprzód, obawiając się pościgu leśnych ludzi. Stosował wszelkie znane mu sposoby, by zmylić każdego, kto usiłowałby go śledzić. Prowadził swoich ludzi na zachód, z dala od siedzib leśnych ludzi i Doriathu, aż dotarli do północnego krańca rozległych wyżyn, ciągnących się pomiędzy dolinami Sirionu i Narogu. Tutaj teren był bardziej suchy, a las kończył się nagle na skraju górskiego grzbietu. W dole było widać dawny Południowy Gościniec wspinający się od Przeprawy na Teiglinie ku zachodnim podnóżom wrzosowisk, wzdłuż których biegł dalej do Nargothrondu. Tam przez jakiś czas banici prowadzili czujne życie, rzadko spędzając w jednym obozie dwie noce, a na szlaku wędrówki czy postojach nie zostawiali niemal żadnych śladów. Tak więc nawet Beleg poszukiwał ich na próżno. Kierując się znakami, które tylko on umiał odczytać, oraz pogłoskami krążącymi wśród dzikich stworzeń, z którymi potrafił rozmawiać, Beleg często już doganiał zbójców, lecz gdy docierał do ich kryjówki, zawsze zastawał ją opuszczoną, ponieważ dniem i nocą wystawiali straże, a gdy tylko podejrzewali, że ktoś się zbliża, szybko zwijali obóz i uchodzili.

– Niestety! – wołał Beleg. – Zbyt dobrze nauczyłem to ludzkie dziecię sztuki poruszania się w polu i w lesie! Można by nieomal sądzić, że to drużyna elfów.

Oni zaś zrozumieli, że ściga ich jakiś niestrudzony tropiciel, którego nie mogą ani wypatrzyć, ani zgubić, i ogarnął ich niepokój.

Niedługo potem, tak jak obawiał się tego Beleg, orkowie przekroczyli Brithiach i napotkawszy opór wszystkich sił, jakie zdołał zebrać Handir z Brethilu, ruszyli w poszukiwaniu łupów na południe przez Przeprawę na Teiglinie. Wielu ludzi tam mieszkających posłuchało rady Belega i wysłało swe kobiety i dzieci do Brethilu z prośbą o schronienie. Udało im się uciec wraz z eskortą, zdążyły bowiem przejść przez Przeprawę na czas. Lecz uzbrojeni mężczyźni idący z tyłu napotkali orków i zostali pokonani. Kilku przedarło się do Brethilu, lecz wielu zginęło lub dostało się do niewoli, orkowie zaś dotarli do ich siedzib, które złupili i podpalili. Następnie natychmiast skierowali się na zachód w poszukiwaniu Południowego Gościńca, gdyż chcieli co rychlej powrócić z łupami i jeńcami na północ.

Lecz zwiadowcy banitów wkrótce ich odkryli i choć na jeńców zważali niewiele, zagrabiony dobytek leśnych ludzi obudził chciwość bandy. Túrin uznał, iż niebezpiecznie pokazywać się orkom, nie znając ich liczby, lecz kamraci nie chcieli go słuchać, bo w głuszy brakło im wielu rzeczy; niektórzy już zaczynali żałować, że mają takiego przywódcę. Toteż Túrin wziął ze sobą jako jedynego towarzysza niejakiego Orlega i poszedł naprzód, by śledzić orków, a zdawszy dowództwo Andrógowi, przykazał mu, by podczas jego nieobecności wszyscy dobrze się ukryli i nie ruszali z miejsca.

Okazało się, że nieprzyjaciół było o wiele więcej niż zbójców, lecz orkowie znajdowali się na ziemiach, na które dotychczas rzadko mieli odwagę się zapuszczać, wiedząc, iż za Gościńcem leży Talath Dirnen, Strzeżona Równina, pilnowana przez zwiadowców i szpiegów z Nargothrondu. Bojąc się przeto niebezpieczeństwa, byli czujni i wysyłali zwiadowców, którzy skradali się między drzewami po obu stronach maszerującej kolumny. W taki właśnie sposób zostali odkryci Túrin i Orleg, leżących bowiem w kryjówce zaskoczyli trzej zwiadowcy wroga. Dwaj stracili życie, lecz trzeci ork uciekł, wołając „*Golug! Golug!*" – bo tak słudzy Angbandu nazywali Noldorów. Las natychmiast zaroił się od orków, którzy w milczeniu rozpoczęli polowanie. Wtedy Túrin, widząc, że nie ma nadziei na ucieczkę, postanowił przynajmniej zwieść wroga i odciągnąć go od kryjówki swoich ludzi. Zrozumiawszy z okrzyku „*Golug!*", że orkowie boją się szpiegów z Nargothrondu, począł uciekać z Orlegiem na zachód. Pościg natychmiast ruszył za nimi. Wreszcie, po długim kluczeniu i wielokrotnym zawracaniu, musieli wyjść z lasu na otwartą przestrzeń. Dostrzeżono ich i kiedy zamierzali przekroczyć Gościniec, Orleg padł od licznych strzał, Túrina zaś ocaliła kolczuga elfów. Uciekł samotnie na pustkowie, gdzie dzięki zwinności i sprytowi zmylił pogoń, zapuszczając się daleko na nieznane sobie ziemie. Wówczas orkowie zabili jeńców i pośpieszyli na północ, przestraszyli się bowiem, że mogli obudzić czujność elfów z Nargothrondu.

Gdy minęły trzy dni, a Orleg i Túrin nie wracali, kilku banitów chciało wyjść z jaskini, w której się ukrywali, lecz Andróg się temu sprzeciwił. I gdy prowadzili ten spór, stanęła nagle przed nimi szara postać. To Beleg w końcu ich odnalazł. Zbliżył się, nie mając w rękach żadnej broni, z otwartymi dłońmi zwróconymi ku banitom, lecz oni porwali się z miejsc w przestrachu. Andróg zaszedł go od tyłu i zarzucił na niego pętlę, zaciskając ją tak, że Beleg miał unieruchomione ręce.

– Jeśli nie pragniecie odwiedzin, powinniście lepiej trzymać straż – odezwał się elf. – Czemu witacie mnie w ten sposób? Przychodzę jako przyjaciel i szukam przyjaciela. Ponoć nazywacie go Neithanem.

– Nie ma go tu – rzekł Ulrad. – Lecz długo musiałeś nas szpiegować, skoro znasz to imię.

– Szpiegował nas długo – powiedział Andróg. – To jest ten cień, co nas nie odstępował. Teraz może wreszcie dowiemy się jego prawdziwych zamiarów.

Następnie kazał przywiązać Belega do drzewa obok jaskini, a gdy elf był już mocno skrępowany, zaczęli zadawać mu pytania. Lecz na wszystkie Beleg miał tylko tę jedną odpowiedź:

– Jestem przyjacielem owego Neithana od pierwszej chwili, kiedy spotkałem go w lesie, gdy był jeszcze dzieckiem. Poszukuję go z miłości i przynoszę mu dobre wieści.

– Zabijmy go, żeby nie mógł już nas szpiegować – rzekł Andróg w gniewie, spoglądając pożądliwie na wielki łuk Belega, sam bowiem był łucznikiem. Lecz inni, o mniej zatwardziałych sercach, sprzeciwili się, Algund zaś powiedział:

– Dowódca może jeszcze wrócić, a wtedy pożałujesz, jeśli dowie się, że za jednym zamachem został pozbawiony i przyjaciela, i dobrych wieści.

– Nie wierzę w opowieści tego elfa – rzekł Andróg. – To szpieg króla Doriathu. Lecz jeśli istotnie ma jakieś wieści, przekaże je nam, a my już osądzimy, czy są wystarczającym powodem, by pozostawić go przy życiu.

– Zaczekam na waszego dowódcę – powiedział Beleg.

– Będziesz tu stał, aż wszystko nam powiesz – odparł Andróg.

Wówczas za namową Androga zostawili Belega przywiązanego do drzewa, bez jadła i napoju, sami zaś usiedli obok jedząc i pijąc, jednak on już się więcej nie odezwał. A kiedy w ten sposób minęły dwa dni i dwie noce, ogarnął ich gniew i strach, zapragnęli też opuścić owo miejsce, a większość była już gotowa zabić elfa. Gdy nadciągnęła noc, zebrali się wokół niego, a Ulrad przyniósł żagiew z małego ogniska zapalonego u wejścia do jaskini. W tym momencie powrócił Túrin. Podszedł jak zwykle cicho, stanął w mroku poza kręgiem mężczyzn i w świetle pochodni ujrzał wynędzniałą twarz Belega.

Wówczas poczuł się, jakby przeszyła go strzała, i tak, jak raptownie topnieje lód, oczy napełniły mu się długo powstrzymywanymi łzami. Wyskoczył z cienia i podbiegł do drzewa.

– Belegu! Belegu! – zawołał. – Jak się tu dostałeś? I dlaczego tak stoisz?

Zaraz też przeciął więzy przyjaciela i Beleg osunął się w jego ramiona.

Gdy Túrin wysłuchał wszystkiego, co jego ludzie mieli mu do powiedzenia, ogarnął go gniew i żal, lecz z początku całą uwagę poświęcał Belegowi. Zajmując się nim najlepiej jak potrafił, rozmyślał o życiu, jakie wiódł w lesie, i cały gniew zwrócił przeciw sobie. Często bowiem banici zabijali obcych, których napadli lub schwytali w pobliżu swych kryjówek, a on się temu nie przeciwstawiał. Częstokroć on sam źle mówił o królu Thingolu i Elfach Szarych, jeśli zatem jego towarzysze uznali ich za wrogów, on także ponosił za to winę. Zwrócił się więc z goryczą do swych ludzi:

– Postąpiliście okrutnie, i to bez żadnej potrzeby. Nigdy dotąd nie torturowaliśmy więźniów. Do takiego postępku, godnego raczej orków, przywiodło nas życie, jakie pędzimy. Wszystkie nasze uczynki były bezprawne i bezowocne; służyły tylko nam i rozpalały w naszych sercach nienawiść.

– A komuż mamy służyć, jeśli nie sobie samym? Kogóż mamy kochać, gdy wszyscy nas nienawidzą? – zapytał Andróg.

– Ja przynajmniej nigdy już nie podniosę ręki ani na elfów, ani na ludzi – rzekł Túrin. – Angband ma wystarczająco wiele sług. Jeśli inni nie złożą ze mną tej przysięgi, odejdę sam.

Na to Beleg otworzył oczy i uniósł głowę.

– Nie sam! – odezwał się. – Teraz mogę w końcu przekazać ci wieści. Nie jesteś banitą. „Neithan" nie jest odpowiednim imieniem dla ciebie. Wybaczono ci winę, jaką zostałeś obarczony. Szukamy cię od roku, aby przywrócić ci dobre imię i na powrót przyjąć do królewskiej służby. Zbyt już długo nie pojawia się w naszych szeregach Smoczy Hełm.

Lecz Túrin nie okazał radości. Długo siedział w milczeniu, gdyż słowa Belega znów sprowadziły na niego cień.

– Niech minie ta noc – odezwał się w końcu. – Wtedy dokonam wyboru. Jakikolwiek on będzie, jutro musimy opuścić tę kryjówkę, bowiem nie wszyscy, którzy nas szukają, dobrze nam życzą.

– Nikt nam dobrze nie życzy – powiedział Andróg, rzucając Belegowi złe spojrzenie.

Rankiem Beleg, który, jak elfowie z dawnych czasów, szybko odzyskał siły, rozmówił się z Túrinem na osobności.

– Spodziewałem się, że wysłuchawszy moich wieści, okażesz większą radość – rzekł. – Zapewne wrócisz teraz do Doriathu?

I prosił o to przyjaciela na wszystkie sposoby, lecz im bardziej nalegał, tym bardziej nieprzejednany był Túrin. Niemniej szczegółowo wypytywał Belega o wyrok Thingola, a ten opowiedział mu wszystko, co wiedział. W końcu Túrin rzekł:

– Zatem Mablung okazał się moim przyjacielem, tak jak niegdyś sądziłem?

– Raczej przyjacielem prawdy – odparł Beleg. – I to w końcu okazało się najlepsze; chociaż gdyby nie świadectwo Nellas, wyrok byłby mniej sprawiedliwy. Dlaczego, dlaczego nie powiedziałeś Mablungowi o ataku Saerosa, Túrinie? Wtedy sprawy mogłyby się potoczyć zupełnie inaczej, a ty nadal nosiłbyś wysoko swój hełm – dodał, patrząc na ludzi rozłożonych w pobliżu wejścia do jaskini – i nie upadłbyś tak nisko.

– Owszem, jeśli nazywasz to upadkiem – rzekł Túrin. – Owszem. Ale stało się inaczej. Słowa uwięzły mi wówczas w gardle. Widziałem w jego oczach oskarżenie, choć nie zadał mi jednego pytania, oskarżenie o czyn, którego nie popełniłem. Moje serce, serce człowieka, było dumne, jak to powiedział król elfów. I nadal takim pozostaje, Belegu

Cúthalionie. Gdybym ponownie pojawił się w Menegrocie, ono nie zniesie spojrzeń pełnych współczucia i przebaczenia, jakimi obdarza się krnąbrnego chłopca, który wrócił na dobrą drogę. To ja powinienem udzielać przebaczenia, nie zaś je otrzymywać. I nie jestem już chłopcem, lecz, wedle rachuby mego plemienia, mężczyzną i to, zrządzeniem losu, mężczyzną twardym.

Zatroskał się na to Beleg.

– Cóż więc uczynisz? – zapytał.

– Odejdę wolny – odparł Túrin. – Tego mi życzył Mablung przy rozstaniu. Sądzę, że łaska Thingola nie obejmie tych towarzyszy mego upadku, ja zaś nie rozstanę się z nimi teraz, jeśli sami tego nie zechcą. Kocham ich na swój sposób, nawet tych najgorszych. Są moimi współplemieńcami i w każdym tkwi ziarno dobra, które może wykiełkować. Sądzę, że pójdą za mną.

– Widzisz to innymi oczyma niż ja – rzekł Beleg. – Jeśli spróbujesz odwieść ich od złego, czeka cię rozczarowanie. Nie ufam im, a szczególnie jednemu.

– Jak elf może osądzać ludzi? – zapytał Túrin.

– Tak, jak osądza wszystkie czyny, bez względu na to, kto jest ich sprawcą – odrzekł Beleg, ale nie powiedział już nic więcej. Nie wspomniał o niegodziwości Andróga, która była główną przyczyną tego, że go tak okrutnie potraktowano, widząc bowiem nastawienie Túrina, lękał się, czy da on wiarę jego słowom, a nie chciał narazić na szwank ich dawnej przyjaźni ani popchnąć go z powrotem na złą drogę.

– Powiadasz, Túrinie, mój przyjacielu, że odejdziesz wolny – rzekł Beleg. – Co masz na myśli?

– Chciałbym przewodzić własnej drużynie i prowadzić wojnę na własną rękę – odparł Túrin. – Przynajmniej w tym jednym odmieniło się moje serce: żałuję każdego ciosu z wyjątkiem tych zadanych Nieprzyjacielowi ludzi i elfów. A ponad wszystko chciałbym, byś ty mi towarzyszył. Zostań ze mną!

– Gdybym został u twego boku, miłość byłaby moją przewodniczką, nie mądrość – rzekł Beleg. – Serce ostrzega mnie, że powinniśmy wrócić do Doriathu. Wszędzie indziej rozpościera się przed nami cień.

– Ja tam jednak nie pójdę – powiedział Túrin.

– Niestety! Ulegnę twej woli niby pobłażliwy ojciec, który spełnia życzenie syna wbrew własnym przeczuciom. Zostanę, skoro mnie prosisz.

– Doskonale! – rzekł Túrin, a potem pogrążył się w milczeniu, jakby świadom owego cienia, i zmagał się z dumą, która nie pozwalała mu zawrócić z raz obranej drogi. Długo tak siedział, rozmyślając o minionych latach.

Zbudziwszy się nagle z zadumy, spojrzał na Belega i przemówił:

– Ta panna, której imię wymieniłeś, choć już wypadło mi z pamięci: jestem jej wiele winien za przedstawione w porę świadectwo, a jednak nie potrafię jej sobie przypomnieć. Dlaczego mnie obserwowała?

Beleg spojrzał na niego dziwnie.

– Istotnie, dlaczego? – odparł. – Túrinie, czy zawsze byłeś nieobecny sercem i połową umysłu? Jako chłopiec wędrowałeś z Nellas po lasach Doriathu.

– To było dawno temu – rzekł Túrin. – Moje dzieciństwo wydaje mi się teraz takie odległe. Skrywa je mgła; pamiętam jedynie dom mego ojca w Dor-lóminie. Ale dlaczegóż miałbym spacerować z panną elfów?

– Może po to, by się od niej czegoś nauczyć – powiedział Beleg – choćby miało to być ledwie kilka nazw leśnych kwiatów w języku elfów. Przynajmniej tych słów nie zapomniałeś. Niestety, ludzkie dziecię! W Śródziemiu są też inne smutki oprócz twoich i zdarzają się rany niezadane żadną bronią. Zaiste, nabieram przekonania, że elfowie i ludzie nie powinni się spotykać ani wtrącać wzajem w swoje sprawy.

Túrin nic na to nie odrzekł, lecz długo wpatrywał się w twarz Belega, jakby chciał w niej wyczytać znaczenie jego słów. Zaś Nellas z Doriathu nie ujrzała Túrina już nigdy więcej, a jego cień ją opuścił.

Teraz Beleg i Túrin zajęli się innymi sprawami i zastanawiali się, gdzie mają zamieszkać.

– Wróćmy do Dimbaru, na północne pogranicze, gdzie niegdyś chadzaliśmy ramię w ramię! – rzekł Beleg z żarem w głosie. – Jesteśmy tam potrzebni. Ostatnimi czasy orkowie przedostają się z Taur-nu-Fuin drogą, którą zbudowali przez przełęcz Anach.

– Nie pamiętam jej – powiedział Túrin.

– Nie, bo nigdy nie oddalaliśmy się tak bardzo od granic kraju. Lecz widziałeś odległe szczyty Crissaegrimu, a dalej na wschód od nich ciemne ściany Gorgorothu. Anach leży pomiędzy nimi, jeszcze wyżej niż źródła Mindebu. To trudna i niebezpieczna droga, a mimo to wielu teraz nią podąża. Tak niegdyś spokojny Dimbar dostaje się pod wpływ Czarnej Ręki, a ludzi z Brethilu nęka niepokój. Do Dimbaru, powiadam ci zatem!

– Nie, nie chcę się cofać ścieżkami mego życia – rzekł Túrin. – I nie będzie mi teraz łatwo przedostać się do Dimbaru. Drogę zagradza Sirion, na którym poniżej brodu Brithiach, leżącego daleko na północy, nie ma mostów ni przepraw. Niebezpieczna to rzeka. Można ją pewnie przekroczyć tylko w Doriacie. Nie wejdę jednakże do tej krainy i nie skorzystam z przebaczenia Thingola.

– Nazwałeś się twardym mężczyzną, Túrinie. Trafnie, jeśli chciałeś przez to powiedzieć, że jesteś uparty. Lecz teraz moja kolej. Z twoim pozwoleniem pożegnam cię i odejdę jak najszybciej. Jeśli naprawdę chcesz mieć Mistrza Łuku u swego boku, szukaj mnie w Dimbarze.

Na to nic Túrin nie odpowiedział.

Nazajutrz Beleg wyruszył w drogę i Túrin odprowadził go z obozowiska na odległość strzału z łuku, lecz nic nie mówił.

– A zatem to nasze pożegnanie, synu Húrina? – zapytał Beleg.

– Jeśli prawdziwie pragniesz dotrzymać słowa i zostać ze mną – odparł Túrin – szukaj mnie na Amon Rûdh! – Powiedział tak, dziwnie wzburzony, nie wiedząc, co go czeka. – W przeciwnym razie to nasze ostateczne pożegnanie.

– Może tak będzie najlepiej – odparł Beleg i odszedł w swoją stronę.

Powiada się, że Beleg wrócił do Menegrothu i tam stawił się przed Thingolem i Melianą. Opowiedział im o wszystkim, co się wydarzyło, pomijając jedynie złe traktowanie, jakie go spotkało z rąk kamratów Túrina. Wysłuchawszy relacji, król westchnął i rzekł:

– Podjąłem się ojcowskiej opieki nad synem Húrina i tego postanowienia poniechać nie mogę ani powodowany miłością, ani nienawiścią, chyba że wróciłby sam Húrin Mężny. Czegóż więcej mógłby ode mnie wymagać?

Lecz Meliana odezwała się w te słowa:

– Otrzymasz ode mnie podarunek, Cúthalionie, w podzięce za twą pomoc oraz za to, że wykazałeś się honorem, nikt bowiem nie jest bardziej od ciebie wart takiego daru.

I dała mu zapas lembasów, podróżnego chleba elfów, owiniętego w srebrzyste liście. Węzły na oplatających je niciach były zapieczętowane znakiem królowej – opłatkiem białego wosku w kształcie kwiatu Telperiona. Wedle bowiem obyczajów Eldalië tylko królowa mogła lembasy przechowywać i rozdawać.

– Ten chleb podróżny, Belegu – ciągnęła – będzie ci w zimie pomocą na pustkowiach, a także pomocą dla tych, których sam wybierzesz. Powierzam ci bowiem rozdzielanie go w moim imieniu wedle twej woli.

Większych względów Meliana nie mogła okazać Túrinowi w żaden inny sposób, nigdy bowiem przedtem Eldarowie nie zezwolili ludziom spożywać tego chleba, a i później rzadko się to zdarzało.

Beleg opuścił Menegroth i wrócił na północne pogranicze, gdzie miał swe schroniska; lecz kiedy nadeszła zima i ustała wojna, jego towarzysze nagle spostrzegli, że Belega nie ma już wśród nich. Nigdy już do nich nie wrócił.

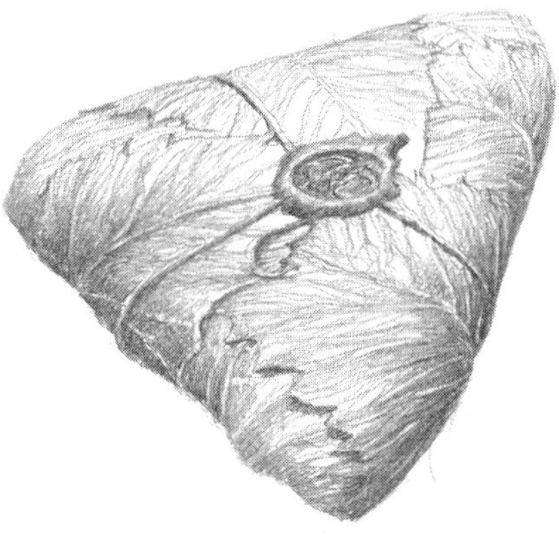

Rozdział VII

O krasnoludzie Mîmie

Opowieść ta zwraca się teraz ku Mîmowi, jednemu z Krasnoludów Pośledních. Krasnoludy Poślednie już od dawna są zapomniane, Mîm bowiem był z nich ostatni. Niewiele o nich wiedziano nawet w zamierzchłych czasach. Elfowie z Beleriandu dawno temu nazwali ten szczep Nibin-nogrim, lecz nie darzyli go miłością, a Krasnoludy Pośledníe kochały tylko siebie. Jeśli nienawidziły i bały się orków, to nienawidziły także Eldarów, a już najbardziej Wygnańców; twierdziły bowiem, że elfowie ci ukradli im ziemie i domy. To Krasnoludy Pośledníe odkryły Nargothrond i zaczęły drążyć w tej okolicy ziemię na długo przedtem, nim zza Morza przybył Finrod Felagund.

Niektórzy powiadali, że pochodzą od tych krasnoludów, którzy w dawnych czasach zostali wypędzeni z miast krasnoludzkich leżących na wschodzie, i na długo przed powrotem Morgotha zawędrowali na zachód. Jako że nie mieli władców i nie było ich wielu, z trudem zdobywali rudy metali, tracili też swe kowalskie umiejętności i zmniejszały się ich zapasy broni. Zaczęli prowadzić życie w ukryciu, a ponieważ garbili się i przemykali niepewnym krokiem, nie dorównywali już posturą pobratymcom ze wschodu. Mimo to, jak wszyscy krasnoludowie, byli silniejsi, niż mogli się z pozoru wydawać, a w ciężkich czasach potrafili kurczowo

trzymać się życia. Było ich jednak coraz mniej i w końcu w Środziemiu wymarli wszyscy prócz Mîma i jego dwóch synów. Sam zaś Mîm był, nawet wedle rachuby krasnoludzkiej, sędziwym starcem, przez wszystkich zapomnianym.

Po odejściu Belega (a było to drugiego lata po ucieczce Túrina z Doriathu) źle się wiodło banitom. Padały niespodziewane deszcze, a orkowie w większej niż przedtem liczbie przychodzili z północy; szli starym Południowym Gościńcem, przeprawiali się przez Teiglin i grasowali w lasach u zachodnich granic Doriathu. Banici niewiele zaznali spokoju czy odpoczynku i częściej byli zwierzyną niż myśliwymi.

Pewnej nocy, gdy ukrywali się w ciemnościach nierozjaśnionych blaskiem ognia, Túrin zadumał się nad swym życiem i zdało mu się, że bardzo łatwo mógłby uczynić je lepszym. „Muszę znaleźć jakieś bezpieczne schronienie – pomyślał – i zabezpieczyć się przed zimą i głodem". Nie wiedział jednak, dokąd ma pójść.

Nazajutrz poprowadził swych ludzi daleko na południe, znacznie dalej od Teiglinu i rubieży Doriathu, niż dotychczas się zapuszczali. Po trzech dniach marszu zatrzymali się na zachodnim skraju lasów w Dolinie Sirionu. Teren był tu bardziej suchy i uboższy w zieleń, zaczynał się bowiem w tym miejscu wznosić ku wrzosowiskom.

Wkrótce potem, gdy gasło szare światło deszczowego dnia, zdarzyło się, że Túrin wraz z towarzyszami schronił się w zaroślach ostrokrzewu. Przed nimi rozciągała się bezdrzewna przestrzeń, gdzie liczne ogromne głazy opierały się o siebie lub leżały w bezładnych skupiskach. Wszystko zastygło w bezruchu, a ciszę mąciły tylko krople deszczu spadające z liści.

Nagle strażnik podniósł krzyk, a gdy zerwali się na równe nogi, ujrzeli trzy szaro odziane zakapturzone postacie przemykające wśród głazów. Nieznajomi taszczyli wielkie wory, lecz mimo ciężaru poruszali się szybko. Túrin zawołał, by się zatrzymali, a jego ludzie pomknęli ku nim niby psy gończe, lecz ścigani nie zwolnili kroku i choć Andróg wypuszczał za nimi strzały, dwaj z nich uciekli, zapadając w ciemność. Trzeci, nie tak żwawy lub obarczony większym ciężarem, został nieco w tyle. Rychło schwytano go i obalono na ziemię; przytrzymało go wiele mocnych rąk, choć wyrywał się i gryzł jak zwierzę. Túrin podszedł i zganił swych ludzi.

– Co tu macie? – zapytał. – Po cóż być tak srogim? To ktoś stary i mały. Jakąż mógłby wyrządzić nam krzywdę?

– Gryzie – powiedział Andróg, podtrzymując zakrwawioną rękę. – To ork albo coś pokrewnego. Zabijmy go!

– Nie zasługuje na lepszy los, zawiódł bowiem nasze nadzieje – dodał zbójca, który rozwiązał jego worek. – Są tu tylko korzonki i kamyki.

– Nie zabijemy go – rzekł Túrin. – Ma brodę. To chyba tylko krasnolud. Podnieście go i dajcie mu mówić.

I tak oto w *Opowieści o dzieciach Húrina* pojawił się Mîm. Padł na kolana u stóp Túrina i błagał o darowanie życia.

– Stary jestem i ubogi – rzekł. – Jestem tylko krasnoludem, jak mówisz, a nie orkiem. Nazywam się Mîm. Nie pozwól im mnie zabić, panie, bez powodu, jak uczyniliby to orkowie.

Ulitował się nad nim Túrin w głębi serca, lecz powiedział:

– Wyglądasz na ubogiego, Mîmie, choć dziwne to u krasnoluda, my wszakże, jak sądzę, jesteśmy jeszcze ubożsi, nie mamy bowiem ani domu, ani przyjaciół. Jeślibym ci rzekł, że będąc w wielkiej potrzebie, nie możemy oszczędzić kogoś, powodując się tylko litością, to jaki okup byś nam zaproponował?

– Nie wiem, czego pragniesz, panie – odparł ostrożnie Mîm.

– W tej chwili niezbyt wiele! – powiedział Túrin, rozglądając się posępnie dookoła w deszczu zalewającym mu oczy. – Bezpiecznego miejsca do spania, byle nie w wilgotnym lesie. Niewątpliwie masz coś takiego dla siebie.

– Mam – odrzekł Mîm – lecz nie mogę go dać jako okupu. Jestem zbyt stary, by mieszkać pod gwiazdami.

– Wcale nie musisz się bardziej starzeć – odezwał się Andróg, przystępując doń z nożem w zdrowej ręce. – Mogę ci tego oszczędzić.

– Panie! – zawołał wtedy krasnolud w wielkim strachu. – Jeśli stracę życie, wy stracicie to schronienie, nie znajdziecie go bowiem bez Mîma. Nie mogę wam go oddać, lecz mogę się nim z wami podzielić. Jest tam teraz więcej miejsca niż dawniej, gdyż wielu z nas odeszło na zawsze. – Tu krasnolud zapłakał.

– A więc życie zostało ci darowane, Mîmie – rzekł Túrin.

– Przynajmniej do czasu, gdy dotrzemy do tej kryjówki – mruknął Andróg.

Lecz Túrin, odwróciwszy się ku niemu, rzekł:

– Jeśli Mîm bez żadnego podstępu doprowadzi nas do swego domu i jeśli ów dom okaże się dla nas odpowiedni, krasnolud ocali życie i nikt z mojej drużyny nie podniesie na niego ręki. Przysięgam.

Wówczas Mîm ucałował kolana Túrina, mówiąc:

– Mîm będzie twoim przyjacielem, panie. Zrazu sądził po twej mowie i głosie, że jesteś elfem, lecz jeśliś człowiekiem, to tym lepiej. Mîm nie kocha elfów.

– Gdzie ten twój dom? – zapytał Andróg. – Musi być naprawdę dobry, jeśli Andróg ma go dzielić z krasnoludem. Bo Andróg nie lubi krasnoludów. Jego lud przyniósł ze wschodu niewiele dobrych opowieści o tym plemieniu.

– Zostawił po sobie jeszcze gorsze – odparł Mîm. – Ocenisz mój dom, gdy go zobaczysz. Lecz wy, niezdarni ludzie, w drodze będziecie potrzebowali światła. Niebawem powrócę i wtedy was zaprowadzę.

Z tymi słowy wstał i podniósł swój wór.

– Nie, nie! – zaprotestował Andróg. – Przecież na to nie pozwolisz, wodzu? Chyba że chcesz, byśmy już nigdy nie ujrzeli tego starego łotra.

– Ściemnia się – rzekł Túrin. – Niech nam zostawi coś w zastaw. Może zatrzymamy twój worek wraz z zawartością, Mîmie?

Słysząc to, krasnolud w wielkiej rozterce znów padł na kolana.

– Gdyby Mîm chciał uciec, nie wracałby po stary worek z korzonkami – powiedział. – Wrócę. Pozwól mi odejść!

– Nie – odparł Túrin. – Jeśli nie chcesz się rozstać ze swoim workiem, musisz tu z nim zostać. Może po nocy spędzonej pod liśćmi ty z kolei ulitujesz się nad nami.

Zauważył jednak – tak jak i inni – że Mîm bardzo strzeże swego worka, jakby był on więcej wart, niż się na oko wydawało.

Zaprowadzili starego krasnoluda do swego nędznego obozu. Po drodze mruczał coś w dziwnym języku, jakby szorstkim od pradawnej nienawiści, lecz gdy nałożyli jeńcowi na nogi pęta, nagle zamilkł. Ci, co stali na straży, widzieli, jak całą noc siedział w milczeniu, nieruchomy jak głaz, i tylko oczy, których nie zamknął do snu, błyszczały mu w ciemności, gdy się rozglądał dookoła.

Deszcz ustał przed świtem, a w koronach drzew zbudził się wiatr. Dzień wstał jaśniejszy niż wiele poprzednich. Lekkie podmuchy z południa oczyściły z chmur niebo, które, blade i czyste, czekało teraz na wschód słońca. Mîm nadal siedział bez ruchu i sprawiał wrażenie martwego; oczy miał zakryte ciężkimi powiekami, a w świetle poranka zdawał się wysuszony i skurczony ze starości. Túrin podszedł i spojrzał nań z góry.

– Jest już wystarczająco dużo światła – rzekł.

Wówczas Mîm otworzył oczy i wskazał na swe więzy, a kiedy został uwolniony, odezwał się gniewnie:

– Nauczcie się jednego, głupcy! Nigdy nie krępujcie krasnoluda! Nie wybaczy wam tego. Nie pragnę śmierci, lecz me serce płonie ogniem, któryście roznieciliście tym czynem. Teraz żałuję swej obietnicy.

– Ja zaś nie żałuję swojej – rzekł Túrin. – Zaprowadzisz mnie do swego domu. Do tego czasu nie będziemy rozmawiali o śmierci. Taka jest moja wola.

Spojrzał krasnoludowi prosto w oczy, a Mîm nie potrafił wytrzymać jego wzroku. Zaiste, niewielu mogło zmierzyć się z Túrinem w pojedynku na spojrzenia, gdy jego oczy płonęły niezłomną wolą czy gniewem. Mîm rychło odwrócił głowę i wstał.

– Chodź za mną, panie! – rzekł.

– Dobrze! – powiedział Túrin. – Wiedz, że rozumiem twą dumę. Może spotka cię śmierć, lecz nie będziesz już krępowany.

– Nie będę – potwierdził Mîm. – Ale idźmy już!

Z tymi słowy Mîm zaprowadził ich z powrotem na miejsce, w którym go schwytali, i wskazał ręką na zachód.

– Tam jest mój dom! – rzekł. – Zapewne często nań patrzyliście, wznosi się bowiem wysoko. Zanim elfowie pozmieniali wszystkie nazwy, zwaliśmy go Sharbhundem.

Spostrzegli wtedy, iż wskazuje im Amon Rûdh, Łyse Wzgórze, którego nagi szczyt górował nad leśną głuszą i pustkowiem.

– Widzieliśmy go, lecz nigdy z mniejszej odległości – rzekł Andróg. – Gdzież jednak może się tam znajdować bezpieczne schronienie, skąd wziąć wodę i wszystko, czego potrzebujemy? Domyślałem się, że to jakieś oszustwo. Czyż można się ukryć na szczycie wzgórza?

– Rozległy widok może zapewnić większe bezpieczeństwo niż sama kryjówka – powiedział Túrin. – Z Amon Rûdh widać wszystko dookoła na wiele staj. Dobrze więc, Mîmie, pójdę i zobaczę, co masz do pokazania. Jak długo my, niezdarni ludzie, będziemy musieli iść do owego miejsca?

– Cały dzień aż do zmroku, jeśli teraz wyruszymy – odparł Mîm.

Wkrótce drużyna wyruszyła na zachód. Na przedzie szedł Túrin, a Mîm u jego boku. Gdy wyszli z lasu, posuwali się ostrożnie, lecz cała okolica wydawała się pusta i spokojna. Przeszli przez rumowisko głazów i zaczęli się wspinać. Łyse Wzgórze wznosiło się na wschodnim skraju płaskowyżu położonego pomiędzy dolinami Sirionu i Narogu, a jego stoki wyrastały z kamienistego wrzosowiska na ponad tysiąc stóp. Nierówne wschodnie zbocze pięło się powoli ku wysokim skałom, gdzie kępy brzóz, jarzębin i wiekowych głogów czepiały się korzeniami podłoża. Niżej na stokach Amon Rûdh i na wrzosowisku pojawiały się także zarośla aeglosu, lecz stromy szary szczyt był nagi; tylko seregon niby czerwony płaszcz pokrywał głazy.

Gdy miało się już ku wieczorowi, banici stanęli u stóp wzgórza. Nadeszli od północy, bo tak ich poprowadził Mîm. I wtedy właśnie blask zachodzącego słońca padł na wierzchołek Amon Rûdh, który porastał kwitnący seregon.

– Patrzcie! Na szczycie jest krew – powiedział Andróg.

– Jeszcze nie – odrzekł Túrin.

Słońce opadało coraz niżej, w zagłębieniach terenu leżał już cień. Wzgórze wznosiło się ponad głowami banitów, a oni zastanawiali się, czy trzeba im było przewodnika, by dotrzeć do tak dobrze widocznego miejsca. Lecz w miarę jak za krasnoludem wspinali się coraz wyżej, zauważyli, że Mîm prowadzi ich wąską ścieżką, kierując się jemu tylko wiadomymi znakami czy też długim doświadczeniem. Droga wiła się teraz to tu, to tam, a gdy spoglądali na boki, widzieli po obu stronach ciemne kotlinki i wąwozy albo stromiznę zbiegającą ku rumowiskom wielkich głazów, gdzie wyrwy i doły zarosły krzakami jeżyn i głogów. Bez przewodnika musieliby się mozolnie wspinać całymi dniami, nim znaleźliby drogę.

W końcu wydostali się na bardziej stromy, lecz równiejszy teren. Weszli w cień starych jarzębin, w aleje wysokopiennych krzewów aeglosu. Panował tu mrok przepełniony słodką wonią. Nagle stanęli przed płaską, pionową skalną ścianą, wznoszącą się może na czterdzieści stóp, lecz niebo nad nimi już ciemniało i trudno było dobrze ocenić jej wysokość.

– Czy to drzwi twego domu? – zapytał Túrin. – Podobno krasnoludowie kochają się w kamieniu.

Przysunął się do Mîma, by w ostatniej chwili nie dać się zaskoczyć jakimś podstępem.

– Nie drzwi domu, lecz brama dziedzińca – odparł Mîm.

Skręcił na prawo, idąc wzdłuż skalnej ściany, i po dwudziestu krokach nagle się zatrzymał. Túrin dostrzegł szczelinę w skale, utworzoną przez dwie nachodzące na siebie kamienne płaszczyzny, uformowane czy to za pomocą dłuta ręką rzemieślnika, czy też przez siły przyrody. Między nimi otwierało się prowadzące w lewo przejście, zasłonięte zwisającą do samej ziemi roślinnością, która wyrastała z zagłębień w skale, a dalej wiodła w ciemność stroma kamienna ścieżka. Ścieżką sączyła się woda, a wszędzie było wilgotno.

Wspinali się jeden za drugim. U szczytu wzniesienia ścieżka znów skręcała w prawo, na południe, i przez kolczaste zarośla wyprowadziła ich na zieloną, płaską przestrzeń, dalej ginąc w mroku. Przybyli do domu Mîma, Bar-en-Nibin-noeg, o którym wspominały jedynie starodawne legendy w Doriacie i w Nargothrondzie, i którego żaden człowiek nie widział. Przybysze nie mogli jednak dokładnie zobaczyć, jak wygląda to dziwne miejsce, zapadała bowiem noc i gwiazdy pokazały się na wschodzie.

Amon Rûdh wieńczyła wielka, naga skała przypominająca wysoki kapelusz o spłaszczonym wierzchołku. Od północy ze skały tej wystawała gładka, niemal kwadratowa półka, niewidoczna z dołu, gdyż zaraz za nią wznosiła się kamienna ściana, a od zachodniej i wschodniej strony jej krawędź opadała pionowym urwiskiem. Jeśli się znało drogę, można tam było dotrzeć tylko od północy, tak jak przyprowadził banitów Mîm. Od tej bramy prowadziła ścieżka, znikająca w niewielkim zagajniku karłowatych brzóz, rosnących wokół przejrzystego stawu, wypełniającego zagłębienie wykute w skale. Wody dostarczało źródło bijące u stóp kamiennej ściany, jej ujście stanowił zaś strumyk, który białą nitką przelewał się przez zachodnią krawędź półki. Za osłoną drzew rosnących przy źródle, między dwiema kamiennymi skarpami, znajdowała się jaskinia. Wyglądała z pozoru na niewielką grotę o niskim, półokrągłym sklepieniu, lecz została pogłębiona i wydrążona daleko pod wzgórzem w rezultacie niespiesznej pracy Krasnoludów Poślednich w ciągu długich lat, kiedy tu mieszkali, nie będąc niepokojeni przez leśne Elfy Szare.

W głębokich ciemnościach Mîm poprowadził ich obok stawu, w którym wśród cieni brzozowych gałęzi odbijały się teraz gwiazdy. U wejścia do jaskini odwrócił się, skłonił Túrinowi i powiedział:

– Wejdź do Bar-en-Danwedh, Domu Okupu, gdyż tak się teraz będzie nazywał.

– Możliwe – odparł Túrin. – Lecz najpierw go obejrzę.

Wszedł z Mîmem do środka, a inni, widząc, że się nie lęka, poszli za nimi, nawet Andróg, który najmniej ufał krasnoludowi. Było ciemno, lecz Mîm klasnął w dłonie i za skalnym załomem pojawiło się słabe światło: to z korytarza w głębi groty wyszedł inny krasnolud, niosąc niewielką pochodnię.

– A więc jednak chybiłem! – zawołał Andróg.

Lecz Mîm szybko powiedział coś do pobratymca w swym chrapliwym języku, następnie zaś skoczył w otwór tunelu i zniknął. Sprawiał wrażenie zmartwionego lub rozgniewanego tym, co usłyszał; Andróg chciał ruszyć za nim.

– Zaatakujmy pierwsi! – zawołał. – Może ich tam być cały rój, ale są mali.

– Chyba jest tylko trzech – rzekł Túrin i poprowadził swych ludzi, którzy szli po omacku, wodząc po chropawych ścianach rękoma. Korytarz wiele razy ostro skręcał, lecz wreszcie gdzieś przed nimi zamajaczyło słabe światełko i banici znaleźli się w małym, lecz wysokim pomieszczeniu, oświetlonym nikłym blaskiem lamp, które na misternie wykonanych łańcuchach zwieszały się z pogrążonego w cieniu stropu. Mîma tam nie było, lecz słyszeli jego głos. Kierując się nim, Túrin podszedł do drzwi komory w głębi pomieszczenia. Zajrzawszy do środka, zobaczył Mîma klęczącego na posadzce. Obok niego stał w milczeniu krasnolud z pochodnią, a pod przeciwległą ścianą na kamiennym łożu leżał jeszcze jeden krasnolud.

– Khîmie, Khîmie, Khîmie! – zawodził stary, szarpiąc własną brodę.

– Nie wszystkie twoje strzały chybiły – rzekł Túrin do Andróga. – Może się to okazać dla nas prawdziwym nieszczęściem. Zbyt łatwo zwalniasz cięciwę, ale możesz nie żyć wystarczająco długo, by nauczyć się mądrości.

Po czym wszedł cicho, stanął za Mîmem i odezwał się:

– Co się stało, Mîmie? Znam nieco sztukę uzdrawiania. Czy mogę ci pomóc?

Mîm odwrócił głowę. Oczy błyskały mu czerwienią.

– Nie, chyba że potrafisz cofnąć czas, a potem utniesz bezlitosne ręce swoim ludziom – odparł. – Oto mój syn. W jego piersi utkwiła strzała. Teraz nie może już mówić. Umarł o zachodzie słońca. Wasze więzy nie pozwoliły, bym go uzdrowił.

I znów długo powstrzymywana litość przepełniła serce Túrina, niczym woda tryskająca ze skały.

– Niestety! – rzekł. – Przywołałbym tę strzałę z powrotem, gdyby to było w mojej mocy. Teraz Bar-en-Danwedh, Dom Okupu, słusznie nosi tę nazwę. Bowiem czy zamieszkamy tu, czy nie, będę się uważał za twego dłużnika i jeśli kiedykolwiek zdobędę bogactwa, na dowód mego żalu zapłacę ci w ciężkim złocie *danwedh* za syna, nawet jeśli nie przyniesie ci to pociechy.

Powstał na to Mîm i długo patrzył na Túrina.

– Przyjmuję twoje słowa – rzekł. – Przemawiasz jak dawni władcy krasnoludów, co doprawdy godne jest podziwu. Nie pocieszyło mnie to, ale mój gniew ostygł. Toteż spłacę przyrzeczony okup: możesz tu mieszkać, jeśli taka jest twoja wola. Lecz wysłuchaj jeszcze tych słów: człowiek, który wypuścił tę strzałę, musi połamać swoją broń i złożyć ją u stóp mego syna. Nigdy też nie dotknie strzały ani nie będzie nosić łuku. Jeśli to uczyni, zginie przeszyty strzałą. Takie rzucam na niego przekleństwo.

Przeląkł się Andróg, gdy usłyszał klątwę Mîma, i choć zrobił to z wielką niechęcią, złamał swój łuk i strzały i złożył je u stóp martwego krasnoluda. Lecz wychodząc z komory, spojrzał złym wzrokiem na Mîma i mruknął:

– Powiadają, że przekleństwo krasnoluda nigdy nie traci mocy, lecz i człowiecze może trafić celu. Oby skonał z gardłem przebitym strzałą!

Tej nocy, leżąc w komnacie, spali niespokojnie z powodu lamentów Mîma i jego drugiego syna, Ibuna. Nie potrafili powiedzieć, kiedy ucichły zawodzenia, lecz kiedy się w końcu obudzili, krasnoludów nie było, komorę zaś zamykał głaz. Dzień znów był jasny. Radując się porannym słońcem, banici wykąpali się w stawie, po czym z tego, co mieli, przygotowali posiłek. Gdy jedli, podszedł do nich Mîm i skłonił się Túrinowi.

– Mój syn już odszedł – rzekł. – Spoczywa obok naszych przodków. Teraz zwrócimy się ku życiu, jakie nam jeszcze pozostało, choć być może dni nasze są policzone. Czy jesteś zadowolony z domu Mîma? Czy odpowiada ci taki okup?

– Tak – odparł Túrin.

– A zatem dom należy do ciebie, abyś mógł urządzić tu sobie mieszkanie wedle własnego upodobania. Jeden tylko stawiam warunek: nikomu prócz mnie nie wolno otworzyć tej zamkniętej komory.

– Zgadzamy się – powiedział Túrin. – Wydaje mi się, że jesteśmy tutaj bezpieczni, musimy jednak mieć żywność i inne rzeczy. Jak mamy stąd wychodzić, a co ważniejsze, jak tu powrócić?

Mîm roześmiał się gardłowo, co zaniepokoiło kamratów Túrina.

– Czy obawiacie się, że weszliście za pająkiem do jego sieci? – spytał krasnolud. – Nie, Mîm nie pożera ludzi! A i pająk nie dałby rady trzydziestu osom naraz. Wy jesteście uzbrojeni, a ja bezbronny. Nie, musimy się dzielić ze sobą domem, jadłem, ogniem, a może też innymi zdobyczami.

Myślę, że będziecie strzec domu i dotrzymacie tajemnicy dla własnego dobra, nawet jeśli poznacie drogi wyjścia i powrotu. Z czasem się ich nauczycie. Na razie jednak, kiedy będziecie wychodzić z domu, Mîm lub jego syn Ibun będą służyć wam za przewodników; jeden z nas będzie chodził tam, gdzie wy i z wami wracał, albo czekał na was w miejscu, które znacie i potraficie znaleźć bez pomocy. Sądzę, że z czasem będzie ono coraz bliżej domu.

Túrin zgodził się i podziękował Mîmowi. Większość jego ludzi była zadowolona z tej siedziby, która w porannym słońcu, w środku lata, wydawała się odpowiednia do zamieszkania. Jedynie Andróg był nierad.

– Im szybciej sami będziemy panami swoich ścieżek, tym lepiej – powiedział. – Nigdy jeszcze nie mieliśmy więźnia, od którego tak bylibyśmy zależni.

Tego dnia odpoczywali, czyścili broń i naprawiali oporządzenie, bo żywności mieli jeszcze na kilka dni, a Mîm dołożył im jadła ze swoich zapasów. Pożyczył im także trzy wielkie naczynia do gotowania i dał opał. Wyciągnął też swój worek.

– To śmiecie – rzekł. – Niewarte kradzieży dzikie korzonki.

Lecz po umyciu korzonki okazały się białe i mięsiste, a ugotowane nadawały się do jedzenia i smakowały jak chleb. Zbójcom przypadły do gustu, bowiem chleba nie jedli już od dawna, chyba że udawało im się go ukraść.

– Dzicy elfowie ich nie znają, Elfy Szare ich nie znalazły, a dumni elfowie zza Morza nie zniżają się do grzebania w ziemi – powiedział Mîm.

– Jak się nazywają te korzonki? – zapytał Túrin.

Mîm spojrzał nań z ukosa.

– Nie mają nazwy, chyba że w mowie krasnoludów, a tej nie uczymy nikogo – rzekł. – I nie uczymy ludzi, jak je znajdywać, bo ludzie są chciwi i rozrzutni: nie oszczędziliby żadnej rośliny, aż wszystkie by wyzbierali. Tymczasem przechodzą obok nich, błądząc po pustkowiach. Więcej się ode mnie nie dowiecie, lecz dostaniecie z moich zbiorów tyle, ile chcecie, jeśli tylko wasze słowa będą szczere i nie będziecie śledzić mnie ani kraść. – Znów roześmiał się gardłowo. – Są wiele warte. Zimą, podczas głodu, są cenniejsze niż złoto, można je bowiem gromadzić, tak jak wiewiórka gromadzi orzechy. Zaczęliśmy robić zapasy od chwili, gdy pojawiły się pierwsze dojrzałe korzonki. Wy zaś jesteście głupcami, skoro myślicie, że nawet za cenę życia nie chciałem się rozstać z jednym ich workiem.

– Słucham twoich słów – rzekł Ulrad, który zajrzał do worka, gdy pojmali Mîma – i tym bardziej się zdumiewam, że tego nie uczyniłeś.

Mîm odwrócił się, rzucając Ulradowi mroczne spojrzenie.

– Jesteś jednym z tych głupców, po których nie płakałaby wiosna, gdyby zginął w zimie – powiedział. – Dałem wtedy słowo, więc musiałbym wrócić, z własnej woli czy też wbrew sobie, z workiem czy bez. Ty zaś, nieuznający żadnych praw niewierny człowieku, myśl sobie, co chcesz! Nie lubię, gdy mi się coś niegodziwie odbiera siłą, choćby to był tylko rzemień od skórzni. Czyż nie pamiętam, że ty także krępowałeś mnie więzami, które nie pozwoliły mi po raz ostatni porozmawiać z synem? Toteż kiedy będę wydzielał ten ziemny chleb z moich zapasów, ciebie nie policzę i jeśli będziesz go jadł, to tylko dzięki szczodrości twoich towarzyszy, a nie mojej.

To rzekłszy, Mîm się oddalił, Ulrad zaś, który skulił się pod jego gniewnym spojrzeniem, rzucił za odchodzącym:

– Dumne to słowa! Jednakże stary łotr miał też inne rzeczy w swoim worku, podobnego kształtu jak korzonki, lecz twardsze i cięższe. Może prócz ziemnego chleba jest w puszczy coś jeszcze, czego nie odkryli elfowie i o czym żaden człowiek nie powinien wiedzieć!

– Możliwe – rzekł Túrin. – Niemniej krasnolud przynajmniej w jednej rzeczy miał rację, nazywając cię głupcem. Dlaczego musisz wyjawiać swe myśli? Jeśli uprzejme słowa więzną ci w gardle, lepiej się nam przysłużysz milczeniem.

Dzień minął spokojnie i nikt z drużyny nie zapragnął wyjść na otwartą przestrzeń. Túrin przechadzał się tam i z powrotem po porośniętej trawą półce skalnej, spoglądając ku wschodowi, zachodowi i północy i dziwiąc się dalekim widokom w czystym powietrzu. Na północy dziwnie blisko rysował się las Brethil, oblewający zielenią Amon Obel. Przekonał się Túrin, że w tę właśnie stronę jego wzrok podąża częściej, niż tego pragnął, i nie wiedział, dlaczego tak się dzieje, ponieważ serce ciągnęło go raczej ku północnemu zachodowi, gdzie, jak mu się wydawało, przemierzywszy wzrokiem wiele staj, dostrzega narysowaną na skraju nieba kreskę Gór Cienia, granicę ojczystej krainy. Wieczorem zaś spojrzał Túrin ku zachodowi, w ognisty krąg słońca zapadającego w opary zawisłe nad odległym wybrzeżem. Położona bliżej Dolina Narogu pogrążyła się już w głębokim cieniu.

Tak rozpoczął się pobyt Túrina, syna Húrina, w jaskini Mîma, w Bar-en-Danwedh, Domu Okupu.

Przez dłuższy czas banici byli zadowoleni z życia, jakie pędzili. Nie brakowało im żywności, mieli dobre schronienie, ciepłe, suche i przestronne, przekonali się bowiem, że jaskinie w razie potrzeby mogłyby pomieścić i stu ludzi. Głębiej znajdowała się nieco mniejsza grota z paleniskiem, od którego wykuty w skale komin prowadził do wylotu, przemyślnie ukrytego w szczelinie na zboczu wzgórza. Było także wiele innych komór, do których wchodziło się z jaskini lub z leżącego między nimi korytarza. Niektóre z nich niegdyś zamieszkiwano, inne służyły za warsztaty lub magazyny. Mîm przechowywał tam wiele pięknych przedmiotów, miał także liczne naczynia oraz bardzo wiekowe z wyglądu kamienne i drewniane skrzynie. Większość komór była teraz pusta: w zbrojowniach wisiały zardzewiałe, pokryte kurzem topory i inna broń, półki i schowki były ogołocone, a w kuźniach panowała cisza. Wyjątek stanowiła jedna niewielka komora wyposażona w palenisko, do której wchodziło się z pierwszej jaskini. Czasami pracował tam Mîm, lecz nikomu nie pozwalał wówczas do siebie wchodzić. Nie powiedział też o tajemnych schodach, prowadzących z jego domu na płaski szczyt Amon Rûdh. Natknął się na nie Andróg, zabłądziwszy w jaskiniach, kiedy, będąc głodny, szukał zapasów krasnoludzkiego jedzenia. Odkrycie to jednak zachował dla siebie.

Przez resztę roku nie wypuszczali się na żadne wyprawy, a na polowanie lub w poszukiwaniu pożywienia najczęściej chodzili małymi grupami. Przez dłuższy czas trudno im było znaleźć drogę powrotną i poza Túrinem tylko sześciu ludzi wiedziało, którędy trzeba iść. Niemniej, świadomi, że można się dostać do jaskini bez pomocy Mîma, wystawiali dniem i nocą wartę przy szczelinie w północnej ścianie. Od południa nie spodziewali się wrogów, nie było też obawy, by ktokolwiek mógł się wspiąć na Amon Rûdh od owej strony, lecz za dnia na szczycie wzgórza bardzo często stawał wartownik, mający rozległy widok. Mimo że zbocza pod samym szczytem były strome, można było tam wejść po nierównych stopniach wykutych w skale po wschodniej stronie wejścia do jaskini.

Tak więc rok mijał bez nieprzewidzianych wydarzeń. Lecz w miarę, jak dzień się skracał, szarzał staw i stawał się coraz zimniejszy, a brzozy traciły liście. Gdy wróciły ulewne deszcze, więcej czasu musieli spędzać pod dachem. Wówczas rychło zaczął im dokuczać mrok panujący w trzewiach wzgórza i niepewne oświetlenie jaskiń. Większości banitów wydawało się, iż ich życie byłoby lepsze, gdyby nie dzielili go z Mîmem. Zbyt często wyłaniał się z jakiegoś ciemnego kąta, gdy myśleli, że przebywa gdzie indziej, a kiedy znajdował się w pobliżu, rwały się ich rozmowy. Nabrali zwyczaju mówienia wyłącznie szeptem.

Jednakże, co wydało im się dziwne, z Túrinem działo się odwrotnie. Coraz bardziej zaprzyjaźniał się ze starym krasnoludem i coraz częściej polegał na jego radach. Podczas zimy, która wkrótce nadeszła, całymi godzinami przesiadywał z Mîmem i słuchał opowieści o jego życiu i dawnych czasach. Nie karcił go też Túrin, gdy źle się wyrażał o Eldarach. Krasnoludowi bardzo się to podobało i okazywał wzajemnie Túrinowi wiele względów. Tylko jego wpuszczał czasami do swej kuźni, gdzie rozmawiali ze sobą przyciszonymi głosami.

Kiedy minęła jesień, zima mocno dała im się we znaki. Jeszcze przed przesileniem z Północy nadeszły śniegi, jakich jeszcze nie zaznali w krainie rzecznych dolin; od tej pory, w miarę, jak coraz bardziej rosła potęga Angbandu, zimy w Beleriandzie stawały się coraz sroższe. Amon Rûdh pokryła gruba warstwa śniegu i tylko najwytrzymalsi spośród banitów odważali się schodzić ze wzgórza. Niektórzy zachorowali, a wszystkim doskwierał głód.

W połowie zimy w gasnącym świetle krótkiego dnia pojawił się nagle wśród nich rosły i barczysty człowiek, jak im się zdało, okryty białym płaszczem z kapturem. Najwyraźniej zmylił wartowników i bez słowa podszedł do ogniska. Kiedy siedzący wokół niego zerwali się, przybysz się roześmiał i odrzucił kaptur: stał przed nimi Beleg Mistrz Łuku. Pod obszernym płaszczem miał wielki pakunek, pełen przedmiotów, które mogły pomóc ludziom.

Tak oto wrócił Beleg do Túrina, wbrew rozsądkowi uległszy miłości. Túrin był bardzo rad, często bowiem żałował swego uporu, a teraz spełniło się jego najgłębsze pragnienie, on zaś nie musiał się ani ukorzyć, ani ustąpić ze swego postanowienia. Jednakże Andróg i kilku jeszcze jego kamratów nie dzielili radości Túrina. Wydawało im się, że ich dowódcę i Belega łączy sekretna umowa. Kiedy tych dwóch usiadło nieco z boku i pogrążyło się w rozmowie, Andróg śledził ich zazdrosnym wzrokiem.

Beleg przyniósł ze sobą Hełm Hadora, miał bowiem nadzieję, że dzięki rodzinnemu skarbowi myśli Túrina raz jeszcze wzniosą się nad mierność jego życia w głuszy jako przywódcy grupki zbójców.

– Przynoszę ci twoją własność – rzekł do Túrina, wyjmując hełm. – Powierzono mi go, gdy przebywałem na północnych rubieżach, lecz sądzę, że nie został zapomniany.

– Niemalże – odrzekł Túrin – lecz nie dojdzie do tego już nigdy więcej.

Zamilkł i pogrążył się w myślach, wpatrzony w przestrzeń, lecz jego wzrok przyciągnął nagle błysk czegoś, co Beleg trzymał w dłoni. Był to dar Meliany. Srebrzyste liście przybrały czerwony kolor w blasku ognia, lecz gdy Túrin dostrzegł pieczęć, spochmurniał.

– Co tam masz? – spytał.

– Największy dar, jaki ktoś, kto cię nadal kocha, ma do ofiarowania – odparł Beleg. – Oto *lembas in·Elidh*, chleb podróżny Eldarów, którego jak dotąd nie skosztował żaden człowiek.

– Przyjmuję hełm mych przodków i wdzięczny jestem ci za to, że go przechowałeś – rzekł Túrin – lecz nie wezmę żadnych podarków z Doriathu.

– Zatem odeślij swój miecz i broń – odparł Beleg. – Odeślij także nauki i wychowanie otrzymane w młodości. A także, by dogodzić swemu nastrojowi, pozwól ludziom, którzy, jak powiadasz, dochowali ci wierności, umrzeć na pustkowiu. Ten chleb podróżny był podarkiem nie dla ciebie, lecz dla mnie, a ja mogę uczynić z nim, co zechcę. Nie jedz go, jeśli ma ci stanąć w gardle, lecz inni mogą być bardziej głodni i mniej dumni od ciebie.

Túrinowi błysnęły oczy, lecz kiedy spojrzał w twarz Belega, zgasł w nich ogień i znów były szare jak dawniej.

– Dziwię się, przyjacielu – odezwał się ledwie słyszalnym głosem – że nie wzdragasz się wracać do takiego gbura. Od ciebie przyjmę wszystko, co mi dajesz, nawet słowa nagany. Odtąd będziesz mi doradzał we wszystkim, jedynie prócz kwestii powrotu do Doriathu.

Rozdział VIII

Kraj Łuku i Hełmu

W dniach, które potem nadeszły, Beleg podejmował wiele trudów dla dobra drużyny. Opiekował się rannymi i chorymi, którzy dzięki niemu szybko zdrowieli. W owych czasach Elfy Szare wciąż jeszcze były potężnym plemieniem i posiadały wielką moc oraz mądrość w sprawach życia oraz wszystkich żywych istot; a chociaż talentami rzemieślniczymi i wiedzą nie dorównywały Wygnańcom z Valinoru, miały liczne umiejętności niedostępne ludziom. Ponadto Beleg Łucznik wyróżniał się nawet wśród mieszkańców Doriathu; był silny i wytrzymały, miał bystry umysł i wzrok, a w razie potrzeby wykazywał się męstwem w walce, polegając nie tylko na swym długim łuku i śmigłych strzałach, ale i na wielkim mieczu Anglachelu. A przez cały czas w sercu Mîma narastała wrogość, krasnolud bowiem, jak już powiedziano, pałał nienawiścią do wszystkich elfów i zazdrosnym okiem patrzył na miłość, jaką Túrin darzył Belega.

Kiedy minęła zima i nadeszło przedwiośnie, a potem wiosna, banici zaczęli mieć poważniejsze zadania. Ruszyła się potęga Morgotha, a zwiadowcy jego wojsk niczym długie palce macającej na oślep dłoni badali drogi prowadzące do Beleriandu.

Któż zna zamysły Morgotha? Kto może zmierzyć zasięg jego myśli, myśli tego, kto niegdyś był Melkorem, możnym pomiędzy Ainurami tworzącymi Wielką Pieśń, a teraz jako czarny władca zasiada na czarnym tronie w Krainach Północy i waży w swej złośliwości wszystkie wieści przynoszone czy to przez szpiega, czy przez zdrajcę, dostrzegając oczyma umysłu i pojmując o wiele więcej czynów i zamiarów swoich wrogów, niż obawiali się tego nawet najmędrsi spośród nich, prócz królowej Meliany? Ku niej też często sięgał myślą, lecz nadaremnie.

Tego roku skupił zatem złe zamysły na ziemiach położonych na zachód od Sirionu, gdzie wciąż jeszcze istniały siły zdolne mu się przeciwstawić. Gondolin jeszcze trwał, choć w ukryciu. O Doriacie Morgoth wiedział, lecz nie mógł jeszcze do niego wkroczyć. Dalej leżał Nargothrond, do którego na razie żaden ze sług Morgotha nie znalazł drogi; nazwa ta budziła w nich strach, tam bowiem ukrywał swą siłę lud Finroda. A daleko z Południa, zza białych brzozowych lasów Nimbrethilu, z wybrzeża Arvernien i z Ujścia Sirionu dochodziły pogłoski o Przystaniach Statków. Tam Morgoth nie mógł dosięgnąć, dopóki nie padną wszystkie inne twierdze.

Tak więc orkowie napływali z Północy w coraz liczniejszych hordach. Znaleźli drogę przez Anach, zajęli Dimbar i rozpanoszyli się na północnych rubieżach Doriathu. Wykorzystywali dawny trakt, prowadzący przez długi wąwóz Sirionu obok wyspy, na której niegdyś stała Minas Tirith Finroda, i dalej przez ziemie leżące między Malduiną i Sirionem ku obrzeżom Brethilu aż do Przeprawy na Teiglinie. Stamtąd z dawien dawna droga wchodziła na Strzeżoną Równinę, a potem biegła u stóp wyżyny rozciągającej się pod czujnym okiem Amon Rûdh, schodząc w dolinę Narogu, i w końcu docierała do Nargothrondu. Orkowie jednakże nie zapuszczali się jeszcze tym traktem daleko, na pustkowiach czaiła się bowiem groza, a na czerwonym wzgórzu pojawiły się czujne oczy, przed którymi słudzy Morgotha nie zostali ostrzeżeni.

Tej wiosny Túrin znów przywdział Hełm Hadora, czym uradował Belega. Początkowo drużyna nie liczyła sobie nawet pięćdziesięciu ludzi, lecz znajomość tajników lasu, którą elf wspierał ich poczynania, a także męstwo Túrina sprawiały na wrogach wrażenie, że mają do czynienia z licznym zastępem. Zwiadowcy orków zawsze mogli być pewni pościgu, ich obozy nie dawały już bezpiecznego schronienia, a jeśli w jakimś wąskim przesmyku zbierali się do wymarszu, spomiędzy skał czy z cienia zalegającego pod drzewami wyskakiwał Smoczy Hełm na czele swych ludzi, wysokich i groźnych wojowników. W niedługim czasie dowódcy orków truchleli na sam głos rogu Túrina, rozlegający się wśród wzgórz, a ich żołnierze rzucali się do ucieczki, zanim jeszcze świsnęła choć jedna strzała czy zaśpiewał dobywany miecz.

Zostało już powiedziane, że gdy Mîm oddał Túrinowi i jego drużynie ukrytą siedzibę na Amon Rûdh, zażądał, by łucznik, od którego strzały zginął syn krasnoluda, połamał swą broń i złożył ją u stóp Khîma; łucznikiem tym był Andróg. Banita spełnił żądanie Mîma z wielką niechęcią. Co więcej, Mîm oznajmił, że Andrógowi nigdy nie wolno już nosić łuku i strzał, a gdyby się do tego życzenia nie zastosował, to spadnie na niego klątwa: zginie od takiej właśnie broni.

Otóż wiosną tego roku Andróg zlekceważył klątwę krasnoluda i podczas wypadu z Bar-en-Danwedh wziął ze sobą łuk; trafiony zatrutą strzałą orka, został przyniesiony do domu przez swoich kamratów. Chociaż konał w boleściach, Beleg wyleczył Andróga z rany. Teraz Mîm nienawidził elfa jeszcze bardziej, ponieważ ten zniweczył krasnoludzką klątwę, o której rzekł tylko: „Jeszcze się spełni".

Tego roku jak Beleriand długi i szeroki rozeszła się po lasach, wzdłuż strumieni i wśród wzgórz wieść, że Łuk i Hełm, które, jak sądzono, padły w Dimbarze, znów powstały, choć nie było już na to nadziei. Wówczas liczni elfowie i ludzie, którzy ocaleli z rozmaitych walk, przegranych bitew i pustoszonych krain, a teraz błąkali się, pozbawieni przywódców i środków do życia, lecz nie ulegali rozpaczy, nabrali otuchy i poczęli szukać Dwóch Wodzów, choć nikt jeszcze nie wiedział, gdzie leży ich twierdza. Túrin chętnie przyjmował wszystkich, którzy do niego ściągali, lecz za radą Belega żadnego z nowo przybyłych nie wpuszczał do swego schronienia na Amon Rûdh (które otrzymało teraz nazwę Echad i Sedryn, Obóz Wiernych). Drogę doń znali jedynie członkowie Dawnej Drużyny i nie był tam wpuszczany nikt inny. Lecz wokół założono inne strzeżone obozy i forty: czy to w lesie na wschodzie, czy na płaskowyżu, czy na południowych moczarach – od Methed-en-glad, Krańca Lasu, fortu położonego na południe od Przeprawy na Teiglinie, po Bar-erib, placówkę leżącą o parę staj na południe od Amon Rûdh – ze wszystkich tych miejsc ludzie widzieli szczyt Łysego Wzgórza, skąd za pośrednictwem sygnałów otrzymywali wieści i rozkazy.

W ten sposób, zanim przeminęło lato, liczba zwolenników Túrina znacznie wzrosła, a wojska Angbandu zostały odepchnięte. Wieści o tym doszły nawet do Nargothrondu, gdzie wielu elfów nabrało chęci do walki, powiadając, że skoro jakiś banita może zadać Nieprzyjacielowi takie straty, to czegóż dopiero mógłby dokazać Władca Narogu. Lecz Orodreth, król Nargothrondu, nie chciał zmienić swych zamiarów. We wszystkich sprawach brał przykład z Thingola, z którym wymieniał w sekrecie posłańców. Był mądrym władcą i postępował jak ci, co przede wszystkim dbają o dobro własnego ludu i mają na względzie to, jak długo uda się zachować życie i bogactwa wobec zachłanności Północy. Dlatego też nie pozwolił nikomu przyłączyć się do Túrina i przez posłańców oznajmił mu, że cokolwiek przedsięwziąłby czy zamyślił w swej wojnie, nie powinien postawić stopy na ziemiach Nargothrondu ani wpędzić na nie orków. Zaproponował jednak Dwóm Wodzom, że gdyby znaleźli się w potrzebie, da im wszelką pomoc oprócz zbrojnego wsparcia (uważa się, że skłonili go do tego Thingol i Meliana).

Morgoth nie ujawniał jeszcze swej siły, choć często przypuszczał pozorowane ataki, by przez łatwe zwycięstwa rebelianci nabrali przesadnej pewności siebie i wiary we własne siły. Tak się istotnie stało. Túrin nadał całej krainie, rozciągającej się między Teiglinem i zachodnim pograniczem Doriathu, nazwę Dor-Cúarthol, a przypisując sobie nad nią zwierzchnictwo, przybrał nowe imię: Gorthol, czyli Groźny Hełm. Nabrał też wielkiej otuchy. Belegowi jednak zdawało się, że Hełm nie takiej dokonał w Túrinie przemiany, na jaką elf miał nadzieję, a kiedy zaglądał w przyszłość, nękał go niepokój.

Pewnego dnia pod koniec lata Beleg i Túrin siedzieli w Echad, odpoczywając po długiej potyczce i marszu, i Túrin tak się odezwał do Belega:

– Czemu jesteś smutny i zamyślony? Czyż wszystko nie toczy się pomyślnie od czasu, gdy powróciłeś do mnie? Czy moje dążenia nie okazały się słuszne?

– Teraz wszystko układa się pomyślnie – odparł Beleg. – Nasi wrogowie wciąż nie mogą się otrząsnąć z zaskoczenia i lękają się nas. Jeszcze przez jakiś czas będzie się nam szczęściło.

– A co potem?

– Zima – odparł Beleg. – A po niej kolejny rok, dla tych, którzy go dożyją.

– A potem? – zapytał Túrin.

– Gniew Angbandu. Oparzyliśmy czubki palców Czarnej Ręki, nic więcej. Nie cofnie się.

– Czyż jednak obudzenie gniewu Angbandu nie jest naszym celem i radością? – rzekł Túrin. – Cóż chciałbyś, żebym robił?

– Sam wiesz najlepiej – odpowiedział Beleg. – Lecz zabroniłeś mi mówić o tej drodze. Ale teraz mnie wysłuchaj. Król czy dowódca licznego zastępu wojowników ma wiele potrzeb. Musi mieć bezpieczne schronienie i musi mieć bogactwa, a także wielu takich ludzi, którzy nie biorą udziału w walce. Z większą liczebnością oddziału idzie w parze potrzeba zdobywania większej ilości pożywienia, niż mogą go zdobyć na pustkowiu myśliwi. Jest także kwestia utrzymania tajemnicy. Amon Rûdh to dobre miejsce dla niewielkiej grupy, ma bowiem oczy i uszy, lecz stoi samotnie, widoczne z dala. Nie trzeba licznego oddziału, by je otoczyć – chyba że broniłby go wielki zastęp wojowników, większy od naszego, jakim jest teraz albo kiedykolwiek mógłby się stać.

– Mimo to będę dowódcą własnego zastępu – rzekł Túrin – a jeśli zginę, to zginę. Tutaj stoję na drodze Morgotha, a dopóki tak jest, Nieprzyjaciel nie może ruszyć traktem na południe.

Wieści o wyczynach Smoczego Hełmu na ziemiach położonych na zachód od Sirionu szybko dotarły do uszu Morgotha. Zaśmiał się Czarny Władca, bo znów wiedział, gdzie jest Túrin, długo do tej pory skrywający się w cieniach i pod zasłonami Meliany. Mimo to poczuł strach, że syn Húrina wzrośnie w taką siłę, iż zniweczy ciążącą na nim klątwę i uniknie przeznaczonego mu losu lub może wycofa się do Doriathu, i Morgoth znów straci go z oczu. Postanowił zatem Nieprzyjaciel schwytać Túrina i zadać mu takie same cierpienia, jak jego ojcu, torturować go i zniewolić.

Prawdę mówił Beleg, kiedy powiedział Túrinowi, że tylko oparzyli czubki palców Czarnej Ręki i że ona się nie cofnie. Lecz Morgoth ukrywał swe zamiary i na razie zadowalał się wysyłaniem swoich najsprawniejszych zwiadowców; rychło szpiedzy otoczyli Amon Rûdh, lecz tylko czaili się niezauważeni w głuszy i nie podejmowali żadnych działań wobec oddziałów, które wychodziły z kryjówki i do niej wracały.

Lecz Mîm wiedział o obecności orków wokół Amon Rûdh, a nienawiść, jaką żywił do Belega, przywiodła teraz jego mroczne serce do nikczemnego postanowienia. Pewnego dnia pod koniec roku powiedział ludziom mieszkającym w Bar-en-Danwedh, że wybiera się ze swoim synem Ibunem na poszukiwanie korzonków, by zrobić zapasy na zimę, lecz jego prawdziwym zamiarem było odszukanie sług Morgotha i przyprowadzenie ich do kryjówki Túrina*.

Gdy usiłował narzucić orkom pewne warunki, ci się tylko roześmiali, lecz Mîm powiedział, że niewiele wiedzą, skoro sądzą, że torturami uzyskają coś od Krasnoluda Pośledniego. Wtedy zapytali go, cóż to mogą być za warunki i Mîm przedstawił im swe żądania: za każdego schwytanego lub zabitego człowieka mają mu zapłacić w żelazie tyle, ile waży, a za Túrina i Belega w złocie; kiedy już się pozbędą Túrina i jego drużyny, mają zostawić Mîmowi jego dom, a samego krasnoluda już nie niepokoić; skrępowanego Belega mają zostawić Mîmowi, który się nim zajmie; Túrina zaś mają puścić wolno.

Na te warunki wysłannicy Morgotha ochoczo przystali, nie zamierzając dotrzymać ani pierwszego, ani drugiego z nich. Dowódca orków uznał, że los Belega można bez przeszkód powierzyć Mîmowi, lecz jeśli chodziło o puszczenie Túrina wolno, rozkazy Angbandu brzmiały: „przyprowadzić żywego". Chociaż sługa Morgotha zgodził się na warunki

* Istnieje też inna opowieść, według której Mîm natknął się na orków przypadkiem. To oni przywiedli go do zdrady, grożąc, że poddadzą torturom jego schwytanego syna.

postawione przez krasnoluda, chciał zatrzymać Ibuna jako zakładnika; wtedy Mîm się przestraszył i usiłował wycofać się z umowy, a gdyby mu się to nie udało, chciał uciec. Lecz orkowie mieli jego syna, zatem musiał Mîm zaprowadzić ich do Bar-en-Danwedh. Tak oto został zdradzony Dom Okupu.

Zostało już powiedziane, że Amon Rûdh wieńczyła wielka, naga skała, przypominająca wysoki kapelusz o spłaszczonym wierzchołku, lecz ponieważ jej zbocza były strome, na szczyt wzgórza można się było dostać po schodach wykutych w skalnej ścianie, a zaczynających się na półce czy też tarasie przed wejściem do domu Mîma. Szczyt był obsadzony przez wartowników, którzy ostrzegali przed zbliżającym się wrogiem. Ci jednak wrogowie, prowadzeni przez Mîma, wyszli na płaską półkę daleko przed jaskinią i zepchnęli Túrina z Belegiem aż do wrót Bar-en-Danwedh. Ludzie próbowali wspiąć się na schody wykute w skale, lecz kilku z nich spadło, przebitych strzałami orków.

Túrin i Beleg wycofali się do jaskini i zatoczyli wejście wielkim głazem. W tej trudnej sytuacji Andróg wyjawił im sekret ukrytych schodów, prowadzących na płaski wierzchołek Amon Rûdh, które odkrył, zabłądziwszy w jaskiniach, jak już zostało to opowiedziane. Wtedy Túrin, Beleg i wielu ich towarzyszy skorzystali z tych schodów i wyszli na szczyt wzgórza, zaskakując tych nielicznych orków, którzy już się tam dostali po ścieżce, i zepchnęli ich z krawędzi w przepaść. Przez chwilę odpierali ataki wrogów, wspinających się po skale, lecz na nagim szczycie nie mieli się gdzie schować i orkowie zastrzelili z dołu wielu ludzi. Najmężniejszym z nich okazał się Andróg, który padł u szczytu zewnętrznych schodów, śmiertelnie raniony strzałą.

Wówczas Túrin, Beleg i ci z banitów, którzy im jeszcze zostali, cofnęli się na środek wierzchołka do stojącego tam kamienia i, utworzywszy wokół niego krąg, bronili się dopóty, dopóki nie zginęli wszyscy oprócz Belega i Túrina, na nich bowiem orkowie zarzucili sieci. Túrina skrępowali i zabrali; rannego Belega też skrępowali, a rozciągnąwszy na ziemi, nadgarstki i kostki u nóg przytwierdzili mu do żelaznych kołków wbitych w skalne podłoże.

Następnie orkowie odkryli wylot tajemnych schodów i weszli do Bar-en-Danwedh, który zanieczyścili i splądrowali. Nie znaleźli Mîma, kryjącego się w jaskiniach; kiedy opuścili Amon Rûdh, krasnolud zjawił się na szczycie, podszedł do unieruchomionego Belega i zaczął mu się złowrogo przyglądać, ostrząc nóż.

Lecz Mîm i Beleg nie byli jedynymi żywymi na tej wyniosłej skale. Podpełzł do nich pomiędzy trupami Andróg i, choć był śmiertelnie ranny, chwycił miecz i pchnął nim krasnoluda. Wrzeszcząc z przerażenia, Mîm pobiegł na samą krawędź urwiska i zniknął – uciekł sobie tylko znaną stromą i trudną kozią ścieżką. Lecz Andróg ostatkiem sił uwolnił Belega, przecinając więzy na jego rękach i okowy na nogach, a umierając powiedział:

– Moje rany są tak głębokie, że nawet ty nie zdołasz ich wyleczyć.

Rozdział IX

Śmierć Belega

Beleg szukał Túrina wśród zabitych, by go pochować, lecz nie odnalazł jego ciała. Pojął wówczas, że syn Húrina żyje i został uprowadzony do Angbandu, lecz on sam musiał pozostać w Bar-en-Danwedh, dopóki nie wygoiły mu się rany. Wtedy zszedł ze wzgórza, niewielką mając nadzieję na znalezienie tropu orków, lecz natknął się na ich ślady w pobliżu Przeprawy na Teiglinie. Tam się rozdzielili; część bandy podążyła skrajem lasu Brethil w stronę brodu Brithiach, a pozostali skręcili na zachód. Dla Belega stało się jasne, że musi podążać za grupą zmierzającą jak najprostszą drogą do Angbandu, a zatem kierującą się w stronę przełęczy Anach. Ruszył więc dalej co prędzej przez Dimbar, dotarł do przełęczy prowadzącej przez Ered Gorgoroth, Góry Zgrozy, i wspiąwszy się na wyżynę Taur-nu-Fuin, Las Okryty Nocą, znalazł się w krainie budzącej przerażenie i pełnej mrocznych omamów, w krainie zrozpaczonych, błąkających się wędrowców.

Zdarzyło się, że błądząc po ciemku, Beleg dostrzegł między pniami nikłe światełko; gdy się doń przybliżył, znalazł elfa śpiącego pod wielkim uschłym drzewem; przy głowie strudzonego wędrowca stała lampa, z której zsunęła się osłona. Beleg obudził elfa, dał mu lembasy i zapytał, jakiż to los sprowadza go w tę straszliwą okolicę; okazało się, że ma do czynienia z Gwindorem, synem Guilina.

Beleg patrzył na niego z bólem, Gwindor bowiem, zgarbiony i lękliwy, był ledwie cieniem tego elfa, który w Bitwie Nieprzeliczonych Łez jako przywódca oddziału z Nargothrondu wstrzymał konia pod samymi wrotami Angbandu i tam został pojmany. Morgoth uśmiercał bowiem tylko nielicznych schwytanych Noldorów, ponieważ cenił ich umiejętności wydobywania spod ziemi metali i szlachetnych kamieni. Toteż Gwindora nie spotkała śmierć, został za to przymuszony do ciężkiej pracy w kopalniach Północy. Przebywający tam Noldorowie mieli lampy Fëanora, czyli kryształy zawieszone w delikatnej metalowej plecionce, wydzielające nieustannie błękitną cudowną poświatę, która pomagała odnaleźć drogę w mroku nocy czy w ciemnych tunelach. Sami sekretu tych lamp nie znali. Wielu elfów, którzy drążyli ziemię w kopalniach, uciekło z nich w ten sposób, mogli bowiem przekopać drogę na zewnątrz. Gwindor natomiast dostał od jednego z więźniów, pracujących w kuźniach, niewielki miecz i podczas pracy przy drążeniu skał zaatakował nagle strażników. Uciekł, lecz z odciętą dłonią; teraz leżał wyczerpany pod wielkimi sosnami Taur-nu-Fuin.

Od Gwindora dowiedział się Beleg, że znajdująca się przed nimi garstka orków, przed którą ukrywał się zbieg, nie prowadzi ze sobą jeńców i posuwa się szybkim marszem. Być może była to jakaś przednia straż, zmierzająca z raportem do Angbandu. Usłyszawszy tę wieść, Beleg stracił nadzieję, domyślił się bowiem, że tropy, które za Przeprawą na Teiglinie skręcały na zachód, zostawiła większa grupa żołdaków. Ta zapewne, wedle orkowego zwyczaju, zaczęła grasować po drodze w poszukiwaniu żywności i łupów, a teraz mogła wracać do Angbandu przez Wąską Ziemię, czyli długim wąwozem Sirionu leżącym o wiele dalej na zachód. Jeśli tak w istocie było, to jedyną nadzieją dla Belega było cofnąć się do brodu Brithiach i podążyć na północ do Tol Sirion. Ledwie jednak podjął tę decyzję, kiedy usłyszeli z Gwindorem hałas czyniony przez wielki oddział przedzierający się od południa przez las. Ukrywszy się w konarach drzewa, patrzyli, jak mija ich powoli pochód sług Morgotha. Orkowie byli obładowani łupami, wlekli także ze sobą jeńców, a otaczały ich wilki. I ujrzeli elfowie Túrina z rękoma skutymi łańcuchem, poganianego biczami.

Wówczas opowiedział Beleg Gwindorowi, po co przybył do Taur-nu-Fuin, a Noldor starał się odwieść go od tych zamiarów, mówiąc, że mogą go jedynie spotkać te same katusze, które czekają Túrina. Beleg nie chciał jednak opuścić przyjaciela i choć sam stracił nadzieję, obudził ją w sercu Gwindora. Razem wyruszyli za orkami, aż wyszli z lasu na wysoko położone zbocza, zbiegające ku jałowym wydmom Anfauglithu. Tam, widząc już szczyty Thangorodrimu, orkowie stanęli w pustej dolince obozem, rozstawiwszy na jego obrzeżu wilczych wartowników. Potem rozpoczęli hulankę, wyprawili sobie ucztę z zagarniętych łupów i poddali dla zabawy więźniów torturom. Gdy większość orków zapadła w pijacki sen, już kończył się dzień i zrobiło się bardzo ciemno. Z zachodu nadciągała gwałtowna burza; Beleg i Gwindor skradali się do obozowiska wśród pomrukiwań odległych gromów.

Kiedy wszyscy w obozie spali, Beleg ujął łuk i po kolei zastrzelił w ciemności i bez jednego dźwięku cztery wilki pilnujące orków od południa. Następnie, narażając się na wielkie niebezpieczeństwo, elfowie wśliznęli się do obozu. Zaraz też znaleźli Túrina skutego łańcuchami i przywiązanego do drzewa. Noże, którymi ciskali weń jego dręczyciele, utkwiły wszędzie wokół niego w pniu, lecz Túrina nie zranił ani jeden; teraz zwisał bezwładnie w pętach, odurzony do nieprzytomności albo zemdlony z wyczerpania. Beleg wraz z Gwindorem odcięli jeńca od drzewa i wynieśli go z obozu. Był jednak zbyt ciężki, by mogli daleko zajść, toteż musieli się zatrzymać w ciernistych zaroślach wysoko na stoku górującym nad obozem. Tam złożyli Túrina na ziemi; burza była już coraz bliżej i nad Thangorodrimem rozpalały się błyskawice. Beleg dobył Anglachela i przeciął nim kajdany na rękach i nogach przyjaciela. Lecz tego dnia przeznaczenie było silniejsze i ostrze, wykute przez Ciemnego Elfa Eöla, drgnęło w dłoni Belega i skaleczyło Túrina w stopę.

Syn Húrina obudził się gwałtownie, a ogarnięty nagłym gniewem i strachem, widząc pochylającą się nad sobą w ciemności sylwetkę z nagim mieczem w ręce, zerwał się z krzykiem na nogi. Sądził, że znów przyszli orkowie, by go dręczyć, rzucił się więc po ciemku na domniemanego nieprzyjaciela, wyrwał mu Anglachela i zabił Belega Cúthaliona, którego wziął za wroga.

Kiedy tak stał, widząc, że jest wolny, gotów drogo sprzedać życie w walce z wyimaginowanymi przeciwnikami, niebo nad nimi rozdarła potężna błyskawica i w jej świetle spojrzał Túrin na twarz Belega. Skamieniał i oniemiały oglądał tę okrutną śmierć, pojmując, co zrobił; a w rozmigotanym świetle bijących wokół błyskawic jego twarz była tak straszna, że Gwindor skulił się na ziemi i nie śmiał podnieść wzroku.

Lecz teraz orkowie już się pobudzili, wyrwani ze snu przez burzę i krzyk Túrina, i odkryli, że człowiek zniknął. Nie zaczęli go jednak szukać, przerażeni grzmotami narastającymi od zachodu, przekonani, że burzę przysłali wielcy Nieprzyjaciele zza Morza. A potem zerwał się wiatr, rozszalała się ulewa i z wyżyny Taur-nu-Fuin zaczęły spływać potoki rwącej wody. Gwindor wołał do Túrina, że grozi mu wielkie niebezpieczeństwo, lecz ten nie odpowiadał, tylko siedział bez ruchu, z suchymi oczyma obok leżącego w ciemnym lesie ciała Belega Cúthaliona, którego zabił własną ręką w chwili, gdy przyjaciel uwalniał go z niewolniczych pęt.

Kiedy nastał poranek, burza już odeszła na wschód, nad Lothlann, a jesienne słońce wstało gorące i jasne. Orkowie nienawidzili go jednak niemal tak samo jak grzmotów, a przekonani, że Túrin uciekł już daleko z tego miejsca i że wszelkie jego tropy zmyła ulewa, pośpiesznie wyruszyli w drogę, chcąc czym prędzej dotrzeć do Angbandu. Gwindor widział ich z daleka, jak maszerują na północ przez parujące piaski Anfauglithu. Stało się więc, że orkowie wrócili do Morgotha z pustymi rękami, zostawiając za sobą syna Húrina, który pogrążony bez czucia w rozpaczy, siedział na stokach Taur-nu-Fuin, dźwigając brzemię cięższe od kajdanów.

Kiedy Gwindor zbudził Túrina z otępienia, by pomógł mu pogrzebać Belega, Túrin poruszał się jak we śnie; razem złożyli Belega w płytkim grobie i położyli obok niego Belthronding, jego wielki łuk z czarnego drewna cisowego. Lecz straszny miecz Anglachel wziął sobie Gwindor, mówiąc, że lepiej, by brał pomstę na sługach Morgotha, niż leżał bezużytecznie w ziemi; wziął sobie także lembasy Meliany, żeby obaj z Túrinem mieli się czym pokrzepiać na pustkowiach.

Tak zakończył życie Beleg Mistrz Łuku, najszczerszy z przyjaciół, posiadający największe umiejętności spośród wszystkich, którzy znaleźli schronienie w lasach Beleriandu za Dawnych Dni, a poniósł śmierć z ręki tego, którego kochał najbardziej. Ból spowodowany tym czynem wyrył na twarzy Túrina zmarszczki, które nigdy się nie wygładziły.

W elfie z Nargothrondu odżyły na nowo odwaga i siła; kiedy opuścił Taur-nu-Fuin, prowadził Túrina ze sobą. Podczas całej ich wspólnej wędrówki długimi i niebezpiecznymi ścieżkami człowiek nie odezwał się do niego ni razu, a szedł jak ktoś pozbawiony pragnień i celu. Tymczasem rok miał się ku końcowi i nad północne ziemie nadciągała zima. Lecz przez cały czas u boku Túrina był Gwindor, który go strzegł i kierował jego krokami. Tak oto, przekroczywszy Sirion, znaleźli się na jego zachodnim brzegu i przyszli w końcu do Pięknego Stawu i Eithel Ivrin, źródeł, z których brał swój początek wypływający spod Gór Cienia Narog. Tam przemówił Gwindor to Túrina w te słowa:

– Obudź się Túrinie, synu Húrina! Wody jeziora Ivrin rozbrzmiewają nieustannym śmiechem. Zasilają je krystaliczne niewyczerpane źródła, a strzeże go przed skalaniem Ulmo, Władca Wód, który w pradawnych czasach stworzył jego piękno.

Wtedy ukląkł Túrin i napiwszy się tej wody, rzucił się nagle na ziemię; popłynęły wreszcie jego łzy, a on sam ozdrowiał z szaleństwa.

Ułożył na tym miejscu pieśń na cześć Belega i dał jej tytuł *Laer Cú Beleg, Pieśń o Wielkim Łuku*, a śpiewał ją rozgłośnie, nie zważając na niebezpieczeństwo. Gwindor włożył mu w ręce miecz Anglachel, a Túrin poczuł, że oręż jest ciężki, potężny i drzemie w nim wielka moc. Klingę miał jednak czarną i matową, a krawędzie stępione.

– To dziwne ostrze i nie podobne do żadnego, jakie widziałem w Śródziemiu – powiedział Gwindor. – Tak jak ty opłakuje śmierć Belega. Lecz pociesz się, wracam bowiem do Nargothrondu, którym włada ród Finarfina i w którym się urodziłem i mieszkałem, zanim spadło na mnie nieszczęście. Pójdziesz ze mną, ozdrowiejesz i odrodzisz się.

– Kim jesteś? – zapytał Túrin.

– Błąkającym się elfem, zbiegłym niewolnikiem, którego spotkał i pocieszył Beleg – odparł Gwindor. – A jednak byłem niegdyś Gwindorem, synem Guilina, możnym wśród elfów Nargothrondu, zanim nie poszedłem do Nirnaeth Arnoediad i nie zostałem zniewolony w Angbandzie.

– Widziałeś zatem Húrina, syna Galdora, wojownika z Dor-lóminu?

– Nie widziałem go – odparł Gwindor. – Lecz po Angbandzie krąży pogłoska, że wciąż się opiera Morgothowi, który rzucił klątwę na niego i cały jego ród.

– W to potrafię uwierzyć – rzekł Túrin.

Wtedy wstali i opuściwszy okolice Eithel Ivrin, podążyli na południe wzdłuż brzegów Narogu, aż pewnego dnia pojmali ich zwiadowcy elfów i zaprowadzili jako jeńców do ukrytej twierdzy.

W taki sposób przybył Túrin do Nargothrondu.

Rozdział X

Túrin w Nargothrondzie

Z początku pobratymcy nie poznali Gwindora, który wyprawił się z Nargothrondu młody i silny, lecz katusze i ciężka praca sprawiły, że po powrocie przypominał z wyglądu wiekowego śmiertelnika; na dodatek był teraz okaleczony. Ale Finduilas, córka króla Orodretha, poznała go i powitała z radością, z dawna bowiem go kochała i przed Nirnaeth zaręczyła się z nim. Gwindor tak się zakochał w nadzwyczajnej urodzie Finduilas, że nazwał ją Faelivrin, co oznacza rozbłyski słońca na wodach Ivrinu.

W taki oto sposób Gwindor wrócił do domu, a ze względu na niego wpuszczono też do Nargothrondu Túrina, elf bowiem powiedział, że jest on mężnym człowiekiem, serdecznym przyjacielem Belega Cúthaliona z Doriathu. Kiedy jednak Gwindor chciał wymienić jego imię, Túrin go powstrzymał słowami:

– Jestem Agarwaen, syn Úmartha (co znaczy Splamiony Krwią, syn Złego Losu), myśliwy z lasu.

Lecz choć elfowie domyślali się, że przybrał te imiona z powodu zabójstwa przyjaciela (nie znając innych powodów), więcej mu pytań już nie zadawali.

Mistrzowie kowalstwa z Nargothrondu przekuli dla niego na nowo miecz, a choć Anglachel na zawsze pozostał czarny, jego ostrze lśniło teraz bladym ogniem. Wtedy sam Túrin stał się znany jako Mormegil, Czarny Miecz, rozniosły się bowiem pogłoski o czynach, jakich dokonał tym orężem. Sam Túrin jednak przezwał go Gurthangiem, czyli Żelazem Śmierci.

Dzięki swej waleczności i umiejętności toczenia wojny z orkami Túrin znalazł przychylność w oczach Orodretha i został przyjęty do grona jego doradców. Nie podobało mu się jednak to, jak walczyli elfowie z Nargothrondu – z zasadzki, unikając otwartych potyczek, strzelając z ukrycia – zachęcał ich więc, by porzucili takie metody i atakowali sługi Nieprzyjaciela całą siłą, by stawali do bitew i wszędzie ścigali orków. Lecz na naradach u króla Gwindor zawsze sprzeciwiał się Túrinowi w tej kwestii, mówiąc, że był w Angbandzie, gdzie widział przebłyski potęgi Morgotha, oraz że wie co nieco o jego zamysłach.

– Drobne zwycięstwa okażą się w końcu bezowocne – twierdził – bowiem w ten sposób Morgoth dowie się, gdzie można znaleźć jego najzuchwalszych przeciwników i będzie mógł zebrać wystarczające siły, aby ich zniszczyć. Cała połączona potęga elfów i ludzi wystarczyła tylko do tego, by go powstrzymać i dzięki temu utrzymać pokój. Pokój ten istotnie trwał długo, lecz tyle właśnie czasu potrzebował Morgoth, by przygotować się do przerwania oblężenia; takie zaś przymierze nigdy już nie powstanie. Póki nie nadejdą Valarowie, jedyna nadzieja na przetrwanie leży w zachowaniu tajemnicy.

– Valarowie! – rzekł Túrin. – Oni was opuścili, a ludźmi pogardzają. Jakiż pożytek ze spoglądania ponad bezkresnym Morzem w słońce, które umiera na zachodzie? Jeden jest tylko Valar, z którym mamy do czynienia, Morgoth, a jeśli nawet nie zdołamy go pokonać, przynajmniej możemy zadawać mu rany i go powstrzymywać. Liczy się bowiem każde zwycięstwo, choćby najmniejsze, a jego wartość nie bierze się jedynie z jego następstw. Przynosi ono także korzyści samo w sobie. Tajemnicy nie da się ostatecznie utrzymać: oręż stanowi jedyną zaporę przeciwko Morgothowi. Jeśli nie uczynicie nic, by go zatrzymać, za kilka lat cały Beleriand ogarnie jego cień, a wtedy Morgoth wykurzy was z waszych nor jednego po drugim. I co wówczas? Żałosne niedobitki uciekną na południe i zachód, by zapaść gdzieś na morskim wybrzeżu, schwytane w pułapkę między Morgothem i Ossëm. Lepiej, chociażby na krótko, zdobyć chwałę, koniec bowiem nie będzie gorszy. Mówisz o tajemnicy, o tym, że w jej zachowaniu leży jedyna nadzieja. Moglibyście jednak urządzać zasadzki i atakować każdego zwiadowcę i szpiega Morgotha, choćby i najmniejszego, tak by żaden z nich nie powrócił z wieściami do Angbandu, a mimo to Morgoth domyśliłby się, że żyjecie i umiałby was znaleźć. Także i to wam powiem: choć życie śmiertelnych ludzi jest krótkie wobec długowieczności elfów, woleliby je raczej spędzić na bitwach niż uciekać czy się poddać. Opór Húrina Thaliona to wielki czyn i choćby Morgoth go zabił, samego czynu nie może wymazać. Nawet Władcy Zachodu oddadzą mu sprawiedliwość, a czyż nie jest on wpisany w historię Ardy, której nie może odmienić ani Morgoth, ani Manwë?

– O wielkich sprawach mówisz – odpowiedział Gwindor – i łacno widać, iż przebywałeś wśród Eldarów. Lecz ciemność musiała cię ogarnąć, skoro stawiasz Morgotha obok Manwëgo i mówisz o Valarach jako o wrogach elfów czy ludzi. Valarowie nikim nie pogardzają, a już najmniej Dziećmi Ilúvatara. Nie znasz też wszystkich nadziei Eldarów. Istnieje wśród nas przepowiednia, iż kiedyś przybędzie do Valinoru, przez otaczające go cienie, posłaniec ze Śródziemia i Manwë go wysłucha, a Mandos da się przebłagać. Czyż nie należy próbować zachować do tego czasu nasienia Noldorów, a także Edainów? Círdan mieszka teraz na południu, gdzie buduje się statki, lecz cóż ty wiesz o nich albo o Morzu? Myślisz tylko o sobie i o własnej chwale, i żądasz, byśmy też tak czynili. My jednak musimy myśleć nie tylko o nas samych, lecz i o innych, nie wszyscy bowiem mogą walczyć i ginąć, a tych właśnie winniśmy chronić od wojny i zniszczenia, dopóki jeszcze możemy.

– Wyślijcie ich zatem na statki, póki jest jeszcze czas – rzekł Túrin.

– Nie zechcą od nas odejść – odparł Gwindor – nawet gdyby Círdan zdołał ich wyżywić. Musimy jak najdłużej przebywać razem i nie igrać ze śmiercią.

– Na to wszystko dałem odpowiedź – powiedział Túrin. – Mężna obrona granic i zadawanie ciężkich ciosów, zanim wróg zbierze siły: w takim postępowaniu tkwi wasza największa nadzieja na długie przebywanie razem. A czy ci, o których mówisz, bardziej kochają kryjących się po lasach i polujących na zbłąkanych wrogów jak wilki, czy też tego, który wkłada hełm, bierze zdobioną tarczę i odpędza wrogów, liczniejszych

niż cały jego zastęp? O kobietach Edainów nie da się tego powiedzieć. Nie zatrzymywały swych mężczyzn, idących do Nirnaeth Arnoediad.

– I cierpiały większą niedolę, niż gdyby ta bitwa nigdy się nie odbyła – odparł Gwindor.

Lecz Túrin zaskarbił sobie wielkie względy Orodretha i został głównym doradcą króla, który radził się go we wszystkim. W owym czasie elfowie z Nargothrondu przestali się ukrywać, zgromadzili też wielkie zapasy oręża. Idąc za radą Túrina, przerzucili nad Narogiem potężny most, rozpoczynający się u Drzwi Felagunda, by tym szybciej mogli przenosić broń, jako że teraz wojna toczyła się głównie na wschód od Narogu, na Strzeżonej Równinie. Na swe północne rubieże Nargothrond zajął Ziemię Sporną, czyli okolice źródeł Ginglithu, Narogu oraz lasów Núath. Między Nenning i Narog nie śmieli się zapuszczać żadni orkowie; na wschód zaś od Narogu królestwo Nargothrondu rozciągało się aż po Teiglin i wrzosowiska Nibin-noeg.

Gwindor popadł w niełaskę, bo nie stawał już do walki w pierwszym szeregu, a i zbywało mu na siłach. Często też dokuczał mu ból okaleczonej lewej ręki. Túrin zaś był młody i dopiero niedawno osiągnął pełnię męskości, a z wyglądu zaiste był synem Morweny Eledhwen: miał ciemne włosy, jasną cerę i szare oczy, a twarz urodziwszą od innych ludzi śmiertelnych z czasów Dawnych Dni. Mowę i zachowanie wyniósł z pradawnego królestwa Doriathu, a dzięki wysokiemu wzrostowi nawet wśród elfów mógł zrazu uchodzić za potomka jednego z wielkich noldorskich rodów. Tak mężny był Túrin i tak nadzwyczajnie opanował sztukę władania wszelkim orężem, a szczególnie mieczem i tarczą, że elfowie mawiali, iż nie może polec, chyba że przez zły przypadek albo trafiony z dala zgubną strzałą. Dali mu zatem dla ochrony krasnoludzką kolczugę, a będąc kiedyś w ponurym nastroju, Túrin wyszukał sobie w zbrojowni pozłacaną krasnoludzką maskę. Wkładał ją przed bitwą, a wrogowie pierzchali na widok jego twarzy.

Ponieważ wszystko szło po jego myśli, ponieważ mu się wiodło i ponieważ mógł robić to, co go radowało, a przy tym przynosiło mu zaszczyt, Túrin był dla wszystkich uprzejmy i mniej posępny niż dawniej.

Zaskarbił tym sobie życzliwość niemal wszystkich, a wielu elfów nazywało go Adanedhelem, Człowiekiem-Elfem. Lecz Finduilas, córka Orodretha, najsilniej ze wszystkich czuła drgnienia serca, kiedy Túrin się zbliżał albo znajdował w tej samej sali. Miała złociste włosy, tak jak wszyscy wywodzący się z rodu Finarfina. Jej widok oraz towarzystwo zaczęły sprawiać Túrinowi przyjemność, przypominała mu bowiem krewnych i kobiety z Dor-lóminu mieszkające w domu jego ojca.

Zrazu spotykał się z nią tylko w obecności Gwindora, lecz po pewnym czasie ona sama zaczęła go szukać i czasami spotykali się sam na sam, niby przypadkiem. Wówczas pytała go o Edainów, bo rzadko ich widywała, a także o kraj i rodzinę Túrina.

Túrin chętnie jej o nich opowiadał, chociaż nie wymieniał nazwy kraju swych narodzin ani imion swych krewnych. Pewnego razu powiedział do niej takie słowa:

– Miałem siostrę, Lalaith, a przynajmniej tak ją nazywałem, i ty mi ją przypominasz. Lecz Lalaith była dzieckiem, żółtym kwiatkiem w zielonej wiosennej trawie, i gdyby żyła, być może cierpienie przygięłoby ją do ziemi. Lecz ty masz królewską postawę jak złociste drzewo. Chciałbym mieć tak piękną siostrę.

– Sam wyglądasz jak król – odrzekła – niczym władcy ludu Finarfina. Chciałabym mieć tak mężnego brata. I nie sądzę, że Agarwaen to twoje prawdziwe imię, bo do ciebie nie pasuje, Adanedhelu. Będę cię nazywała Thurinem, Tajemnicą.

Wzdrygnął się na to Túrin i odrzekł:

– Nie jest to moje imię i nie jestem królem, bowiem naszymi królami są Eldarowie, a ja pochodzę z rodu ludzkiego.

Túrin zauważył, że przyjaźń, jaką żywił dlań Gwindor, ochłodła nieco ostatnimi czasy. Zastanawiało go także to, że o ile początkowo cierpienie i groza Angbandu wydawały się Gwindora mniej nękać, o tyle elf zdawał się znów pogrążać w troski i smutek. Pomyślał też Túrin: „Być może boleje nad tym, że sprzeciwiam się jego radom i że go pokonałem. Nie chciałbym, aby tak było". Kochał bowiem Gwindora jako swego przewodnika i uzdrowiciela, a serce miał przepełnione litością dla niego.

W owych dniach przygasł także blask Finduilas, kroki jej były wolniejsze, a twarz poważna; królewska córa pobladła i zmizerniała. Widząc to, Túrin przypuszczał, iż słowa Gwindora zasiały w jej sercu lęk przed tym, co mogłoby nastąpić.

Finduilas istotnie czuła w duszy rozterkę. Szanowała bowiem Gwindora, żałowała go i nie chciała powiększać jego cierpienia choćby o jedną łzę, lecz jej miłość do Túrina rosła wbrew jej woli z każdym dniem, przywodząc jej na myśl Berena i Lúthien. Jednakże Túrin to nie Beren! Nie unikał Finduilas i był zadowolony z jej towarzystwa, lecz wiedziała, że nie żywi do niej takiej miłości, jakiej pragnęła. Myślami i sercem przebywał gdzie indziej – nad brzegami rzek z dawno minionych wiosen.

Odezwał się raz Túrin do Finduilas w te słowa:

– Nie bój się tego, co mówi Gwindor. On cierpiał w mroku Angbandu, a komuś tak mężnemu ciężko jest znosić takie okaleczenie i bezsiłę. Potrzebuje pocieszenia i dłuższego czasu, by ozdrowieć.

– Wiem o tym dobrze – odparła.

– Lecz tym razem zdobędziemy dla niego ten czas! – rzekł Túrin. – Nargothrond wytrwa! Już nigdy Morgoth Nikczemny nie wyruszy z Angbandu, a może polegać jedynie na swych sługach, tak powiada Meliana z Doriathu. Oni są palcami jego dłoni, a my je odetniemy, aż będzie musiał cofnąć szpony. Nargothrond wytrwa!

– Może to być – odparła Finduilas. – Wytrwa, jeśli zdołasz to osiągnąć. Lecz uważaj, Thurinie. Za każdym razem, gdy idziesz do bitwy, serce mi się ściska z obawy, by Nargothrond nie został osierocony.

W jakiś czas potem Túrin odszukał Gwindora i rzekł do niego:

– Gwindorze, przyjacielu drogi, znów pogrążasz się w smutku. Nie czyń tego! Uzdrowi cię pobyt w domach twoich krewnych i blask Finduilas.

Spojrzał wówczas Gwindor na Túrina, lecz nic nie rzekł, a twarz miał nachmurzoną.

– Czemu tak na mnie spoglądasz? – spytał Túrin. – Ostatnio często dziwnie na mnie patrzysz. Czym cię zasmuciłem? Sprzeciwiałem się twym radom, lecz mężczyzna musi mówić to, co myśli, a nie dla jakiejś osobistej przyczyny ukrywać prawdę, w którą wierzy. Wolałbym, byśmy jednej byli myśli, jestem bowiem twoim wielkim dłużnikiem i długu swego nie zapomnę.

– Doprawdy? – rzekł Gwindor. – Niemniej twoje czyny i rady odmieniły mój dom i moich krewnych. Rzuciłeś na nich cień. Dlaczegóż miałbym się cieszyć, ja, który straciłem wszystko na twoją rzecz?

Lecz Túrin nie pojął tych słów i jedynie się domyślał, że Gwindor zazdrości mu jego miejsca w sercu i zamiarach króla.

Kiedy Túrin się oddalił, Gwindor pogrążył się w mrocznych myślach, przeklinając Morgotha, który potrafił zsyłać na swych wrogów niedolę bez względu na to, dokąd by mogli uciec. „Nareszcie rozumiem pogłoskę krążącą po Angbandzie, że Morgoth przeklął Húrina i cały jego ród" – powiedział do siebie. A udawszy się do Finduilas, tak ją zagadnął:

– Dręczy cię smutek i zwątpienie, a nazbyt często nie mogę cię spotkać i zaczynam się domyślać, że mnie unikasz. Skoro nie wyjawiasz mi przyczyny swego zachowania, sam muszę ją odgadnąć. Córko rodu Finarfina, niechaj nie rozdzielą nas żadne żale, bo chociaż Morgoth zniszczył mi życie, nadal cię kocham. Idź jednak za głosem miłości, ponieważ nie nadaję się już na twego męża, a moje męstwo ani rady nie zyskują sobie szacunku.

Zapłakała wtedy Finduilas.

– Nie płacz teraz! – rzekł Gwindor. – Strzeż się jednak, byś nie miała później ku temu powodu. Nie godzi się, by Starsze Dzieci Ilúvatara poślubiały Młodsze, ani nie jest to mądre, ludzie żyją bowiem krótko i szybko przemijają, zostawiając nas we wdowieństwie aż do końca świata. Nie dopuszcza też do tego przeznaczenie, chyba że zdarzy się to raz czy dwa, z jakiegoś ważnego zrządzenia losu, którego nie pojmujemy. Lecz ten mężczyzna nie jest Berenem, mimo że jest równie dzielny i urodziwy jak on. Zawisło nad nim przeznaczenie, mroczne przeznaczenie. Nie wchodź w jego cień! Jeśli to zrobisz, twoja miłość narazi cię na gorycz i śmierć. Słuchaj mnie bowiem! Choćby rzeczywiście był to *agarwaen*, którego spłodził *úmarth*, naprawdę nazywa się Túrin, syn Húrina, którego Morgoth przetrzymuje w Angbandzie, przeklàwszy cały jego ród.

Nie powątpiewaj w potęgę Morgotha Bauglira! Czyż nie jestem jej świadectwem?

Wstała wówczas Finduilas, a postawę zaiste miała królewską.

– Masz przyćmiony wzrok, Gwindorze – rzekła. – Nie widzisz albo nie pojmujesz, co tu się dzieje. Czyż muszę teraz przeżyć podwójny wstyd, by wyjawić ci prawdę? Bowiem kocham cię, Gwindorze, i wstydzę się, że nie kocham cię bardziej, a żywię miłość jeszcze większą, przed którą nie mogę uciec. Nie szukałam jej i długo się jej opierałam. Lecz jak ja lituję się nad twoimi ranami, tak ty zlituj się nade mną. Túrin mnie nie kocha i nigdy nie będzie kochał.

– Mówisz tak – odparł Gwindor – by zdjąć winę z tego, którego miłujesz. Dlaczego zawsze cię szuka i długo z tobą przesiaduje, a za każdym razem bardziej się tym raduje?

– Bo jemu także potrzebne jest pocieszenie – rzekła Finduilas – a los pozbawił go rodziny. Obaj czegoś potrzebujecie. Lecz co z Finduilas? Czyż nie wystarczy, że muszę wyznać, iż jestem niekochana, to jeszcze ty mówisz, że czynię tak, by cię zwodzić?

– Nie, w takiej kwestii niełatwo zwieść kobietę – odrzekł Gwindor. – Niewiele też znajdziesz wśród nich takich, które zaprzeczą, że są kochane, jeśli to prawda.

– Jeżeli ktokolwiek z nas trojga nie dochowuje wiary, to ja, lecz to nie moja wina. Lecz co możesz mi powiedzieć o twoim przeznaczeniu i pogłoskach o Angbandzie? O śmierci i zniszczeniu? Adanedhel snuje wielki wątek w opowieści o Świecie, a w przyszłości jeszcze dosięgnie Morgotha.

– Jest dumny – powiedział Gwindor.

– Ale także miłosierny – odparła Finduilas. – Nie przebudził się jeszcze, lecz litość zawsze potrafi przebić się do jego serca, a on nigdy jej nie odrzuca. Możliwe, że litość będzie dla mnie jedyną do niego drogą. Lecz on nie lituje się nade mną. Traktuje mnie ze czcią, jakbym była zarazem jego matką i królową!

Być może Finduilas, obdarzona zdolnością widzenia Eldarów, mówiła prawdę. Túrin, nie wiedząc, co zaszło między nią i Gwindorem, był dla niej coraz łagodniejszy, a ona zdawała się coraz smutniejsza. Pewnego razu Finduilas tak do niego przemówiła:

– Thurinie Adanedhelu, dlaczego ukrywałeś przede mną swe imię? Gdybym wiedziała, kim jesteś, nie szanowałabym cię mniej, lecz lepiej bym rozumiała twój ból.

– Co masz na myśli? – spytał. – Za kogo mnie uważasz?

– Za Túrina, syna Húrina Thaliona, dowódcy wojsk Północy.

Kiedy zaś Túrin dowiedział się od Finduilas, co zaszło, rozgniewał się i tak rzekł do Gwindora:

– Darzę cię miłością za to, żeś mnie wybawił i ochraniał. Teraz jednak źle mi się przysłużyłeś, przyjacielu, zdradzając moje prawdziwe imię i sprowadzając na mnie przeznaczenie, przed którym chciałem się przyczaić w ukryciu.

Lecz Gwindor odrzekł na to:

– Przeznaczenie ściga ciebie, a nie twoje imię.

W owych czasach wytchnienia i nadziei, kiedy to dzięki poczynaniom Mormegila zachwiała się potęga Morgotha na ziemiach położonych na zachód od Sirionu, a we wszystkich lasach zapanował pokój, Morwena uciekła nareszcie z Dor-lóminu. Wraz ze swą córką, Niënor, wyprawiła się w niebezpieczną i długą podróż do dworu Thingola. Tam czekała na nią nowa zgryzota, nie zastała bowiem Morwena Túrina w Menegrocie, a od zniknięcia Smoczego Hełmu z krain leżących na zachodnim brzegu Sirionu nie przychodziły do Doriathu żadne wieści. Lecz Morwena została z Niënor w gościnie u Thingola i Meliany, a elfowie traktowali je obie z szacunkiem.

Rozdział XI

Upadek Nargothrondu

Na wiosnę piątego roku od przybycia Túrina do Nargothrondu zjawiło się twierdzy dwóch elfów. Przedstawili się jako Gelmir i Arminas z ludu Finarfina, i oznajmili, że mają sprawę do władcy Nargothrondu. Teraz wszystkimi siłami królestwa dowodził Túrin i jemu podlegały wszelkie wojskowe sprawy; co więcej, stał się surowy i dumny, a chciał wszystkim zarządzać wedle swej woli, sądząc, że tak będzie najlepiej. Dlatego też przyprowadzono przybyszów przed oblicze Túrina, lecz Gelmir rzekł:

– Chcielibyśmy mówić z Orodrethem, synem Finarfina.

A gdy przybył Orodreth, Gelmir tak do niego przemówił:

– Panie, byliśmy poddanymi Angroda i od czasu Nirnaeth długo wędrowaliśmy. Lecz ostatnio mieszkaliśmy wśród ludu Círdana u Ujścia Sirionu. Pewnego dnia wezwał nas i nakazał udać się do ciebie, bowiem objawił mu się sam Ulmo, Władca Wód, i ostrzegł go o wielkim niebezpieczeństwie zbliżającym się do Nargothrondu.

Lecz Orodreth zapytał nieufnie:

– Dlaczegóż więc przybywacie z północy? A może mieliście także inne zadania?

Rzekł na to Arminas:

– Tak, panie. Cały czas od Nirnaeth szukałem ukrytego królestwa Turgona i nie znalazłem go. Obawiam się, iż przez to poszukiwanie nad miarę opóźniłem nasze posłannictwo. Círdanowi bowiem zależało na czasie, a i chciał zachować naszą podróż w tajemnicy, przeto wysłał nas wzdłuż wybrzeża statkiem, z którego zeszliśmy na ląd w fiordzie Drengist. Lecz wśród nadmorskiego ludu mieszkało wielu takich, którzy w minionych latach przybyli na południe jako posłańcy Turgona, i ich powściągliwe słowa podsunęły mi myśl, że może Turgon nadal mieszka na północy, a nie na południu, jak się na ogół sądzi. Nie znaleźliśmy jednak ani śladu, ani pogłosek o tym, czego szukaliśmy.

– Dlaczego poszukujecie Turgona? – spytał Orodreth.

– Bowiem powiedziane jest, iż jego królestwo najdłużej będzie się opierało Morgothowi – odparł Arminas.

Słowa te wydały się Orodrethowi złowróżbne i rozdrażniły go.

– Zatem nie marnujcie czasu w Nargothrondzie – rzekł – bo tu niczego o Turgonie nie usłyszycie. A mnie nie trzeba uczyć, że Nargothrond jest zagrożony.

– Nie miej nam za złe, panie – powiedział Gelmir – jeśli prawdę odpowiadamy na twe pytania. A to, że zboczyliśmy z prostej drogi wiodącej do ciebie, nie okazało się bezowocne, zaszliśmy bowiem dalej, niż docierają twoi najlepsi zwiadowcy. Przemierzyliśmy Dor-lómin i wszystkie ziemie leżące w cieniu Ered Wethrin, zapuściliśmy się też w dolinę Przełomu Sirionu, cały czas śledząc poczynania Nieprzyjaciela. W rejonach tych gromadzi się mrowie orków i innych nikczemnych istot, a w okolicach Wyspy Saurona zbiera się wielkie wojsko.

– Wiem o tym – rzekł Túrin. – Wasze wiadomości są spóźnione. Jeśli posłannictwo od Círdana miało odnieść jakiś skutek, powinno było dotrzeć do nas wcześniej.

– Przynajmniej teraz usłyszysz, królu, nasze posłanie – rzekł Gelmir do Orodretha. – Wysłuchaj zatem słów Władcy Wód! Tak powiedział do Círdana: „Zło z Północy splugawiło źródła Sirionu i palce płynących wód tracą moc, którą w nie wlałem. Lecz gorsze jeszcze zło nadejdzie. Przekaż tedy władcy Nargothrondu to, co ci teraz powiem: zawrzyj drzwi warowni i nie wychodź z niej. Wrzuć kamienie swej dumy do grzmiącej rzeki, by pełzające zło nie odnalazło bramy".

Mroczne wydały się te słowa Orodrethowi i, jak zwykł to czynić, zwrócił się po radę do Túrina. Lecz Túrin nie dowierzał posłańcom i rzekł pogardliwie:

– A cóż takiego wie Círdan o naszych wojnach z Nieprzyjacielem, od którego tak blisko mieszkamy? Niech żeglarz dogląda swych statków! Jeśli Władca Wód istotnie chciałby przesłać nam radę, to niech wyraża się jaśniej. Bowiem komuś nawykłemu do wojny słuszniejszym by się zdało zebrać wojska i wyprawić się śmiało na spotkanie wroga, zanim zbytnio się zbliży.

Skłonił się na to Gelmir przed Orodrethem.

– Powiedziałem, co mi kazano, panie – odparł i się odwrócił.

Arminas rzekł zaś do Túrina:

– Czy rzeczywiście pochodzisz z rodu Hadora, jak powiadają?

– Zwę się tu Agarwaen, Czarny Miecz Nargothrondu – odparł Túrin.

– Wydaje się, że wiele masz do czynienia z powściągliwą mową, przyjacielu. Dobrze, że sekret Turgona jest przed tobą ukryty, bowiem szybko by o nim usłyszano w Angbandzie. Imię człowieka należy do niego samego, a gdyby syn Húrina dowiedział się, iż go zdradziłeś, choć wolał pozostać w ukryciu, to lepiej niech schwyta cię Morgoth i wypali ci język!

Arminas przestraszył się nagłego gniewu Túrina, lecz Gelmir rzekł:

– Nie zdradzimy go, Agarwaenie. Czyż nie radzimy za zamkniętymi drzwiami, gdzie można mówić otwarcie? Sądzę, że Arminas dlatego o to zapytał, bo wszystkim mieszkającym nad Morzem jest wiadome, iż Ulmo wielką miłością darzy ród Hadora, a niektórzy powiadają, że Húrin i jego brat Huor przybyli niegdyś do Ukrytego Królestwa.

– Gdyby tak istotnie było, nikomu by o tym nie powiedział, ani wielkim, ani maluczkim, a już najmniej swemu małemu synowi – odparł Túrin. – Zatem nie wierzę, by Arminas zapytał mnie o to w nadziei, że się czegokolwiek dowie o Turgonie. Nie ufam takim szkodliwym posłańcom.

– Zachowaj swą nieufność dla siebie – rzekł Arminas w gniewie. – Gelmir źle mnie zrozumiał. Zapytałem, bowiem zwątpiłem w to, w co się najwyraźniej powszechnie tu wierzy. Istotnie, niewiele przypominasz krewnych Hadora, jakiekolwiek by było twoje imię.

– A co ty o nich wiesz? – spytał Túrin.

– Widziałem Húrina – odpowiedział Arminas – a przed nim jego przodków. A na pustkowiach Dor-lóminu spotkałem Tuora, syna Huora, brata Húrina. On jest podobny do swych przodków, ty zaś nie.

– Bardzo możliwe – powiedział Túrin – choć dotąd nic nie słyszałem o Tuorze. Nie wstydzę się tego, że moje włosy są ciemne, a nie złociste. Nie jestem bowiem pierwszym synem podobnym do swej matki, a przez Morwenę Eledhwen pochodzę z rodu Bëora i spowinowacony jestem z Berenem Camlostem.

– Nie mówiłem o kolorze włosów – rzekł Arminas. – Potomkowie rodu Hadora zachowują się inaczej, tak jak Tuor. Okazują grzeczność i słuchają dobrych rad, a Władców Zachodu darzą czcią. Ty zaś chcesz się radzić tylko własnej mądrości lub miecza i przemawiasz wyniośle. Toteż powiadam ci, Agarwaenie Mormegilu, że jeśli dalej będziesz tak postępował, inne będzie twe przeznaczenie, niż mógłby tego pragnąć potomek rodów Hadora i Bëora.

– Zawsze było inne – odparł Túrin. – Ale nawet jeśli muszę znosić nienawiść Morgotha z powodu męstwa mego ojca, to czy muszę także wysłuchiwać drwin i złych wróżb dezertera, choćby nawet przyznawał się do pokrewieństwa z królami? Radzę wam: wróćcie na bezpieczne wybrzeża Morza!

Wówczas Gelmir i Arminas odeszli i powrócili na południe, choć mimo drwin Túrina chętnie poczekaliby na bitwę, zostając wśród pobratymców. Odeszli jedynie dlatego, że Círdan na rozkaz Ulma polecił im przynieść wieści o Nargothrondzie i o zaniesionym poselstwie. Orodreth wielce się zaniepokoił słowami posłańców, Túrin zaś popadł w jeszcze bardziej ponury nastrój. Nie chciał się zastosować do ich rad, a już najmniej był skłonny zburzyć wielki most. Bowiem tyle przynajmniej ze słów Ulma zrozumiano właściwie.

Wkrótce po odejściu posłańców zginął Handir, władca Brethilu, albowiem na jego kraj napadli orkowie, dążąc w ten sposób do zajęcia Przeprawy na Teiglinie, kluczowej dla ich dalszych podbojów. Handir wydał im bitwę, lecz ludzie z Brethilu zostali pokonani i zepchnięci w głąb lasów. Orkowie ich nie ścigali, osiągnęli bowiem wyznaczony cel. Za to nadal gromadzili swe wojska w pobliżu Przełomu Sirionu.

Jesienią tego samego roku Morgoth wyczekał właściwej pory i wypuścił na lud Narogu wielką, od dawna przygotowywaną armię, a Ojciec Smoków Glaurung przedostał się przez równinę Anfauglith na północne krańce Doliny Sirionu, gdzie wyrządził wiele zła. Znalazłszy się w cieniu Ered Werthrin, dokąd sprowadził swym śladem wielką armię orków, splugawił Eithel Ivrin i wkroczył do królestwa Nargothrondu. Po drodze spalił Talath Dirnen, Strzeżoną Równinę, leżącą między Narogiem i Teiglinem.

Wówczas wyruszył z twierdzy zastęp Nargothrondu; a taki groźny i straszny tego dnia zdawał się Túrin, że gdy jechał konno po prawicy króla Orodretha, w serca wojowników wstępowała otucha. Lecz armia Morgotha okazała się o wiele liczniejsza, niż głosiły raporty zwiadowców, a dotrzymać pola zbliżającemu się Glaurungowi nie mógł nikt prócz Túrina chronionego krasnoludzką maską.

Elfowie zostali zmuszeni do odwrotu i pokonani na polu Tumhalad; tam też zginął kwiat armii Nargothrondu i zdeptana została jej duma. Poległ król Orodreth, walcząc w pierwszym szeregu, a Gwindor, syn Guilina, otrzymał śmiertelną ranę. Túrin skoczył mu na pomoc, a wszyscy przed nim pierzchali – i wyniósł Gwindora z pogromu, a uciekłszy do lasu, położył elfa na trawie.

Wtedy rzekł Gwindor do Túrina:

– Niechaj trud tragarza będzie odpłatą tragarzowi! Lecz ja się trudziłem na własne nieszczęście, a ty na próżno; moje ciało umiera i muszę opuścić Śródziemie. A chociaż cię kocham, synu Húrina, to jednak żałuję dnia, w którym pomogłem ci uciec od orków. Gdyby nie twoje męstwo i duma, wciąż cieszyłbym się miłością i życiem, a Nargothrond wytrwałby jeszcze czas jakiś. Więc jeśli mnie kochasz, odejdź! Pośpiesz do Nargothrondu i uratuj Finduilas. I to ci powiem na koniec: ona jedna stoi między tobą i twoim przeznaczeniem. Jeśli ją zawiedziesz, ono odnajdzie cię niezawodnie. Żegnaj!

Pośpieszył tedy Túrin do Nargothrondu, zbierając po drodze ocalałych z klęski; a potężny wiatr porywał liście z drzew, jesień bowiem przechodziła w srogą zimę. Lecz Glaurung wraz z zastępem orków dotarł do twierdzy przed Túrinem, który zmitrężył czas, ratując Gwindora. Napastnicy pojawili się nagle, zanim jeszcze elfowie pozostawieni na straży zdołali się dowiedzieć o wydarzeniach na polu Tumhalad. Owego dnia most, który za sprawą Túrina przerzucono nad wodami Narogu, okazał się narzędziem zła, był bowiem wielki i mocny, i niełatwy do zburzenia. Tak więc wróg bez trudu przekroczył głęboką rzekę, a Glaurung z całej mocy bluznął ogniem w Drzwi Felagunda, rozbił je i wszedł do twierdzy.

Gdy Túrin dotarł na miejsce, straszliwa grabież Nargothrondu dobiegła już niemal końca. Orkowie zabili albo wypędzili wszystkich elfów znajdujących się pod bronią i jeszcze plądrowali wielkie sale i komnaty, rabując i niszcząc wszystko, co wpadło im w ręce. Te spośród kobiet i dziewcząt, które nie zginęły z płomieniach lub od ciosów broni, stłoczyli na tarasie przed bramą, by jako niewolnice zapędzić do Angbandu. Taki obraz zniszczenia i rozpaczy zastał Túrin. Nikt nie mógł czy też nie ważył się go powstrzymać, on zaś, nie zważając na nic, powalał wszystkich, którzy stanęli mu na drodze, i tak przeszedł przez most.

Kiedy w końcu przebił się do jeńców, stanął samotny, bo nieliczni wojownicy, którzy szli za nim, uciekli i się pochowali. W tej jednak chwili ze stojących otworem Drzwi Felagunda wychynął straszliwy Glaurung i legł za Túrinem, odgradzając go od mostu. I nagle odezwał się mieszkający w nim zły duch:

– Witaj, synu Húrina. Dobrze cię spotkać!

Poderwał się Túrin i rzucił na smoka z ogniem w oczach, a ostrze Gurthanga lśniło niby ogarnięte płomieniem. Lecz Glaurung wstrzymał ognisty dech; otworzył tylko szeroko wężowe oczy i spojrzał na Túrina. Bez strachu zajrzał w nie człowiek, wznosząc miecz, i w jednej chwili wpadł w sidła przerażającego smoczego uroku. Zastygł w bezruchu niby zmieniony w kamień i długo tak trwali w milczeniu naprzeciwko siebie przed Drzwiami Felagunda. Wtem Glaurung znów przemówił, szydząc z Túrina.

– Złe wiedziesz życie, synu Húrina – rzekł. – Niewdzięcznym jesteś wychowankiem, banitą, zabójcą przyjaciela, złodziejem miłości, przywłaszczycielem władzy w Nargothrondzie, lekkomyślnym dowódcą i zdrajcą swej rodziny. Twoja matka i siostra żyją jak niewolnice w Dor-lóminie, cierpiąc niedolę i niedostatek. Ty się nosisz jak książę, a one chodzą w łachmanach. Tęsknią za tobą, lecz ty nie dbasz o to. Może się uraduje twój ojciec, gdy się dowie, że ma takiego syna, bo dowie się na pewno.

A Túrin, spętany czarem Glaurunga, słuchał jego słów i ujrzał siebie niby w zwierciadle zniekształconym przez złośliwość, a to, co zobaczył, napełniło go wstrętem.

I kiedy tak ślepia Glaurunga zadawały mu katusze i nie pozwalały ani drgnąć, na znak dany przez smoka orkowie popędzili zbitych w gromadę jeńców obok Túrina i przeszli z nimi przez most. Była tam też Finduilas; wyciągała ręce do Túrina i wołała go po imieniu. Lecz Glaurung uwolnił go dopiero wtedy, gdy jej krzyki i zawodzenie niewolnic ucichły w oddali na trakcie wiodącym na północ, ale głos Finduilas dźwięczał Túrinowi w uszach i długo jeszcze go prześladował.

Wtedy nagle Glaurung odwrócił wzrok i czekał; Túrin poruszył się powoli, jak ktoś budzący się z koszmaru. A potem odzyskał siły i z głośnym krzykiem rzucił się na smoka, lecz ten się zaśmiał i rzekł:

– Jeśli pragniesz zginąć, chętnie cię zabiję. Nie na wiele się to jednak przyda Morwenie i Niënor. Nie zwracałeś uwagi na krzyki tej kobiety. Chcesz się też wyprzeć więzów krwi?

Lecz Túrin zamachnął się mieczem i usiłował ugodzić potwora w oko; Glaurung błyskawicznym ruchem cofnął głowę na długiej szyi, unosząc ją wysoko nad człowiekiem, i powiedział:

– Nie! Przynajmniej nie brak ci męstwa. Pod tym względem przewyższasz wszystkich, których dotąd spotkałem. I kłamią ci, co powiadają, że nie szanujemy odwagi u naszych wrogów. Spójrz oto! Ofiarowuję ci wolność. Idź do swoich krewnych, jeśli zdołasz. Odejdź! A jeśli ocaleje jakiś elf albo człowiek, by móc opowiedzieć o tych dniach, to na pewno z odrazą będą wymieniać twoje imię, jeśli wzgardzisz tym darem.

Wtedy Túrin, nadal omamiony smoczym wzrokiem, uwierzył słowom Glaurunga, jakby nie miał do czynienia z bezlitosnym wrogiem, odwrócił się i pobiegł przez most. Lecz Glaurung odezwał się raz jeszcze, mówiąc za jego plecami straszliwym głosem:

– Śpiesznie podążaj do Dor-lóminu, synu Húrina! Bo może jeszcze raz uprzedzą cię orkowie. A jeśli będziesz zwlekał, chcąc pomóc Finduilas, to nigdy już nie ujrzysz Morweny ani Niënor, a one cię przeklną.

Lecz Túrin odszedł szlakiem wiodącym na północ, a Glaurung zaśmiał się raz jeszcze, ponieważ wykonał polecenie swego pana. Potem zaś zadbał o własną przyjemność. Zionął ogniem i spalił wszystko dookoła. Wszystkich orków zajętych plądrowaniem przywołał na zewnątrz twierdzy, a potem ich przegonił, zabierając im całą zdobycz aż do ostatniego cennego drobiazgu. Następnie zburzył most, zrzucając gruz w spienione wody Narogu; tak zapewniwszy sobie bezpieczeństwo, zgarnął w najgłębiej położonej sali wszystkie skarby i całe bogactwo Felagunda na stertę, legł na niej i czas jakiś odpoczywał.

A Túrin dążył śpiesznie na Północ przez spustoszone teraz ziemie pomiędzy Narogiem i Teiglinem, a na spotkanie wyszła mu Sroga Zima. Tego bowiem roku śniegi spadły jeszcze jesienią, a wiosna przyszła spóźniona i chłodna. W drodze cały czas wydawało się Túrinowi, że słyszy głos Finduilas, wołającej go po imieniu wśród lasów i wzgórz. Cierpiał przez to katusze, lecz w sercu pulsowały mu kłamstwa Glaurunga, a oczyma wyobraźni wciąż widział, jak orkowie podpalają dom Húrina albo torturują Morwenę i Niënor, nie zbaczał przeto z raz obranej drogi.

Rozdział XII

Powrót Túrina do Dor-lóminu

Wyczerpany pośpieszną i długą podróżą (przebył bowiem z górą czterdzieści staj bez odpoczynku) wraz z pierwszym mrozem stanął wreszcie Túrin nad rozlewiskami Ivrin, gdzie niegdyś został uzdrowiony. Teraz jednak zmieniły się one w zamarznięte trzęsawisko i wędrowiec nie mógł się napić wody.

Stamtąd dotarł do przełęczy prowadzących do Dor-lóminu, a że od północy nadeszły potężne śnieżyce, drogi stały się niebezpieczne i zimno utrudniało podróż. Choć od czasu, gdy Túrin ostatni raz szedł tym szlakiem, minęło lat dwadzieścia i trzy, pamięć owej drogi głęboko wryła mu się w serce, wtedy bowiem, po rozstaniu z Morweną, wielki smutek towarzyszył każdemu jego krokowi. Tak więc wrócił w końcu do kraju swego dzieciństwa. Ziemie te były ponure i spustoszone, a ludzi mieszkało tu niewielu. Ci zaś, których spotykał, zachowywali się grubiańsko i mówili chrapliwym językiem Easterlingów, a dawna mowa stała się językiem niewolników lub wrogów. Toteż Túrin posuwał się ostrożnie, zakapturzony i milczący, aż w końcu dotarł do domu, którego szukał. Budynek stał opuszczony i ciemny, a wokół nikt nie mieszkał. Morwena bowiem odeszła, a Brodda Przybysz – ten, który przemocą wziął sobie za żonę Aerinę, krewniaczkę Húrina – splądrował domostwo i zabrał wszystko, cokolwiek pozostało z dobytku i służby Pani Dor-lóminu. Dom Broddy stał najbliżej dawnej siedziby Húrina i tam też udał się Túrin, wyczerpany podróżą i rozpaczą, prosząc o schronienie. Otrzymał je, gdyż Aerina zachowywała jeszcze niektóre dawne obyczaje gościnności. Pozwolono przybyszowi usiąść przy ogniu wśród służących oraz kilku wędrowców tak samo posępnych i znużonych jak on. Ich to zapytał Túrin o nowiny.

Na to wszyscy umilkli, a kilku nawet odsunęło się od niego, patrząc z ukosa. Tylko jakiś włóczęga z kulą odezwał się:

– Jeśli musisz już używać dawnego języka, panie, mów ciszej i nie pytaj o wieści. Czy chcesz zostać obity jako rzezimieszek lub powieszony jako szpieg? Bowiem wyglądasz na każdego z nich. Co świadczy jedynie o tym – tu podszedł bliżej i nachylił się do ucha Túrina – że jesteś jednym ze szlachetnych ludzi, którzy dawno temu, w złotych czasach, przybyli tu z Hadorem, zanim głowy miejscowych porosły wilczą sierścią. Są tutaj podobni tobie, ale teraz zamienili się w żebraków i niewolników, i gdyby nie pani Aerina, nie mogliby ani ogrzać się przy ogniu, ani zjeść rosołu. Skąd przychodzisz i jakich pragniesz wieści?

– Była tu kiedyś wielka pani imieniem Morwena, ja zaś dawno temu mieszkałem w jej domu – odparł Túrin. – Po długiej wędrówce udałem się do niej, szukając gościny, lecz jest tam teraz pusto i ciemno.

– I jest tak od dawna, od przeszło roku – odpowiedział starzec. – Od czasu tej straszliwej wojny niewielu było tam ludzi i światła. Jak ci zapewne wiadomo, Morwena pochodziła z dawnego ludu, była wdową po naszym panu Húrinie, synu Galdora. Jednak nikt się nie ośmielał podnieść na nią ręki, budziła bowiem lęk; była dumna i piękna jak królowa, zanim naznaczył ją smutek. Przybysze nazywali ją Wiedźmą i unikali jej. W nowym języku „wiedźma" znaczy tyle, co „przyjaciółka elfów". Jednak i ją obrabowali. Gdyby nie pani Aerina, Morwena i jej córka chodziłyby głodne. Powiadają, że pani Aerina pomagała im w tajemnicy, a ten nikczemnik Brodda, jej mąż, którego poślubiła z przymusu, często ją za to bił.

– Od przeszło roku? – spytał Túrin. – Czy one umarły, czy są w niewoli? A może napadli je orkowie?

– Nic pewnego nie wiadomo – odparł starzec. – Morwena odeszła wraz z córką, a ów Brodda splądrował jej dom i zabrał wszystko, co pozostało. Nie ostał się nawet pies, a jej nieliczni słudzy popadli w jego

niewolę, oprócz kilku, którzy jak ja poszli żebrać. Wiele lat służyłem jej, a przedtem wielkiemu panu. Zwą mnie Sadorem Jednostopym, to przez ten przeklęty wypadek z toporem, w lesie, dawno temu. Gdyby nie to, leżałbym teraz pod Wielkim Kurhanem. Dobrze pamiętam dzień, kiedy wyprawiono syna Húrina i to, jak on wtedy płakał, a potem, kiedy już go nie było, jak płakała pani. Powiadano, że udał się do Ukrytego Królestwa.

Tu starzec powściągnął swój język i zerknął z niepokojem na Túrina.

– Stary jestem i plotę głupstwa – rzekł. – Nie zważaj na mnie! Chociaż przyjemnie jest mówić w starym języku z kimś, kto włada nim tak pięknie, jak kiedyś bywało; teraz nastały złe czasy i trzeba być ostrożnym. Nie wszyscy, którzy mówią pięknym językiem, mają piękne serca.

– To prawda – rzekł Túrin. – Moje serce jest mroczne. Lecz jeśli obawiasz się, że jestem szpiegiem z Północy lub ze Wschodu, niewiele więcej masz rozumu niż niegdyś, Sadorze Labadalu.

Starzec ze zdumienia otworzył usta, a po chwili przemówił drżącym głosem:

– Wyjdźmy na zewnątrz. Zimniej tam, lecz bezpieczniej. Ty mówisz zbyt głośno, a ja zbyt wiele jak na dom Easterlinga.

Gdy wyszli na dziedziniec, starzec chwycił połę płaszcza Túrina.

– Powiadasz, że dawno temu mieszkałeś w owym domu. Túrinie, czemużeś powrócił? Otwarły się nareszcie moje oczy i uszy: wszak przemawiasz głosem swego ojca. Lecz jedynie młody Túrin nazywał mnie Labadalem. Nie miał nic złego na myśli, gdyż w tamtych czasach byliśmy beztroskimi przyjaciółmi. Czegóż teraz tu szuka? Zostało nas niewielu, jesteśmy starzy i bezbronni. Szczęśliwsi są ci, co spoczywają pod Wielkim Kurhanem.

– Nie przybyłem tu z myślą o walce – rzekł Túrin. – Chociaż twe słowa obudziły we mnie taką myśl, Labadalu. Pomówimy o tym później. Przybyłem w poszukiwaniu pani Morweny i Niënor. Co możesz mi o nich powiedzieć? Mów szybko!

– Niewiele mam do powiedzenia, panie – odparł Sador. – Odeszły potajemnie. Między sobą szeptaliśmy, że wezwał je pan Túrin, nie wątpiliśmy bowiem, że przez te lata wyrósł na wielkiego człowieka, króla czy władcę w jakimś kraju na południu. Lecz chyba tak się nie stało.

– Nie – odrzekł Túrin. – Byłem władcą w południowym kraju, choć teraz jestem włóczęgą. Lecz ja nie wzywałem ich do siebie.

– Nie wiem zatem, co ci rzec – powiedział Sador. – Nie wątpię jednak, że pani Aerina będzie wiedziała. Znała wszystkie zamysły twej matki.

– Jak mogę się z nią spotkać?

– Tego nie wiem. Nawet jeśli udałoby się wywołać ją z domu, mogłaby zostać srodze ukarana za szeptanie przy drzwiach z wędrownym żebrakiem, pochodzącym z ciemiężonego ludu. Taki żebrak jak ty nie dotrze do jej stołu na końcu wielkiej sali. Easterlingowie natychmiast cię złapią i obiją albo uczynią coś jeszcze gorszego.

Na to zawołał Túrin w gniewie:

– A więc nie mogę przejść przez salę Broddy, bo zostanę obity? Zatem chodź i zobacz!

Zaraz też wszedł do środka, odrzucił kaptur i roztrącając wszystkich zastępujących mu drogę, ruszył w stronę stołu, gdzie siedział pan domu z żoną i możnymi spośród Easterlingów. Kilku podbiegło, by go schwytać, lecz powalił ich na ziemię i zawołał:

– Czy nikt nie rządzi w tym domu, czy jest to jaskinia orków? Gdzie gospodarz?

Na to podniósł się rozgniewany Brodda.

– Ja rządzę w tym domu – oświadczył.

Lecz zanim zdołał rzec coś więcej, Túrin powiedział:

– A zatem nie nauczyłeś się jeszcze grzeczności panującej w tym kraju, zanim nastały twoje rządy. Czy teraz jest w zwyczaju pozwalać pachołkom na poniewieranie krewnymi własnej żony? Jestem nim bowiem i mam sprawę do pani Aeriny. Przepuścisz mnie czy sam mam sobie zrobić przejście?

– Podejdź! – rzekł Brodda, marszcząc brwi, Aerina zaś pobladła.

Wówczas Túrin podszedł wielkimi krokami do stołu, stanął i się skłonił.

– Wybacz, pani Aerino – powiedział – że tak się tu wdarłem, lecz moje posłannictwo jest pilne i przywiodło mnie z daleka. Szukam Morweny, Pani Dor-lóminu, i jej córki Niënor. Ich dom stoi ograbiony i pusty. Cóż możesz mi o tym powiedzieć?

– Nic – odrzekła Aerina w wielkim strachu, gdyż Brodda pilnie ją obserwował.

– W to nie wierzę – odparł Túrin.

Na to Brodda porwał się zza stołu, purpurowy z pijackiej wściekłości.

– Dosyć tego! – zawołał. – Nie będzie żebrak mówiący językiem niewolników zadawał kłamu mojej żonie! Nie ma żadnej Pani Dor-lóminu. A jeśli chodzi o Morwenę, pochodziła z ludu niewolnego i zwyczajem niewolników uciekła. Uczyń tak samo, a rychło, bo każę cię powiesić na drzewie!

Wtedy Túrin skoczył ku niemu, dobył swego czarnego miecza, chwycił Broddę za włosy i odchylił mu głowę do tyłu.

– Niechaj nikt się nie rusza – krzyknął – albo ta głowa rozstanie się z ciałem, które ją nosi! Pani Aerino, gdybym wiedział, że z rąk tego nikczemnika spotkało cię coś innego niż tylko krzywda, raz jeszcze prosiłbym cię o wybaczenie. Teraz jednak nie odmawiaj mi i przemów! Czyż nie jestem Túrinem, panem Dor-lóminu? Czy mam ci rozkazać?

– Rozkazuj – odparła.

– Kto złupił dom Morweny?

– Brodda.

– Kiedy uciekła i dokąd?

– Przed rokiem i trzema miesiącami – powiedziała Aerina. – Pan Brodda i inni Przybysze ze wschodu ciemiężyli ją srodze. Dawno temu zaproszono ją do Ukrytego Królestwa i w końcu wyruszyła w drogę. Ziemie leżące po drodze były wtenczas wolne od złych sił, jakoby dzięki męstwu Czarnego Miecza z południa, lecz teraz już tak nie jest. Spodziewała się odnaleźć tam czekającego na nią syna. Lecz skoro ty nim jesteś, obawiam się, że wszystko wyszło na opak.

Zaśmiał się na to Túrin gorzko.

– Na opak? – zawołał. – Tak, zawsze wszystko wychodzi na opak, a mój los jest tak przewrotny, jak przewrotny jest Morgoth! – I nagle zatrząsł się z czarnej wściekłości, bowiem przejrzał na oczy, opadły ostatnie pęta czaru Glaurunga i poznał Túrin kłamstwa, którymi został omamiony. – Czy po to zostałem oszukany, bym tu przybył i zginął okryty hańbą? A mogłem polec z honorem u Wrót Nargothrondu! – I zdało mu się, że spośród otaczających dom ciemności dobiega rozpaczliwe wołanie Finduilas. – Nie będę pierwszym, który tu umrze! – krzyknął. Chwyciwszy Broddę, uniósł go z całą siłą, jaką dały mu udręka i gniew, i potrząsnął nim jak psem. – Morwena z ludu niewolnego, powiadasz? Ty potomku szubrawców, złodzieju, niewolniku niewolników!

Z tymi słowy cisnął Broddę głową naprzód przez jego własny stół prosto w Easterlinga, który podniósł się, by natrzeć na Túrina. Padając, Brodda skręcił kark, a Túrin skoczył w ślad za nim i zabił trzech ludzi, kulących się w kącie, bo przez przypadek nie byli uzbrojeni. W sali powstał zgiełk. Siedzący tam Easterlingowie chcieli się rzucić na Túrina, lecz znajdowało się tam wielu dawnych mieszkańców Dor-lóminu, którzy, choć przez długi czas byli uległymi sługami, teraz powstali z krzykiem, podnosząc bunt. Rychło wywiązała się zażarta walka, a chociaż niewolni mieli przeciw sztyletom i mieczom tylko noże do mięsa i to, co wpadło im w ręce, w krótkim czasie po obu stronach zginęło wielu ludzi. Túrin wskoczył między walczących i zgładził ostatnich Easterlingów.

Wtedy dopiero oparł się o filar i zgasł płomień jego szaleństwa. Przyczołgał się do niego śmiertelnie ranny stary Sador i objął go pod kolana.

– Trzykroć po siedem lat, a nawet dłużej, oczekiwaliśmy na tę chwilę – rzekł. – Lecz teraz idź, idź już, panie! Idź i nie wracaj, chyba że z większą siłą. Oni podniosą przeciw tobie cały kraj. Wielu zdołało uciec z sali. Odejdź, albo tutaj skończysz życie. Żegnaj!

To rzekłszy, osunął się na ziemię i skonał.

– W obliczu śmierci powiedział prawdę – odezwała się Aerina. – Dowiedziałeś się, czego chciałeś. Teraz odejdź, a szybko! Lecz najpierw udaj się do Morweny i pociesz ją, bo inaczej trudno mi będzie wybaczyć ci to wszystko, co tu zniszczyłeś. Bowiem jakiekolwiek było moje życie, ty przez uczyniony tu gwałt sprowadziłeś na mnie śmierć. Easterlingowie zemszczą się na wszystkich, którzy tu dziś byli. Pochopne są twe czyny, synu Húrina, jakbyś ciągle jeszcze był dzieckiem, które niegdyś znałam.

– A twe serce, Aerino, córko Indora, jest tak samo bojaźliwe jak wtedy, gdy nazywałem cię ciotką, ty się bałaś nawet złego psa – rzekł Túrin. – Zostałaś stworzona dla lepszego świata. Więc chodź ze mną! Zaprowadzę cię do Morweny.

– Szron przyprószył ziemię, ale jeszcze bardziej moje skronie – odparła. – Wkrótce umrę, czy to z tobą na pustkowiu, czy wśród nieokrzesanych Easterlingów. Nie możesz naprawić tego, co uczyniłeś. Idź! Zostając, wszystko pogorszysz, a Morwenę niepotrzebnie narazisz na stratę. Idź, błagam cię!

Wówczas Túrin pokłonił się jej nisko, odwrócił się i opuścił dom Broddy, a ci z rebeliantów, którzy mieli dość sił, poszli za nim. Uciekali w stronę gór, bowiem niektórzy z nich dobrze znali ścieżki wiodące przez pustkowia. Błogosławili śnieg, który sypiąc z nieba, zacierał ich ślady. Dzięki temu – choć wkrótce ruszyła za nimi w pościg cała chmara ludzi z psami i końmi – uciekinierom udało się jednak zbiec na południe i ukryć wśród wzgórz. A gdy spojrzeli za siebie, ujrzeli w oddali czerwoną łunę.

– Podpalili dom – rzekł Túrin. – Czemu to uczynili?

– Oni? Nie, panie, domyślam się, że ona sama go podpaliła – powiedział ten, którego zwali Asgonem. – Cierpliwość i spokój bywają często błędnie rozumiane przez ludzi parających się orężem. Ona robiła dla nas wiele dobrego i zawsze musiała drogo za to płacić. Jej serce nie było tchórzliwe, a każda cierpliwość ma swój kres.

Tak więc kilku najwytrzymalszych mężów, tych, którzy mogli przetrwać zimę, zostało z Túrinem. Tajemnymi ścieżkami zawiedli go do kryjówki w górach, do jaskini znanej banitom i zbiegom, gdzie ukryto zapas żywności. Tu przeczekali śnieżycę, po czym zaopatrzyli Túrina w prowiant na drogę i zaprowadzili go na odludną przełęcz, wiodącą na południe, ku Dolinie Sirionu, gdzie jeszcze nie spadł śnieg. Tam, na ścieżce biegnącej w dół, rozstali się.

– Żegnaj, panie Dor-lóminu – rzekł Asgon. – Nie zapominaj o nas. Teraz będą nas prześladować, a z powodu twego przybycia wilczy lud stanie się jeszcze bardziej okrutny. Idź więc i nie wracaj, chyba że przyprowadzisz wystarczające siły, by nas oswobodzić. Bywaj!

Rozdział XIII

Przybycie Túrina do Brethilu

Túrin schodził w dół ku Sirionowi, a w sercu czuł rozterkę. Wyglądało bowiem na to, że jeśli przedtem stał przed trudnym wyborem jednej z dwóch dróg, to teraz doszła do nich jeszcze trzecia, wzywał go bowiem uciskany lud, na który sam sprowadził dodatkową niedolę. Pocieszała go jedynie myśl, że Morwena i Niënor znajdują się już niechybnie w Doriacie i że to jedynie dzięki męstwu Czarnego Miecza z Nargothrondu dotarły tam bezpiecznie. Powiedział sobie w duchu: „Gdzież znalazłbym im lepsze schronienie, nawet gdybym przybył wcześniej? Jeśli zostanie przerwana Obręcz Meliany, nadejdzie kres wszystkiego. Nie, lepiej, że stało się, co się stało, gdziekolwiek się bowiem pojawiam, przez swój gniew i nierozważne czyny wszędzie rzucam cień. Niechaj Meliana się nimi opiekuje! A ja przez jakiś czas jeszcze zostawię je w spokoju i nie będę na nie ściągał mego cienia".

Zbyt późno jednak zaczął Túrin szukać Finduilas i na próżno przemierzał lasy u podnóża Ered Wethrin, czujny jak dziki zwierz na próżno czatował na wszystkich drogach wiodących na północ ku Przełomowi Sirionu. Wszystkie ślady zmył bowiem deszcz lub zasypał śnieg. Wędrując z biegiem Teiglinu, Túrin napotkał garstkę Haladinów zamieszkujących las Brethil. Z Ludu Halethy, zdziesiątkowanego przez wojnę, pozostał już tylko mały szczep. Większość ocalonych ukrywała się w głębi puszczy w otoczonym palisadą obozie na Amon Obel. Miejsce to nazywało się Ephel Brandir, po tym bowiem, jak Handir zginął w boju, przywódcą niedobitków został Brandir, jego syn. Nie był on człowiekiem wojowniczym; w dzieciństwie nieszczęśliwym trafem złamał nogę i okulał, w dodatku był łagodnego usposobienia, kochał drewno bardziej niż metal i nad inne nauki przedkładał wiedzę o tym, co rośnie w ziemi.

Niektórzy leśni ludzie nadal jednak polowali na orków zapuszczających się w pobliże granic Brethilu. Gdy Túrin zawędrował w tamte okolice, usłyszał odgłosy potyczki. Pośpieszył w ich stronę, a podszedłszy ostrożnie, kryjąc się za drzewami, ujrzał otoczony przez orków niewielki oddział ludzi. Bronili się rozpaczliwie, mając za plecami samotną kępę drzew na polanie. Orków było jednak znacznie więcej niż ludzi i napadnięci nie mieli nadziei na ucieczkę, chyba żeby nadeszła pomoc. Ukryty w leśnym poszyciu Túrin zaczął hałasować, tupiąc nogami i łamiąc gałęzie, potem zaś zawołał wielkim głosem, jak gdyby prowadził liczny oddział:

– Ha! Tu ich mamy! Wszyscy za mną! Do ataku!

Słysząc to, wielu orków obejrzało się w przerażeniu, Túrin zaś wyskoczył z lasu wymachując ręką, jakby dawał znaki ludziom za sobą, a ostrze Gurthanga migotało w jego dłoni niczym płomień. Aż nadto dobrze znali orkowie tę klingę, toteż nim Túrin wdarł się pomiędzy nich, większość rozpierzchła się i uciekła. Wówczas leśni ludzie dołączyli do niego i razem popędzili wrogów ku rzece. Niewielu orków zdołało się przez nią przeprawić. Kiedy ścigający na koniec zatrzymali się na brzegu, odezwał się Dorlas, dowódca ludzi z lasu:

– Szybkim jesteś łowcą, panie, lecz twoi ludzie nie nadążają za tobą.

– O, nie – odparł Túrin – Biegniemy wszyscy razem jak jeden mąż i nigdy się nie rozstajemy.

Roześmiali się na to ludzie z Brethilu, mówiąc:

– Jeden taki człowiek wart jest wielu. Winniśmy ci wdzięczność. Lecz kim jesteś i co tu robisz?

– Uprawiam tylko swoje rzemiosło: zabijam orków – odrzekł Túrin. – A mieszkam tam, gdzie znajdę zajęcie. Jestem Dzikim Człowiekiem z Lasu.

– Chodź więc i zamieszkaj z nami – powiedzieli. – Żyjemy bowiem w lesie i potrzebni są nam tacy rzemieślnicy. Będziesz u nas mile widziany!

Wtedy Túrin dziwnie na nich popatrzył i rzekł:

– A więc są jeszcze tacy, którzy chcą, bym wniósł ciemność za ich próg? Lecz, przyjaciele, mam jeszcze do spełnienia ważną powinność: muszę odnaleźć Finduilas, córkę Orodretha z Nargothrondu, a przynajmniej zdobyć o niej wieści. Niestety! Wiele tygodni upłynęło od czasu, gdy uprowadzono ją z Nargothrondu, a mimo to ja ciągle muszę jej szukać.

Spojrzeli nań ze współczuciem, a Dorlas rzekł:

– Nie szukaj jej więcej. Swego czasu zmierzał z Nargothrondu ku Przeprawie na Teiglinie zastęp orków; od dawna o nich wiedzieliśmy, ponieważ szli bardzo wolno, prowadząc wielu jeńców. Postanowiliśmy i my zadać choćby niewielki cios w tej wojnie, urządziliśmy zatem zasadzkę, zebrawszy wszystkich łuczników, jakich zdołaliśmy zgromadzić. Mieliśmy nadzieję, że uda nam się ocalić choć kilku brańców. Niestety! Podli orkowie, gdy tylko zostali zaatakowani, zabili od razu wszystkie wzięte do niewoli kobiety, a córkę Orodretha przybili włócznią do drzewa.

Túrin stanął jak ugodzony śmiertelnym ciosem.

– Skąd o tym wiesz? – spytał.

– Przemówiła bowiem do mnie, nim skonała – odparł Dorlas. – Powiodła po nas wzrokiem, jakby się spodziewała kogoś odnaleźć, i rzekła: „Mormegil. Powiedzcie Mormegilowi, że Finduilas jest tutaj". Nie rzekła nic więcej. Ponieważ jednak takie były jej ostatnie słowa, pochowaliśmy ją tam, gdzie umarła. Spoczywa w kurhanie nad brzegiem Teiglinu. Od owego czasu upłynął miesiąc.

– Zaprowadźcie mnie tam – rzekł Túrin, a oni przywiedli go na pagórek u Przeprawy na Teiglinie.

Położył się Túrin na mogile i ogarnęły go ciemności, tak że myśleli, iż umarł. Dorlas przyjrzał się leżącemu, a potem odwrócił się do swych ludzi i powiedział:

– Za późno! Smutny to wypadek. Spójrzcie: oto leży tu sam Mormegil, wielki dowódca z Nargothrondu. Powinniśmy byli poznać go po mieczu, tak jak poznali go orkowie.

Bowiem sława Czarnego Miecza Południa rozeszła się szeroko i daleko i dotarła nawet do leśnej głuszy.

Podźwignęli więc Túrina z szacunkiem i ponieśli do Ephel Brandir. Brandir, który wyszedł im na spotkanie, zdziwił się na widok noszy. Uniósłszy zaś przykrycie spojrzał na twarz Túrina, syna Húrina, i na jego serce padł cień.

– O, okrutni ludzie z plemienia Halethy! – wykrzyknął. – Dlaczego wydarliście tego człowieka śmierci? Z wielkim wysiłkiem przynieśliście tu kogoś, kto sprowadzi na nas zgubę.

Lecz leśni ludzie odrzekli:

– Nie, to Mormegil z Nargothrondu, potężny zabójca orków. Będzie dla nas wielką pomocą, jeśli przeżyje. A gdyby nawet stało się inaczej, czyż mogliśmy go zostawić, by powalony bólem leżał przy drodze jak padlina?

– Istotnie, nie mogliście – odparł Brandir. – Przeznaczenie chciało inaczej.

Przyjął więc Brandir Túrina do swego domu i starannie go pielęgnował.

Lecz gdy w końcu Túrin otrząsnął się z ciemności, właśnie nadeszła wiosna. Przebudził się i ujrzał blask słoneczny na zielonych pąkach. Ocknęła się w nim wówczas odwaga rodu Hadora. Wstał więc i powiedział sobie w duchu: „Wszystkie moje czyny i minione dni były mroczne i pełne zła. Lecz oto nadszedł nowy dzień. Zamieszkam tu w spokoju, wyrzekłszy się swego imienia i rodu. W ten sposób pozostawię za sobą mój cień, by nie rzucać go na tych, których miłuję".

Przybrał zatem nowe imię, nazywając siebie Turambarem – co w mowie Elfów Wysokiego Rodu znaczy Pan Losu – i zamieszkał wśród leśnych ludzi, którzy go kochali. Nakazał im, by zapomnieli o jego dawnym imieniu i uważali go za urodzonego w Brethilu. Ale chociaż zmienił miano, nie potrafił przecież zupełnie odmienić swego usposobienia ani zapomnieć o dawnych krzywdach wyrządzonych mu przez sługi Morgotha. Polował więc na orków z kilkoma podobnymi sobie, mimo że nie podobało się to Brandirowi, który nadzieję na przetrwanie swego ludu widział raczej w ukrywaniu się i unikaniu rozgłosu.

– Nie ma już Mormegila – rzekł raz Brandir Túrinowi – lecz strzeż się, by Turambar przez swe męstwo nie sprowadził na Brethil podobnej zemsty, jak tamten!

Túrin odłożył zatem swój czarny miecz i nie zabierał go już do bitwy, a walczył raczej włócznią i strzelał z łuku. Nie pozwalał jednakże, by orkowie korzystali z Przeprawy na Teiglinie lub zbliżali się do kurhanu, gdzie spoczywała Finduilas. Kurhan ów nazywał się Haudh-en-Elleth, czyli Mogiła Księżniczki Elfów. Orkowie rychło nauczyli się bać tego miejsca i zaczęli go unikać. Dorlas zaś powiedział do Turambara:

– Wyrzekłeś się imienia, lecz nadal jesteś Czarnym Mieczem, a czy nie jest prawdziwą pogłoska, że był on synem Húrina z Dor-lóminu, wielmoży z rodu Hadora?

Turambar odparł na to:

– Tak słyszałem. Lecz proszę cię jako swego przyjaciela: nie rozgłaszaj tego.

Rozdział XIV

Podróż Morweny i Niënor do Nargothrondu

Gdy skończyła się Sroga Zima, do królestwa Doriathu dotarły nowe wieści o Nargothrondzie. Niektórzy spośród tych, co uciekli ze zniszczonego miasta i przetrwali zimę na pustkowiach, w poszukiwaniu schronienia przybywali na koniec do Thingola, a straże pograniczne przyprowadzały ich do króla. Jedni mówili, że wszyscy wrogowie wycofali się na północ, a inni, że Glaurung wciąż mieszka w twierdzy Felagunda; jedni twierdzili, że Mormegil poniósł śmierć, a inni, że nadal przebywa w Nargothrondzie, zamieniony w kamień przez złe spojrzenie smoka. Wszyscy zaś twierdzili, że nim nadszedł kres Nargothrondu, było wiadome, iż Czarny Miecz to nikt inny, jak Túrin, syn Húrina z Dor-lóminu.

Wielki przeto był strach i smutek Morweny i Niënor.

– Taka niepewność to też dzieło Morgotha! Czyż nie możemy poznać prawdy i z całą pewnością dowiedzieć się, co nas czeka najgorszego? – powiedziała Morwena.

Thingol sam gorąco pragnął dowiedzieć się czegoś więcej o losie Nargothrondu i już wcześniej zamyślał wysłać tam kilku zwiadowców. Był jednak przekonany, iż Túrin istotnie poległ albo znajduje się w takim miejscu, że nikt nie zdołałby mu pomóc. Dlatego z bólem serca oczekiwał chwili, gdy Morwena zdobędzie dokładne wieści. Rzekł więc do niej:

– To niebezpieczna sprawa, Pani Dor-lóminu, i trzeba się nad nią zastanowić. Taka niepewność zaiste może być dziełem Morgotha, który chce nas skłonić do nierozważnych posunięć.

Lecz Morwena, bliska szaleństwa, zawołała:

– Do nierozważnych posunięć, panie? Jeśli mój syn błąka się głodny po lesie, jeśli zakuto go w kajdany, jeśli jego ciało leży niepogrzebane, to chcę postępować nierozważnie. Nie mam ani chwili do stracenia, muszę go szukać.

– Pani Dor-lóminu – rzekł Thingol – tego syn Húrina z pewnością by nie pragnął. Uważałby, iż tu, pod opieką Meliany, znalazłaś lepsze schronienie, niż byłoby to możliwe w jakimkolwiek innym kraju, który jeszcze się ostał. Przez pamięć Húrina i Túrina nie pozwolę, abyś błąkała się gdzieś na pustkowiach, narażona na straszliwe niebezpieczeństwa czasów, jakie teraz nastały.

– Nie powstrzymałeś Túrina przed narażeniem się na niebezpieczeństwo, mnie zaś chcesz powstrzymać przed odnalezieniem syna – zawołała Morwena. – Pod opieką Meliany! Tak, uwięziona wewnątrz Obręczy! Długo się wahałam, nim weszłam w jej obręb, a teraz żałuję tego kroku.

Odpowiedział jej Thingol:

– Mylisz się, skoro tak mówisz, Pani Dor-lóminu. Wiedz, że Obręcz jest otwarta. Przyszłaś tu z własnej woli i z własnej woli tu pozostaniesz lub odejdziesz.

Wtedy odezwała się Meliana, która dotychczas zachowywała milczenie:

– Nie odchodź, Morweno. Słusznie się domyślasz: ta niepewność pochodzi od Morgotha. Jeśli odejdziesz, wypełnisz jego wolę.

– Strach przed Morgothem nie powstrzyma mnie od pójścia za głosem krwi – odparła Morwena. – Lecz jeśli lękasz się o mnie, panie, przydziel mi do pomocy kilku swoich podwładnych.

– Tobie nie mogę rozkazywać – rzekł Thingol. – Lecz jeśli chodzi o moich podwładnych, ja nimi rządzę. Wyślę ich, gdy sam uznam to za stosowne.

Morwena nic już nie powiedziała, tylko zapłakała i odeszła sprzed oblicza króla. Thingolowi ciężko się zrobiło na sercu, wydawało mu się bowiem, iż żona Húrina traci rozum. Spytał Melianę, czy nie mogłaby jej powstrzymać, używając swej mocy.

– Wiele mogę zdziałać przeciw złu, które usiłuje tu wtargnąć – odparła. – Lecz w żaden sposób nie mogę zatrzymać tych, co chcą stąd odejść. To twoje zadanie. Jeśli ma tu zostać, musisz ją zatrzymać siłą. Jednak w ten sposób przyprawiłbyś ją o szaleństwo.

Tymczasem Morwena poszła do Niënor i rzekła jej:

– Żegnaj, córko Húrina. Idę szukać mego syna albo prawdziwych o nim wieści, skoro tutaj nikt nie chce niczego uczynić, a każdy zwleka, aż będzie za późno. Czekaj tu, a może zrządzeniem losu powrócę.

Zalękniona i strapiona Niënor chciała powstrzymać matkę, lecz Morwena nic jej nie odpowiedziała; odeszła do swojej komnaty, a gdy nastał ranek, wzięła konia i odjechała.

Thingol polecił, by nikt nie zatrzymywał Morweny ani nie zastępował jej drogi, ale zaraz po jej odjeździe zebrał drużynę najbardziej wytrzymałych i najlepszych strażników pogranicza, oddając ich pod dowództwo Mablunga.

– Jedźcie za nią szybko – rzekł – ale uważajcie, żeby się o was nie dowiedziała. Gdyby jednak w głuszy groziło jej niebezpieczeństwo, ujawnijcie się. Jeżeli nie zechce powrócić, strzeżcie jej najlepiej, jak potraficie. Chciałbym jednakże, by kilku z was wypuściło się jak najdalej i zebrało jak najwięcej wiadomości.

Tak więc Thingol wysłał większą drużynę, niż z początku zamierzał, a jeźdźcy prowadzili ze sobą dziesięć zapasowych wierzchowców. Ruszyli za Morweną. Ona zaś jechała przez Region na południe, aż zawędrowała nad Sirion powyżej Stawów Półmroku. Tam zatrzymała się, bowiem Sirion rozlewał się w tym miejscu szeroko i płynął wartko, a ona nie znała drogi. Toteż strażnicy musieli się wówczas ujawnić, Morwena zaś spytała:

– Czy Thingol chce mnie zatrzymać? A może przysyła mi wreszcie pomoc, której mi wcześniej odmówił?

– I jedno, i drugie – odparł Mablung. – Czy nadal nie chcesz zawrócić?

– Nie! – rzekła.

– A zatem muszę ci pomóc – powiedział Mablung – choć uczynię to wbrew mej woli. Szeroki i głęboki jest w tym miejscu Sirion i ani zwierzę, ani człowiek nie przedostanie się wpław na drugi brzeg.

– A więc przepraw mnie na drugą stronę takim sposobem, jakiego używają elfowie – rzekła Morwena – bo inaczej sama spróbuję przepłynąć rzekę.

Mablung powiódł ją więc ku Stawom Półmroku. Tam, na wschodnim brzegu, strzeżono promów ukrytych wśród rozlewisk i trzcin. Tą drogą przeprawiali się przez rzekę posłańcy krążący pomiędzy Thingolem i jego pobratymcami z Nargothrondu. Elfowie i Morwena poczekali, aż rozgwieżdżona noc poszarzeje, i przeprawili się przez rzekę wśród białych mgieł przedświtu. W chwili, gdy słońce podniosło się czerwonym kręgiem zza Gór Błękitnych, a silny poranny wiatr rozwiał opary, strażnicy wspięli się na zachodni brzeg i wyszli poza Obręcz Meliany. Byli to wysocy elfowie z Doriathu, odziani w szare płaszcze narzucone na kolczugi. Morwena patrzyła z promu, jak przechodzą obok niej w milczeniu, aż nagle krzyknęła, wskazując ostatniego z szeregu.

– Skąd on się tu pojawił? – spytała. – Trzykroć po dziesięciu was było, gdy do mnie przybyliście. A na brzeg wychodzi trzykroć po dziesięciu i jeden!

Wtedy inni odwrócili się i ujrzeli w blasku słońca złocistą głowę Niënor, której wiatr zrzucił kaptur. W ten sposób wyszło na jaw, że dziewczyna podążała za drużyną i przyłączyła się do niej w ciemnościach, nim wszyscy zdążyli się przeprawić przez rzekę. Zdumieli się niemile, a najbardziej Morwena.

– Wracaj, wracaj! Nakazuję ci! – krzyknęła.

– Jeśli żona Húrina może wbrew wszelkim radom usłuchać zewu krwi – odparła Niënor – może tak samo uczynić i córka Húrina. Nazwałaś mnie Żałobą, ale nie chcę w samotności nosić żałoby po ojcu, bracie i matce. Z całej rodziny znam tylko ciebie i ponad wszystko cię miłuję. I jeśli ty się nie boisz, to ja też się nie lękam.

Zaiste, w jej twarzy i zachowaniu nie było znać strachu. Wydawała się wysoka i silna – gdyż potomkowie Hadora odznaczali się piękną postawą – a odziana w strój elfów nie różniła się od strażników, ustępując wzrostem jedynie najwyższym spośród nich.

– Cóż chcesz uczynić? – zapytała Morwena.

– Pójść tam, dokąd ty pójdziesz – odparła Niënor. – Taki oto wybór ci przynoszę. Albo odprowadzisz mnie i oddasz pod opiekę Meliany, nie jest bowiem mądrze odrzucać jej rady, albo, jeśli odejdziesz, pójdę za tobą, narażając się na niebezpieczeństwa.

W rzeczywistości Niënor przybyła tu z nadzieją, że matka zawróci, powodowana miłością i strachem o nią. Sercem Morweny istotnie szarpały sprzeczne uczucia.

– Co innego odrzucić radę – powiedziała – a co innego sprzeciwić się rozkazowi matki. Wracaj!

– Nie – odrzekła Niënor. – Już dawno przestałam być dzieckiem. Mam własną wolę i własną mądrość, choć do tej pory nie wchodziłam ci w drogę. Pójdę z tobą. Wolałabym iść do Doriathu przez szacunek dla tych, co sprawują tam rządy, ale jeśli nie tam, to na zachód. Zaiste, jeśli powinna iść któraś z nas, to raczej ja, bo jestem w pełni sił.

Morwena dostrzegła wówczas w szarych oczach Niënor niezłomną wolę Húrina i zawahała się. Nie potrafiła jednak przemóc swej dumy i nie chciała, by się wydawało, iż – mimo tego, co wyraźnie oznajmiła – pozwala, by córka zaprowadziła ją z powrotem do domu, niczym zdziecinniałą staruszkę.

– Idę dalej, tak jak zamierzałam – rzekła. – Chodź i ty, lecz wiedz, że uczynisz to wbrew mej woli.

– Niechaj tak będzie – odparła Niënor.

Mablung przemówił wówczas do swej drużyny:

– Zaiste, to przez brak rozwagi, a nie odwagi ród Húrina sprowadza nieszczęścia na innych! Tak rzecz się miała również z Túrinem, chociaż nie przytrafiało się to jego przodkom. Teraz wszyscy jakby poszaleli, a to mi się wcale nie podoba. Bardziej obawiam się wypełnienia misji, którą nam powierzył król, niż polowania na Wilka z Angbandu. Cóż mamy teraz czynić?

Morwena, która już wysiadła na brzeg i podeszła do Mablunga, usłyszała jego ostatnie słowa.

– Czyń, co ci polecił król – rzekła. – Zbieraj wieści o Nargothrondzie i o Túrinie. Przecież wszyscy wyruszyliśmy w tym celu.

– To długa i niebezpieczna droga – powiedział Mablung. – Jeśli chcecie wędrować dalej, obie pojedziecie konno pośród moich jeźdźców, na krok się od nich nie oddalając.

Wyruszyli, gdy słońce stało już wysoko na niebie. Bez pośpiechu, czujni, przeszli przez krainę trzcin i niskich wierzb, aż dotarli do szarych lasów, które pokrywały znaczną część południowej równiny przed Nargothrondem. Cały dzień posuwali się prosto na zachód, oglądając jedynie spustoszone ziemie i nie słysząc niczego prócz panującej wokół ciszy; Mablungowi zaś zdawało się, że wszędzie czai się strach. Przed laty szedł tą samą drogą Beren, lecz wtedy w lasach było wiele czujnych oczu myśliwych. Teraz cały lud osiadły nad Narogiem zniknął, a wyglądało na to, że orkowie nie zapuszczają się jeszcze tak daleko na południe. Tej nocy drużyna obozowała w szarym lesie, nie paląc ognia ani świateł.

Wędrowali przez następne dwa dni, a pod wieczór trzeciego zostawili wreszcie za sobą równinę i dotarli do wschodniego brzegu Narogu. Wówczas tak wielki niepokój ogarnął Mablunga, że zaczął błagać Morwenę, by nie iść dalej. Lecz ona roześmiała się i powiedziała:

– Zapewne już niedługo ku swej radości się od nas uwolnisz. Musisz jednak wytrzymać z nami jeszcze jakiś czas. Jesteśmy zbyt blisko celu podróży, by teraz ze strachu zawrócić.

Słysząc to, Mablung zawołał:

– Obie jesteście szalone i nieroztropne. Nie tylko nie pomagacie, ale utrudniacie zbieranie wiadomości. A teraz posłuchaj! Rozkazano mi nie zatrzymywać cię siłą, lecz mam też cię chronić najlepiej, jak umiem. A więc będę was strzegł. Jutro zaprowadzę was na Amon Ethir, Wzgórze Zwiadu. To niedaleko stąd; usiądziecie tam pod strażą i póki ja będę dowodził tutaj, nie ruszycie się z miejsca.

Amon Ethir było ogromnym jak wzgórze kopcem, który za sprawą Felagunda usypano dawno temu z wielkim mozołem na równinie przed bramą Nargothrondu, o staje na wschód od Narogu. Na kopcu rosły drzewa, tylko wierzchołek był nagi; roztaczał się z niego we wszystkie strony rozległy widok na drogi prowadzące do wielkiego mostu Nargothrondu oraz na okoliczne ziemie. Do tego właśnie wzgórza Morwena, Niënor i elfowie dotarli późnym rankiem i wspięli się nań po wschodnim zboczu. Spojrzawszy w kierunku Wysokiego Farothu, brunatnej, nagiej krainy leżącej za rzeką, Mablung dostrzegł bystrym wzrokiem elfa tarasy Nargothrondu na stromym zachodnim brzegu i rozwarte Drzwi Felagunda – mały czarny otwór na stoku wzgórza. Nic jednak nie słyszał, a prócz miejsc wypalonych ogniem Glaurunga wokół Drzwi w dniu napaści, nie widział ani nieprzyjaciela, ani żadnych śladów smoka. Pod bladym słońcem wszystko spoczywało w spokoju.

Zgodnie z tym, co wcześniej powiedział, Mablung rozkazał, by dziesięciu jeźdźców pilnowało Morweny i Niënor na szczycie wzgórza, nie ruszając się stamtąd na krok, dopóki on nie powróci, chyba że zagroziłoby im jakieś wielkie niebezpieczeństwo. Gdyby tak się stało, jeźdźcy mieli wziąć Morwenę i Niënor pomiędzy siebie i co koń wyskoczy uciekać na wschód w kierunku Doriathu, wysyłając jednego konnego naprzód, by zaniósł wieści i sprowadził pomoc.

Następnie Mablung wziął ze sobą dwudziestu pozostałych elfów i wraz z nimi ukradkiem zszedł ze wzgórza. Zmierzając na zachód polami, gdzie niewiele było drzew, rozproszyli się i śmiało, lecz zachowując czujność, przemykali się ku brzegom Narogu. Mablung zmierzał w stronę mostu, a dotarłszy do niego, przekonał się, że jest zburzony. Rzeka, wezbrana po deszczach, które spadły daleko na północy, z hukiem rwała głębokim wąwozem, pieniąc się wśród zwalonych głazów.

W cieniu wielkiego korytarza, wiodącego spod rozbitych Drzwi w głąb twierdzy, leżał Glaurung. Od dawna wiedział o zwiadowcach, choć niewiele było w Śródziemiu takich oczu, co potrafiłyby ich dostrzec. Straszliwy wzrok smoka był bowiem bystrzejszy niż wzrok orła i sięgał dalej niż dalekowidzące oczy elfów. Glaurung w istocie wiedział również o tych, którzy zostali na nagim szczycie Amon Ethir.

Tak więc w chwili, gdy Mablung skradał się wśród skał, badając, czy zdoła przejść przez wzburzoną rzekę po kamieniach zwalonego mostu, Glaurung wychynął nagle z ukrycia i ziejąc ogniem, zsunął się do wody. Natychmiast rozległ się straszliwy syk i nad rzeką uniosły się kłęby pary. Mablunga i jego kryjących się w pobliżu towarzyszy oślepiła mgła i wstrętny odór. Większość elfów uciekła, usiłując po omacku dotrzeć na Wzgórze Zwiadu. Kiedy Glaurung przechodził przez Narog, Mablung ukrył się pod skałą, uważał bowiem, że nie wypełnił jeszcze swego zadania. Wiedział już z całą pewnością, że Glaurung zajął Nargothrond, ale miał też, jeśli to możliwe, dowiedzieć się prawdy o synu Húrina. A że serce miał odważne, zamierzał zaraz po odejściu smoka przeprawić się przez rzekę i przeszukać miasto Felagunda. Sądził, iż uczynił wszystko, by ochronić Morwenę i Niënor: Glaurung musiał już zostać zauważony i jeźdźcy zapewne już teraz pędzili do Doriathu.

Smok minął Mablunga we mgle niby ogromne widmo, a posuwał się szybko, gdyż był potężnym i zarazem zwinnym jaszczurem. Ledwie przeszedł, Mablung przeprawił się przez Narog, wiele ryzykując. Strażnicy na Amon Ethir zatrwożyli się, dostrzegłszy, że smok wychynął z Nargothrondu. Nie tracąc czasu na dysputy, polecili Morwenie i Niënor dosiąść koni, gotując się wedle rozkazów do ucieczki na wschód. Lecz gdy zjeżdżali ze wzgórza na równinę, zły wiatr przywiał ku nim gęsty opar, przynosząc z sobą odór, którego nie mógł znieść żaden koń. Oślepione mgłą i śmiertelnie przerażone smoczym smrodem wierzchowce nie dały się opanować jeźdźcom i rozpierzchły się, ponosząc ich w różne strony. Strażnicy się rozproszyli. Wielu z nich oszalałe konie nieomal roztrzaskały o drzewa, inni na próżno szukali się wzajem. Rżenie koni i krzyki jeźdźców dobiegły uszu Glaurunga, wielce go radując.

Jeden z elfów, zmagający się we mgle ze swym koniem, dostrzegł nagle mijającą go Morwenę, pędzącą na oszalałym wierzchowcu niczym szary upiór. Z okrzykiem: „Niënor!" zniknęła w tumanie i więcej już jej nie widziano.

Gdy ślepe przerażenie ogarnęło jeźdźców, spłoszony koń Niënor potknął się i zrzucił dziewczynę. Spadła na miękką trawę, nie doznając krzywdy. Kiedy podniosła się na nogi, nie było wokół niej nikogo. Stała, zagubiona we mgle, bez konia i towarzyszy. Nie straciła jednak ducha, zebrała myśli i poczęła rozważać swe położenie. Wydało jej się daremne podążać w kierunku tego czy owego wołania, rozlegały się one bowiem wszędzie dookoła, lecz coraz słabiej. Pomyślała, że lepiej będzie, jeśli odszuka wzgórze, tam bowiem niewątpliwie przybędzie Mablung przed odejściem, choćby tylko po to, by upewnić się, czy nie pozostał tam nikt z drużyny.

Idąc po omacku i wyczuwając pod stopami wznoszący się teren, odnalazła wzgórze, które istotnie było całkiem blisko, i powoli wspięła się ścieżką prowadzącą od wschodu. Mgła rzedła coraz bardziej, aż w końcu Niënor wyszła na nagi szczyt skąpany w blasku słońca. Postąpiła krok do przodu i spojrzała ku zachodowi. Tuż przed sobą ujrzała ogromny łeb Glaurunga, który właśnie podpełzł z przeciwnej strony. Zanim zdołała pojąć, co się stało, spojrzała smokowi w ślepia. A były to ślepia straszliwe, przepełnione złym duchem Morgotha, jego pana.

Silną wolę i mężne serce miała Niënor, stawiła więc opór Glaurungowi, lecz on przeciwstawił jej swą moc.

– Czego tu szukasz? – zapytał.

Przymuszona do odpowiedzi, rzekła:

– Szukam tylko niejakiego Túrina, który przebywał tu jakiś czas. Ale może już nie żyje.

– Tego nie wiem – odparł Glaurung. – Zostawiono go tutaj, by bronił kobiet i słabych, lecz gdy przybyłem, opuścił ich i uciekł. Zdaje się, że to samochwalca i tchórz. Dlaczego szukasz kogoś takiego?

– Kłamiesz – rzekła Niënor. – Dzieci Húrina na pewno nie są tchórzami. Nie boimy się ciebie.

Zaśmiał się na to Glaurung, w ten bowiem sposób wystawiła się na jego złośliwość córka Húrina.

– Zatem jesteście głupcami, ty i twój brat – powiedział. – Próżno się przechwalasz. Jam jest bowiem Glaurung!

Wówczas przymusił ją spojrzeniem, by patrzyła mu prosto w oczy, i wola Niënor osłabła. I wydało się dziewczynie, że słońce pobladło, a wszystko wokół zatraciło kształty. Z wolna poczęła ją ogarniać wielka ciemność, a w tej ciemności była pustka. Nic już nie wiedziała, nic nie słyszała i niczego nie pamiętała.

Długo chodził Mablung po salach Nargothrondu, starając się nie zważać na ciemności i odór, lecz nie znalazł ani śladu życia: nic nie poruszało się między walającymi się kośćmi i nikt nie odpowiadał na jego wołania. W końcu, przejęty grozą tego miejsca i obawiając się powrotu Glaurunga, wrócił do Drzwi. Słońce chyliło się już ku zachodowi, a Faroth rzucał mroczne cienie na tarasy i rwące wody rzeki. Lecz Mablungowi wydało się, że daleko pod Amon Ethir dostrzega złowróżbny kształt smoka. Pośpiech i lęk uczyniły powrotną przeprawę przez Narog trudniejszą i bardziej niebezpieczną. Ledwie Mablung zdołał dotrzeć do wschodniego brzegu i ukryć się w cieniu skarpy, do rzeki zbliżył się Glaurung. Poruszał się powoli i ostrożnie, jako że wszystek płonący w nim ogień wygasł i wyczerpała się wielka moc smoka. Teraz pragnął odpoczynku i snu w ciemnościach. Przelazł więc przez wodę i niczym wielki, szary jak popiół wąż podpełzł pod Drzwi, brzuchem rozmazując po ziemi śluz.

Lecz zanim przekroczył próg twierdzy, odwrócił się i spojrzał na wschód. Z jego pyska dobył się stłumiony, lecz straszliwy śmiech Morgotha, niby echo złośliwości, dobiegające z bezdennych czarnych głębi. A potem smok odezwał się zimnym, cichym głosem:

– Kulisz się pod skarpą jak mysz, wspaniały Mablungu! Źle wypełniasz polecenia Thingola. Pośpiesz na wzgórze i zobacz, co się stało z tą, którą powierzono twej pieczy!

To rzekłszy, Glaurung wpełzł do swego legowiska. Słońce zaszło i nad ziemią rozpostarł się chłodem szary zmierzch. Mablung pośpieszył z powrotem do Amon Ethir i gdy wspinał się na wierzchołek, na wschodzie pojawiły się już gwiazdy. Na ich tle ujrzał ciemną i nieruchomą postać, jakby wykutą z kamienia. Była to Niënor. Stała tak, nie słysząc, co do niej mówi, i nie odpowiadając na jego słowa. Lecz gdy na koniec ujął jej dłoń, poruszyła się i pozwoliła się prowadzić. Jednakże gdy tylko puszczał jej rękę, stawała w miejscu.

Zmartwiony i oszołomiony Mablung nie miał innego wyboru, jak poprowadzić Niënor w długą drogę na wschód bez pomocy czy towarzystwa. Jak we śnie szli pogrążoną w mroku nocy równiną. A gdy nastał ranek, Niënor potknęła się i upadła. Leżała nieruchomo, a Mablung usiadł obok niej, pogrążony w rozpaczy.

– Słusznie się bałem tej wyprawy – rzekł. – Wydaje się bowiem, że będzie moją ostatnią. Zginę na pustkowiu z tym nieszczęsnym ludzkim dzieckiem, a w Doriacie imię moje będzie wymawiane ze wzgardą, jeśli dotrą tam kiedykolwiek wieści o naszym losie. Wszyscy inni niewątpliwie zginęli, tylko ją oszczędzono, lecz nie z litości.

Tak odnalazło ich trzech elfów z drużyny Mablunga, która rozpierzchła się w ucieczce przed Glaurungiem. Długo błąkali się we mgle, a gdy się rozproszyła, wrócili na wzgórze. Nie zastawszy tam nikogo, zaczęli szukać drogi do domu. Spotkanie to przywróciło Mablungowi nadzieję; teraz szli już razem, kierując się na północny wschód, gdyż od południa do Doriathu nie prowadził żaden szlak, a strażnikom promów od upadku Nargothrondu nie wolno było przewozić nikogo prócz tych, którzy opuszczali królestwo Thingola.

Wędrowali powoli, jakby prowadzili znużone dziecko. Lecz w miarę, jak oddalali się od Nargothrondu i przybliżali do granic Doriathu, Niënor krok za krokiem nabierała sił. Szła posłusznie, prowadzona za rękę, lecz szeroko otwarte oczy dziewczyny niczego nie widziały, uszy nic nie słyszały, a wargi nie wypowiadały ani słowa.

W końcu, po wielu dniach podróży, dotarli do zachodniej granicy Doriathu, nieco na południe od Teiglinu. Zamierzali przekroczyć linie obronne niewielkiego kraju Thingola za Sirionem i dotrzeć do strzeżonego mostu w pobliżu miejsca, gdzie do Sirionu wpada Esgalduina. Zatrzymali się tam na krótko, ułożyli Niënor na posłaniu z trawy, a ona po raz pierwszy zamknęła oczy. Elfom wydało się, że zasnęła. Wówczas oni także ułożyli się na spoczynek, z wielkiego zmęczenia zaniechawszy ostrożności. Tak zaskoczył ich atak polującej w okolicy bandy orków, jednej z wielu zapuszczających się w owym czasie na te ziemie i grasujących tak blisko granic Doriathu, jak tylko ośmielały się podejść. Gdy zawrzała potyczka, Niënor zerwała się nagle z posłania jak ktoś z nagła obudzony w nocy ze snu i z krzykiem pobiegła w las. Orkowie ruszyli za nią w pogoń, a za nimi elfowie. Lecz w Niënor zaszła dziwna przemiana; dziewczyna biegła teraz szybciej niż inni, mknąc między drzewami niczym łania, a wiatr rozwiewał w pędzie jej włosy. Mablung i jego towarzysze rychło dogonili orków i wycięli ich w pień, po czym znów rzucili się w pogoń za Niënor. Ona jednak zniknęła im z oczu jak zjawa, nie zostawiając żadnych śladów. Nie znaleźli jej, choć szukali wiele dni, zapuszczając się daleko na północ.

Wówczas Mablung, przygnieciony brzemieniem żalu i wstydu, wrócił w końcu do Doriathu.

– Wybierz sobie nowego zwierzchnika myśliwych, panie – rzekł do króla – ja bowiem okryłem się hańbą.

Lecz Meliana odparła:

– Nie, Mablungu. Zrobiłeś wszystko, co było w twej mocy, i żaden inny spośród sług królewskich nie uczyniłby tak wiele. To zły los sprawił, żeś musiał stawić czoło potędze, której nie sprostałby nikt w Śródziemiu.

– Posłałem cię po wiadomości i przyniosłeś je – powiedział Thingol. – Nie jest twoją winą, iż ci, których wieści te najbardziej dotyczą, nie mogą ich usłyszeć. Zaiste, bolesny to koniec rodu Húrina, lecz nie twoim jest on dziełem.

Nie tylko bowiem pozbawiona zmysłów Niënor uciekła na pustkowia, lecz także Morwena zaginęła bez śladu. Ani wówczas, ani potem nie nadeszły do Doriathu ani Dor-lóminu żadne pewne wieści o jej losie. Mimo to Mablung nie chciał spocząć i z niewielką drużyną wyprawił się daleko na pustkowia. Trzy lata wędrował od Ered Wethrin aż po Ujście Sirionu, szukając śladów lub wieści o zaginionych.

Rozdział XV

Niënor w Brethilu

Niënor biegła dalej w las, słysząc za sobą odgłosy pościgu. Zdarła z siebie odzienie, odrzucając je w biegu, aż została całkiem naga. Cały dzień biegła niczym ścigane zwierzę, które boi się przystanąć, by zaczerpnąć oddechu i pędzi naprzód, póki nie pęknie mu serce. Lecz wieczorem jej szaleństwo nagle minęło. Przez chwilę stała nieruchomo, jakby w zdumieniu, a potem, zupełnie wyczerpana, padła jak podcięta w wysokie i gęste paprocie. I zasnęła tam pośród starych liści i świeżych wiosennych pióropuszy, niepomna na nic.

Obudziła się rankiem, ciesząc się światłem jak ktoś świeżo powołany do życia, gdyż wszystko, co widziała, wydawało się jej nowe i dziwne, a niczego nie umiała nazwać. Rozpościerała się bowiem za nią jedynie pusta ciemność, przez którą nie przenikały ani wspomnienia tego, co kiedykolwiek wiedziała, ani choćby echo jakiegoś słowa. Pamiętała jedynie cień strachu, toteż była ostrożna i zawsze szukała kryjówek. Jeśli przestraszył ją jakiś dźwięk czy dostrzeżony ruch, wspinała się na drzewa lub zaszywała w zarośla, szybka niczym wiewiórka albo lis. Zanim ruszyła dalej, długo i płochliwie rozglądała się poprzez liście.

W ten sposób posuwając się w tę samą stronę, w którą przedtem rzuciła się do ucieczki, dotarła nad rzekę Teiglin, gdzie ugasiła pragnienie.

Nie znalazła jednak żadnego pożywienia ani nie wiedziała, jak go szukać. Była głodna i zziębnięta. Ponieważ drzewa po drugiej stronie rzeki wydawały się gęstsze i ciemniejsze – a istotnie takie były, gdyż zaczynał się tam las Brethil – przeprawiła się na drugi brzeg, doszła do zielonego kopca i rzuciła się na ziemię. Była bowiem wyczerpana i zdawało się jej, że ciemność, którą pozostawiła za sobą, znów ją ogarnia, przysłaniając słońce.

Lecz w rzeczywistości była to nadciągająca z południa burza, niosąca błyskawice i czarne, deszczowe chmury. Niënor leżała skulona, przerażona grzmotami, a ulewa chłostała jej nagie ciało. Bez słowa rozglądała się dookoła, jak schwytane w pułapkę dzikie zwierzątko.

Przypadek sprawił, że obok kopca przechodziła w tej godzinie grupka ludzi z Brethilu. Wracali przez Przeprawę na Teiglinie z wypadu przeciw orkom i śpieszyli do pobliskiej kryjówki. Na niebie rozbłysła potężna błyskawica, rozświetlając Haudh-en-Elleth jakby białym płomieniem. Dowodzący oddziałem Turambar cofnął się nagle, zadrżał i zakrył oczy, zdało mu się bowiem, iż na mogile Finduilas zobaczył widmo zabitej dziewczyny.

Lecz jeden z ludzi podbiegł do kopca i zawołał:

– Tutaj, panie! Leży tu młoda kobieta. Żyje!

Turambar zbliżył się i podniósł ją. Z jej mokrych włosów kapała woda. Dziewczyna dygotała, zamknąwszy oczy, i już się nie wyrywała. Zastanawiając się, dlaczego leżała naga, Turambar okrył ją swym płaszczem i zaniósł do myśliwskiej chaty w lesie. Rozpalili tam ogień i owinęli ją kocami, a ona otworzyła wtedy oczy i spojrzała na nich. Kiedy jej spojrzenie padło na Turambara, uśmiechnęła się i wyciągnęła ku niemu rękę, wydawało jej się bowiem, że oto nareszcie znalazła coś, czego szukała w ciemnościach, i ogarnął ją spokój. Turambar ujął dziewczynę za rękę i z uśmiechem powiedział:

– A teraz, pani, czy zechcesz nam wyjawić swe imię i ród, a także, jakie zło cię spotkało?

Potrząsnęła głową i nic nie odrzekła, tylko zaczęła szlochać. Nie niepokoili jej już więcej, dopóki nie zjadła łapczywie tego, co mogli jej dać. Gdy się posiliła, westchnęła i znów złożyła rękę w dłoni Turambara, a on się odezwał:

– Z nami jesteś bezpieczna. Możesz tu spędzić noc, a rankiem zaprowadzimy cię do naszych domów w głębi puszczy. Chcielibyśmy jednak poznać twe imię i ród, abyśmy mogli odnaleźć twoich krewnych i zanieść im wieści. Powiesz, jak się nazywasz?

Ale ona znów nic nie odpowiedziała i zapłakała.

– Nie trap się! – rzekł Turambar. – Może twoja historia jest dla ciebie wciąż zbyt smutna, by ją opowiedzieć. Lecz ja będę cię nazywał Níniel, Dziewczyna we Łzach.

Na dźwięk tego imienia podniosła wzrok i pokręciła głową, lecz powtórzyła:

– Níniel.

Było to pierwsze słowo, jakie wymówiła od czasu, gdy przebudziła się z ciemności. Na zawsze już pozostało ono jej imieniem wśród leśnych ludzi.

Rankiem ponieśli Níniel do Ephel Brandir. Droga wspinała się stromo w górę aż do miejsca, w którym przecinała rwący potok Celebros. Był tam drewniany most, a pod nim potok przelewał się przez wygładzony prądem wody kamienny próg, kipiąc pianą na skalnych stopniach i spadając długą kaskadą do skalnej misy. Wokół unosił się w powietrzu wodny pył niby deszcz. U szczytu wodospadu znajdował się szeroki pas murawy, na którym rosły brzozy, a z mostu otwierał się szeroki widok ku zachodowi na oddalone o jakieś dwie mile jary Teiglinu. Powietrze w tym miejscu zawsze było chłodne; latem wędrowcy chętnie tu odpoczywali i pili zimną wodę. Wodospad nazywał się Dimrost, Deszczowe Schody, lecz od tego dnia nazywano go Nen Girith, Drżąca Woda, bowiem gdy tylko Turambar z towarzyszami tam się zatrzymał, Níniel poczuła zimno i zaczęła drżeć, oni zaś nie zdołali jej rozgrzać ani pocieszyć. Co prędzej ruszyli więc w drogę, lecz nim dotarli do Ephel Brandir, Níniel majaczyła w gorączce.

Długo leżała zmożona chorobą, a Brandir użył wszystkich swych umiejętności, by ją uleczyć. Żony leśnych ludzi czuwały przy niej nocą i za dnia, lecz Níniel odzyskiwała pokój lub cicho zasypiała tylko wtedy, gdy w pobliżu był Turambar. Wszyscy, którzy ją pielęgnowali, zauważyli, że mimo trawiącej ją gorączki nigdy nie wypowiedziała ani słowa w jakimkolwiek języku elfów czy ludzi. A kiedy wreszcie, powoli wracając do zdrowia, znów zaczęła chodzić i jeść, kobiety z Brethilu musiały ją uczyć mowy słowo po słowie, jak dziecko. Lecz uczyła się szybko i z wielką radością jak ktoś, kto odnajduje zagubione wielkie i małe skarby. Gdy w końcu umiała już tyle, by rozmawiać z przyjaciółmi, pytała:

– Jak się to zwie? Zagubiłam tę nazwę w ciemności.

Kiedy zaś mogła się już swobodnie poruszać, przychodziła do domu Brandira, najchętniej bowiem uczyła się nazw wszystkich żywych istot, a on wiele o nich wiedział. Razem spacerowali po ogrodach i polanach.

Wówczas Brandir pokochał ją, a ona, skoro już nabrała sił, często służyła utykającemu ramieniem i nazywała swym bratem. Lecz serce oddała Turambarowi; twarz jej rozjaśniała się uśmiechem tylko wtedy, kiedy się zbliżał, a śmiała się jedynie, gdy on mówił coś wesołego.

Pewnego wieczoru, w czas złotej jesieni, siedzieli we dwoje z Turambarem, a słońce rzucało ognisty blask na zbocze wzgórza i na domy Ephel Brandir. Panował głęboki spokój.

– Znam już imiona wszystkiego, tylko nie twoje. Jak ty się nazywasz? – zapytała Níniel.

– Turambar – odrzekł.

Zamilkła, jakby nasłuchując jakiegoś echa. A po chwili rzekła:

– A co to znaczy? Czy może jest to imię tylko dla ciebie?

– Znaczy to Pan Mrocznego Cienia. Bowiem ja też, Níniel, przeszedłem przez ciemności, w których zaginęło to, co kochałem. Lecz sądzę, że je przemogłem.

– Czy także próbowałeś im umknąć, biegnąc przed siebie, aż przybyłeś w te piękne lasy? – spytała. – Kiedy im umknąłeś, Turambarze?

– Tak – odparł. – Uciekałem wiele lat. I umknąłem im, gdy ty uciekłaś. Zanim przybyłaś do nas, Níniel, panował tu mrok, ale od tamtej pory już zawsze jest jasno. I zdaje mi się, że to, czego na próżno szukałem, nareszcie do mnie przyszło.

A wracając o zmierzchu do swego domu, powiedział sobie w duchu: „Haudh-en-Elleth! Przybyła z tego zielonego kopca. Czy to znak? Jak powinienem go odczytać?”

Ten złocisty rok miał się już ku końcowi i nadeszła łagodna zima, a potem następny jasny rok. W Brethilu panował pokój i leśni ludzie nie opuszczali swych siedzib, toteż nie docierały do nich wieści z okolicznych krain. Orkowie, podążający wówczas na południe pod mroczne rządy Glaurunga lub posyłani na przeszpiegi nad granice Doriathu, omijali Przeprawę na Teiglinie i kierowali się ku zachodowi, trzymając się z dala od rzeki.

Níniel wróciła już zupełnie do zdrowia, wypiękniała i nabrała sił. Turambar nie powstrzymywał się już dłużej i poprosił, by go poślubiła. Uradowała się Níniel, lecz gdy Brandir się o tym dowiedział, serce w nim zamarło. Odezwał się do niej w te słowa:

– Nie śpiesz się! I nie miej mi za złe, jeśli doradzę ci zwłokę.

– Nic, co czynisz, nie jest złe – odparła. – Ale dlaczego dajesz mi taką radę, mądry bracie?

– Mądry bracie? – odpowiedział. – Raczej kulawy bracie, niekochany i niepiękny. I właściwie nie wiem, dlaczego. Jednak nad tym człowiekiem rozpościera się cień i to napełnia mnie lękiem.

– Wisiał nad nim cień – rzekła Níniel – i Turambar sam mi o tym powiedział. Lecz uwolnił się od niego, tak jak ja. A czyż nie jest wart miłości? Chociaż teraz wiedzie spokojne życie, czyż nie był kiedyś wielkim dowódcą, na którego widok umykali wszyscy nasi wrogowie?

– Kto ci o tym powiedział? – spytał Brandir.

– Dorlas – odparła. – Czy nie rzekł prawdy?

– Tak, to prawda – powiedział Brandir z niezadowoleniem, gdyż Dorlas przewodził grupie tych, co chcieli wojować z orkami. Jednak nadal szukał powodów, by opóźnić decyzję Níniel, rzekł zatem: – To prawda, lecz nie cała. Był on dowódcą Nargothrondu, dokąd przybył z północy. Jak mówią, jest synem Húrina z Dor-lóminu, z bitnego rodu Hadora. – Widząc cień, który przemknął po jej twarzy na dźwięk tego imienia, opacznie to zrozumiał i dodał: – Tak, Níniel, słusznie możesz uważać, że ktoś taki zapewne rychło wróci na wojnę, może w jakiejś odległej krainie. A jeśli tak się stanie, jak długo zdołasz to znieść? Bądź ostrożna, bo mam przeczucie, że jeśli Turambar znów wyruszy do walki, ogarnie go Cień.

– Źle bym to zniosła – odparła – lecz wcale nie lepiej, będąc niezamężną niż poślubioną. A możliwe, że żona lepiej będzie go umiała powstrzymać i nie da przystępu cieniowi.

Zaniepokoiły ją jednak słowa Brandira, toteż poprosiła Turambara, by jeszcze trochę zaczekał. Zdziwiło go to i przygnębiło, gdy zaś dowiedział się od Níniel, że to Brandir doradził jej zwłokę, nie był zadowolony.

Kiedy przyszła następna wiosna, rzekł Turambar do Níniel:

– Czas płynie. Zwlekaliśmy i ja już dłużej nie chcę czekać. Czyń, co ci nakazuje serce, najdroższa Níniel, lecz zrozum, że taki mam wybór przed sobą: albo wrócić na pustkowia i prowadzić tam wojnę, albo cię poślubić i nigdy już nie walczyć, chyba że w twojej obronie, jeśli jakieś zło zagrozi naszemu domowi.

Wówczas Níniel uradowała się i przysięgła Turambarowi miłość. Pobrali się w środku lata, a leśni ludzie wyprawili wielką ucztę i podarowali nowożeńcom piękny dom, który dla nich wybudowali na Amon Obel. Níniel i Turambar zamieszkali tam w szczęściu, lecz Brandira gnębił niepokój, a cień okrywający mu serce gęstniał.

Rozdział XVI

Nadejście Glaurunga

Moc i złość Glaurunga szybko rosły, podobnie jak jego cielsko. Zgromadził wokół siebie orków i rządził jako król-smok, wziąwszy we władanie całe dawne królestwo Nargothrondu. Zanim skończył się ów rok, trzeci rok pobytu Turambara wśród leśnych ludzi, smok zaczął napadać na ich ziemie, które przez czas jakiś cieszyły się pokojem. I Glaurung, i jego Władca dobrze bowiem wiedzieli, że w Brethilu mieszkają ostatni wolni ludzie – ci, co ocaleli z Trzech Rodów, które przeciwstawiły się potędze Północy. Tego zaś ich wrogowie nie mogli ścierpieć, celem Morgotha było bowiem ujarzmienie całego Beleriandu i przeszukanie każdego zakątka, by nie ostała się żadna kryjówka czy szczelina, gdzie mógłby skryć się ktoś, kto nie byłby jego niewolnikiem. A zatem nie ma większego znaczenia, czy Glaurung się domyślał, gdzie Túrin znalazł schronienie, czy też – jak utrzymują niektórzy – istotnie syn Húrina zdołał na ten czas umknąć śledzącemu go oku Zła. Rady Brandira musiały się koniec końców okazać daremne i Turambar tylko jedno z dwojga mógł uczynić: albo siedzieć bezczynnie, czekając, aż zostanie odkryty i wypłoszony jak szczur, albo od razu ruszyć do walki i tym samym się zdradzić.

Gdy do Ephel Brandir dotarły pierwsze wieści o zbliżających się orkach, Turambar nie wyruszył w pole, ulegając błaganiom Níniel. Rzekła bowiem:

– Nic jeszcze nie zagraża naszym domom, tak jak mówiłeś. Podobno orków jest niewielu. Dorlas mówił mi, że nim tu przyszedłeś, takie potyczki zdarzały się często, a leśni ludzie zawsze utrzymywali napastników z dala od swych siedzib.

Lecz tym razem ludzie ulegli, orkowie bowiem, z którymi przyszło im walczyć, pochodzili z okrutnego plemienia, byli dzicy i przebiegli. Przybyli rzeczywiście po to, by zająć las Brethil, a nie, jak poprzednio bywało, przejść jego skrajem czy też małymi grupami prowadzić łowy. Toteż Dorlas i jego ludzie ponieśli duże straty i zostali zmuszeni do ucieczki, a orkowie przekroczyli Teiglin i wdarli się daleko w głąb puszczy. Dorlas przyszedł do Turambara, pokazał mu swe rany i powiedział:

– Patrz, panie, nie myliło mnie przeczucie: oto po dniach złudnego pokoju przyszedł czas, że znaleźliśmy się w potrzebie. Czy nie prosiłeś, byśmy cię uważali za jednego z nas, a nie za obcego? Czy to niebezpieczeństwo nie zagraża także i tobie? Jeśli bowiem orkowie zapuszczą się dalej na nasze ziemie, nie zdołamy ocalić swych domów.

Wstał Turambar na te słowa, chwycił swój miecz Gurthang i wyruszył do bitwy. Kiedy zaś leśni ludzie dowiedzieli się o tym, nabrali wielkiej otuchy i zbiegli się do niego, aż zebrał się oddział liczący wiele setek wojowników. Przeszukali las, zabijając wszystkich orków, którzy się zapuścili w te strony, i powiesili ich trupy na drzewach w pobliżu Przeprawy na Teiglinie. A gdy zaatakowała ich nowa horda, zwabili ją w pułapkę i doszczętnie rozgromili. Orkowie byli zaskoczeni zarówno liczebnością ludzi, jak i powrotem straszliwego Czarnego Miecza. Wielu z nich zginęło. Po bitwie leśni ludzie wznieśli wielkie stosy i spalili ciała żołnierzy Morgotha, a dym pomsty wzniósł się czarną chmurą w niebo i popłynął z wiatrem na zachód. Niewielu orków dotarło do Nargothrondu z wieścią o klęsce.

Wówczas gniew ogarnął Glaurunga, lecz smok jeszcze przez czas jakiś nie opuszczał legowiska, spokojnie zastanawiając się nad tym, co usłyszał. Tak więc zima minęła w pokoju i ludzie mówili: „Potężny jest Czarny Miecz z Brethilu, który pokonał wszystkich naszych wrogów". Níniel, pokrzepiona na duchu, radowała się sławą Turambara, lecz on siedział pogrążony w myślach, mówiąc sobie: „Kości zostały rzucone. Teraz pora na próbę, w której moje przechwałki albo się sprawdzą, albo okażą się czcze. Nie będę już uciekał. Zaiste, będę Turambarem: siłą woli i męstwem pokonam mój los albo zginę. Ale czy spadając z konia, czy utrzymując się w siodle, przynajmniej zabiję Glaurunga".

Turambar był jednak niespokojny, wysyłał więc swych najdzielniejszych ludzi na dalekie zwiady. Bowiem choć w rzeczywistości nie padło o tym ani jedno słowo, zarządzał teraz wszystkim wedle swej woli, jakby to on był władcą Brethilu. Brandira nikt już nie słuchał.

Wraz z wiosną nadeszła nadzieja i ludzie śpiewali przy pracy. Tej wiosny Níniel poczęła dziecko. Zmizerniała i pobladła, a cała jej radość przygasła. Wkrótce też ludzie, którzy zapuszczali się za Teiglin, zaczęli przynosić dziwne wieści. Mówili, że daleko w lasach na równinie rozpościerającej się przed Nargothrondem wybuchają wielkie pożary. Wszyscy się zastanawiali, co to może oznaczać.

Nie minęło wiele czasu, gdy nadeszły kolejne nowiny: pożary stale przesuwają się na północ, a roznieca je sam Glaurung. Wychynął bowiem z Nargothrondu, mając zapewne jakis plan. Wówczas co bardziej nierozsądni lub żywiący większą nadzieję mówili: „Jego armia została rozgromiona, więc w końcu zmądrzał i wraca, skąd przybył". A inni powiadali: „Miejmy nadzieję, że nas ominie".

Lecz Turambar nie łudził się nadzieją, wiedząc, iż Glaurung nadciąga, szukając właśnie jego. Toteż, nic nie mówiąc Níniel, całymi dniami i nocami zastanawiał się, co czynić. Tymczasem wiosna zmieniła się w lato.

Pewnego razu do Ephel Brandir wróciło dwóch przerażonych ludzi, którzy widzieli samego Wielkiego Gada.

– Zaiste, panie – rzekli do Turambara – smok zbliża się już do Teiglinu i nie zbacza z drogi. Widzieliśmy go, jak leżał pośród wielkiego pogorzeliska, a drzewa wokół niego dymiły. Nie sposób znieść jego smrodu. I mniemamy, że jego obmierzły ślad ciągnie się całymi milami od Nargothrondu prostym szlakiem prosto do nas. Cóż należy czynić?

– Niewiele – odparł Turambar – ale i nad tym długo już się zastanawiam. Wieści, które mi przynosicie, budzą we mnie raczej nadzieję niż strach. Jeśli istotnie, jak mówicie, smok zdąża wprost ku nam, nie zbaczając z drogi, to mam radę dla nieustraszonych serc.

A ludzie zastanawiali się nad jego słowami, bowiem nic więcej wtedy nie powiedział, ale też nabrali otuchy, widząc jego nieugiętą wolę.

Rzeka Teiglin płynęła w taki oto sposób: spadała z Ered Wethrin wartkim nurtem jak Narog, lecz z początku toczyła swe wody między niskimi brzegami, by za Przeprawą, zasilona strumieniami, wryć się rozpadliną w podnóże płaskowyżu, na którym rósł las Brethil. Od tego miejsca rzeka płynęła głębokimi wąwozami wśród wyniosłych skalnych ścian, a uwięzione między nimi wody rwały z wielką siłą i hukiem. Taki właśnie parów znajdował się na drodze Glaurunga, na północ od miejsca, gdzie Celebros wpada do Teiglinu. Nie był to wcale najgłębszy z wąwozów, lecz za to najwęższy. W to miejsce wysłał Turambar trzech odważnych ludzi, by z krawędzi urwiska obserwowali ruchy smoka. Sam zaś zamierzał udać się do wodospadu Nen Girith, dokąd mogły szybko dotrzeć wieści i skąd rozciągał się widok na całą okolicę.

Przedtem jednak zgromadził w Ephel Brandir mieszkańców lasu i przemówił do nich tymi słowy:

– Ludu Brethilu! Zagraża nam śmiertelne niebezpieczeństwo, które tylko wtedy zdołamy odwrócić, gdy okażemy wielkie męstwo. Nie ma teraz znaczenia, ilu nas jest. Musimy walczyć przebiegłością i mieć nadzieję na szczęśliwy los. Gdybyśmy stanęli przeciw smokowi całą naszą siłą, tak jak przeciwko armii orków, jedynie śmierć byśmy sobie zgotowali i tym samym pozbawili obrony nasze rodziny. Dlatego powiadam wam: winniście zostać tutaj i gotować się do ucieczki. Kiedy bowiem nadciągnie Glaurung, trzeba będzie opuścić to miejsce i rozproszyć się po całej krainie. W ten sposób być może niektórzy z was uciekną i zachowają życie. Smok bowiem, jeśli tylko zdoła, niewątpliwie zniszczy naszą warownię i tych wszystkich, których wytropi. Potem jednak tu pozostać nie zechce. Wszystkie jego skarby są w Nargothrondzie, tam też znajdują się podziemne komnaty, w których może bezpiecznie leżeć i się rozrastać.

Wówczas ludzi ogarnął niepokój i wielkie przygnębienie, pokładali bowiem ufność w Turambarze i spodziewali się usłyszeć słowa budzące większą nadzieję. On zaś rzekł:

– To jest jednak najgorsza rzecz, jaka może się zdarzyć. Nie dojdzie do tego, jeśli moja rada okaże się dobra, a los będzie mi sprzyjał. Wierzę, iż można smoka pokonać, choć wraz z upływem lat wzrasta jego siła i złość. Wiem o nim parę rzeczy. Moc jego spoczywa raczej w przepełniającym go złym duchu niż w potędze ciała, choć jest ona wielka. Otóż posłuchajcie teraz historii, którą opowiedzieli mi ci, co walczyli w roku Nirnaeth, gdy większość z nas była jeszcze dziećmi. Na owym polu krasnoludowie mu się oparli, a Azaghâl z Belegostu ukłuł go tak głęboko, że smok umknął do Angbandu. Lecz oto jest cierń ostrzejszy i dłuższy od noża Azaghâla.

Z tymi słowy Turambar wyszarpnął Gurthanga z pochwy i uniósł wysoko nad głowę, a patrzącym zdało się, iż z ręki Turambara płomień strzelił na wiele stóp w powietrze. Wówczas wykrzyknęli donośnie:

– Czarny Cierń Brethilu!

– Czarny Cierń Brethilu – powtórzył Turambar. – Zaiste, powinien się go obawiać. Wiedzcie bowiem, że bez względu na to, jak wspaniały jest jego twardszy od żelaza rogowy pancerz, zgubą tego smoka, oraz jego potomstwa, jak się powiada, jest wężowy brzuch. I dlatego, ludu Brethilu, udam się teraz na poszukiwanie brzucha Glaurunga. Kto pójdzie ze mną? Potrzebuję tylko paru ludzi o silnych ramionach i jeszcze silniejszej woli.

Na to wystąpił Dorlas i powiedział:

– Ja pójdę z tobą, panie, zawsze bowiem wolałem ruszyć na wroga niż na niego czekać.

Lecz inni nie byli tak skorzy do odpowiedzi na wezwanie; ogarnęła ich trwoga przed Glaurungiem, jako że opowieści zwiadowców, którzy go widzieli, krążyły między ludźmi i obrastały w coraz to nowe szczegóły. Dorlas wykrzyknął wówczas:

– Słuchaj, ludu Brethilu, dobrze teraz widać, że daremne były rady Brandira w ten zły czas. Nie ma ratunku w ukrywaniu się. Czy żaden z was nie chce zająć miejsca syna Handira, by ród Halethy nie okrył się hańbą?

Tak oto został wyszydzony Brandir, który, siedząc na wysokim miejscu przywódcy zgromadzenia, istotnie nie miał posłuchu. Gorzko zabrzmiały w jego uszach te słowa, Turambar bowiem nie skarcił Dorlasa. Wstał jednak niejaki Hunthor, krewniak Brandira, i przemówił:

– Źle czynisz, Dorlasie, szydząc tak z naszego przywódcy, którego członki przez nieszczęśliwy przypadek nie mogą służyć mu tak, jak chciałoby jego serce. Strzeż się, byś przez jakąś odmianę losu nie doświadczył czegoś przeciwnego! I jak można mówić, że daremne były jego rady, skoro nikt ich nie słuchał? Ty, jego poddany, zawsze lekce je sobie ważyłeś. Powiadam ci, że Glaurung dlatego teraz ku nam zmierza, jak przedtem do Nargothrondu, bo zdradziły nas nasze czyny, tak jak się tego lękał Brandir. Lecz ponieważ to nieszczęście już nadeszło, za twoim pozwoleniem, synu Handira, pójdę bronić honoru rodu Halethy.

Rzekł na to Turambar:

– Trzech wystarczy! Was dwóch wezmę. Lecz wiedz, panie, że nie pogardzam tobą. Spójrz! Musimy wyruszyć w wielkim pośpiechu, a nasz cel będzie wymagał sprawności ciała. Mniemam, że twoje miejsce jest z twoim ludem. Bowiem jesteś mądry i znasz sztukę uzdrawiania, a może się zdarzyć, iż niedługo mądrość i wiedza lecznicza będą bardzo potrzebne.

Lecz słowa te, choć tak piękne, przepełniły Brandira jeszcze większą goryczą. Odezwał się do Hunthora:

– Idź więc, ale bez mojego pozwolenia. Bowiem cień zawisł nad tym człowiekiem, który doprowadzi was do złego końca.

Turambar chciał czym prędzej wyruszyć, lecz gdy przyszedł do Níniel, aby się z nią pożegnać, przytuliła się do niego, płacząc rozpaczliwie.

– Nie idź, Turambarze, błagam cię! – rzekła. – Nie rzucaj wyzwania cieniowi, od którego uciekłeś! Nie, nie, uciekaj i weź mnie ze sobą!

– Najdroższa Níniel – odparł – ani ty, ani ja nie możemy już dłużej uciekać. Jesteśmy osaczeni w tej krainie. A nawet gdybym odszedł, opuszczając ludzi, którzy obdarzyli nas przyjaźnią, wywiódłbym cię jedynie na pustkowia, bez domu, ku pewnej śmierci twojej i naszego dziecka. Sto staj dzieli nas od krain, do których nie sięgnął jeszcze cień. Lecz nie upadaj na duchu, Níniel. Bowiem powiadam ci: ani ty, ani ja nie zginiemy zabici przez tego smoka ani przez jakiegokolwiek wroga z Północy.

Słysząc to, Níniel przestała szlochać i zamilkła, lecz jej pocałunek przy rozstaniu był zimny.

Wówczas Turambar z Dorlasem i Hunthorem wyruszyli co rychlej do Nen Girith, a gdy przybyli na miejsce, słońce chyliło się ku zachodowi i cienie się wydłużyły. Czekało tam na nich ostatnich dwóch zwiadowców.

– Przybywasz w ostatniej chwili, panie – rzekli. – Bowiem smok posuwa się dalej i już po naszym odejściu osiągnął brzeg Teiglinu, skąd patrzył złowróżbnie w naszą stronę. Porusza się także nocą i ataku możemy się spodziewać przed świtem.

Turambar spojrzał nad wodospady Celebrosu i zobaczył zachodzące słońce oraz czarne słupy dymu wznoszące się nad rzeką.

– Nie ma czasu do stracenia – rzekł – choć pomyślne są to wieści. Bowiem lękałem się, że będzie szukał, krążąc dokoła, gdyby zaś udał się na północ i dotarł do Przeprawy, a tym samym do starego traktu na niziny, zginęłaby wszelka nadzieja. Lecz teraz duma i złość gnają go prosto naprzód.

Lecz mówiąc to, zastanawiał się w duchu: „A może ten nikczemny stwór celowo unika Przeprawy, tak jak orkowie? Haudh-en-Elleth! Czy Finduilas nadal stoi między mną a moim przeznaczeniem?"

Potem zwrócił się do swych towarzyszy i powiedział:

– Takie oto leży teraz przed nami zadanie. Musimy jeszcze nieco poczekać, gdyż zbytni pośpiech byłby równie zgubny, jak nadmierna zwłoka. Gdy zapadnie zmierzch, musimy z najwyższą ostrożnością przekraść się do Teiglinu. Lecz strzeżcie się! Bowiem słuch Glaurunga jest równie ostry jak jego zabójczy wzrok. Jeśli dotrzemy do rzeki niezauważeni, trzeba nam będzie zejść na dno wąwozu i przejść przez wodę. W ten sposób staniemy na drodze, jaką gad musi obrać, gdy ruszy dalej.

– Lecz w jaki sposób to uczyni? – spytał Dorlas. – Może i jest gibki, ale to ogromny smok. W jaki sposób zejdzie z jednego urwiska i wejdzie na przeciwległe zbocze, gdy przodem będzie się już wspinać, podczas gdy resztą tułowia będzie jeszcze schodził w dół? A jeśli to potrafi, po cóż mamy tkwić w tej spienionej wodzie?

– Może potrafi tego dokonać – odparł Turambar – i jeśli istotnie tak się stanie, źle będzie z nami. Lecz z tego, co wiemy o nim i o miejscu, w którym zaległ, czerpię nadzieję, iż jego zamiary są inne. Dotarł do krawędzi Cabed-en-Aras, a powiadacie, że kiedyś przeskoczył tę przepaść jeleń uciekający przed myśliwymi Halethy. Smok osiągnął teraz tak wielkie rozmiary, iż sądzę, że tam będzie próbował przerzucić swe cielsko na drugą stronę. W tym cała nasza nadzieja.

Na te słowa zadrżało serce Dorlasa, bowiem lepiej od innych znał całą ziemię Brethilu, a Cabed-en-Aras było ponurym miejscem. Od wschodu wznosiła się na jakieś czterdzieści stóp stroma skała, naga, lecz porośnięta drzewami u szczytu. Po drugiej stronie brzeg był niższy i nieco mniej stromy, okryty drzewami i zaroślami. Pomiędzy tymi dwiema ścianami płynęła po kamieniach rwąca woda i choć za dnia mógł ją przebyć człowiek śmiały i pewnie stąpający, to ważyć się na to nocą było bardzo niebezpiecznie. Lecz Turambar tak postanowił i powstrzymywanie go nie zdałoby się na nic.

Wyruszyli zatem o zmroku, lecz nie skierowali się prosto ku leżu smoka. Najpierw obrali ścieżkę do Przeprawy, a potem, zanim jeszcze tam dotarli, skręcili w wąską ścieżkę prowadzącą na południe i weszli w mroczne lasy powyżej Teiglinu. Gdy zbliżali się krok po kroku do Cabed-en-Aras, często przystając i nasłuchując, doszedł ich swąd spalenizny i smoczy odór, od którego ogarniały ich mdłości. Wszystko trwało w śmiertelnym bezruchu i żaden podmuch nie mącił powietrza. Przed nimi na wschodzie rozbłysły pierwsze gwiazdy, a w gasnącym świetle zachodu widać było unoszące się prosto w niebo nieruchome pasma dymu.

Gdy Turambar odszedł, Níniel zastygła w milczeniu jak skamieniała. Zbliżył się do niej Brandir i rzekł:

– Nie bój się najgorszego, Níniel, póki nie musisz. Czyż jednak nie radziłem ci, byś zaczekała?

– Radziłeś – odparła. – Ale jaki teraz miałabym z tego pożytek? Wszak miłość, choćby i niezaślubiona, może być cierpliwa i wiele przetrzymać.

– To wiem – rzekł Brandir. – Jednak zaślubiny nie są czczym gestem.

– Nie – odparła Níniel. – Bowiem już dwa miesiące noszę jego dziecko. Lecz nie wydaje mi się, że bardziej teraz się lękam o Turambara niż dawniej. Nie pojmuję cię.

– Ani ja sam siebie – odrzekł. – A jednak czegoś się obawiam.

– Jakim wspaniałym jesteś pocieszycielem! – zawołała. – Lecz wiedz, Brandirze, przyjacielu mój, że niezależnie od tego, czy jestem żoną czy panną, matką czy dziewicą, dłużej już tego lęku nie zniosę. Pan Losu wyruszył, by gdzieś daleko stąd zmierzyć się ze swym przeznaczeniem, a ja mam tu siedzieć i wyczekiwać nierychłych wieści, pomyślnych czy też złych? Możliwe, iż tej nocy spotka się on ze smokiem; jakże mam spędzić te straszne godziny?

– Nie wiem – odparł Brandir – lecz godziny te muszą jakoś przeminąć, zarówno dla ciebie, jak i dla żon tych, co z nim poszli.

– Niech czynią, co im serca dyktują! – zawołała. – Lecz ja wyruszę w drogę. Żadna odległość nie zdoła rozdzielić mnie i mego pana, kiedy zagraża mu niebezpieczeństwo. Wyjdę na spotkanie wieści!

Na te słowa Brandira ogarnęło przerażenie. Zawołał:

– Nie uczynisz tego, jeśli tylko zdołam cię powstrzymać. W ten bowiem sposób zaprzepaścisz wszelkie dobre rady. Jeśli stanie się najgorsze, odległość, o której mówisz, może nam dać czas na ucieczkę.

– Jeśli stanie się najgorsze, nie będę chciała uciekać – odparła Níniel. – Teraz zaś daremna jest twoja mądrość, nie powstrzymasz mnie.

To rzekłszy, wystąpiła przed ludzi wciąż jeszcze zgromadzonych na dziedzińcu Ephel i krzyknęła:

– Ludu Brethilu! Nie będę tu czekać. Jeśli memu panu się nie powiedzie, to próżne okażą się wszelkie nasze nadzieje. Wasze ziemie i lasy spłoną, a domy obrócą się w zgliszcza i nikt, nikt się nie uratuje. Po cóż więc zwlekać? Ruszam na spotkanie tego, co ześle mi los. Niech wszyscy ci, co myślą podobnie, pójdą ze mną!

Wielu postanowiło wówczas wyruszyć z Níniel: żony Dorlasa i Hunthora dlatego, że ci, których kochały, poszli z Turambarem, inni zaś, bo litowali się nad Níniel i chcieli okazać jej przyjaźń; byli także ludzie na tyle odważni lub głupi, że niewiele wiedząc o złej naturze smoka, dali się zwabić pogłoskom o jego przybyciu i spodziewali się ujrzeć czyny niezwykłe i chwalebne. Tak wielkie mieli bowiem wyobrażenie o Czarnym Mieczu, iż nieliczni tylko obawiali się, że może on ulec Glaurungowi. Toteż wkrótce wyruszyli śpiesznie wielką gromadą ku niebezpieczeństwu, którego nie pojmowali. Mało odpoczywając po drodze, dotarli w końcu do Nen Girith tuż po zapadnięciu nocy, krótko po tym, jak Turambar opuścił to miejsce. Lecz noc to najlepszy doradca chłodzący zapał i wielu dziwiło się teraz własnemu brakowi rozwagi. Kiedy zaś usłyszeli od zwiadowców, którzy tam pozostali, jak blisko znajduje się Glaurung i jak desperacki jest plan Turambara, ochłodły ich serca i nie śmieli posuwać się dalej. Niektórzy niespokojnym wzrokiem szukali Cabed-en-Aras, lecz niczego nie dostrzegli i nie usłyszeli oprócz obojętnego głosu wodospadu. A Níniel usiadła na uboczu, drżąc cała jak liść na wietrze.

Gdy Níniel odeszła ze swą gromadą, Brandir rzekł do tych, co pozostali:

– Patrzcie, jak się mną pogardza i lekceważy wszystkie moje rady! Wybierzcie sobie na przywódcę kogoś innego, zrzekam się bowiem mego zwierzchnictwa i wyrzekam mego ludu. Niechaj Turambar będzie waszym władcą także z nazwy, skoro i tak przejął całe moje rządy. Niech nikt już nigdy nie szuka u mnie ani rady, ani leków!

To rzekłszy, złamał swą laskę. A w duchu tak sobie powiedział: „Teraz nic mi już nie pozostało prócz miłości do Níniel. Muszę iść tam, dokąd ona się uda, podążając za głosem rozsądku lub szaleństwa. W tej mrocznej godzinie niczego nie da się przewidzieć, lecz łacno może się zdarzyć, iż nawet ja zdołam osłonić ją przed niebezpieczeństwem, jeśli się znajdę w pobliżu".

Przypasał zatem krótki miecz, co czynił rzadko, wziął kulę, co prędzej wyszedł za bramę Ephel i pokuśtykał za innymi długą ścieżką prowadzącą w dół ku zachodniemu pograniczu Brethilu.

Rozdział XVII

Śmierć Glaurunga

Gdy nad ziemią zapadła głęboka noc, Turambar dotarł w końcu ze swymi towarzyszami do Cabed-en-Aras. Byli zadowoleni z wielkiego hałasu, jaki czyniła woda, bo choć zapowiadał on leżące w dole niebezpieczeństwo, zagłuszał wszelkie inne dźwięki. Wówczas Dorlas poprowadził ich nieco w bok, na południe. Natrafiwszy tam na szczelinę, zeszli nią na dół, do podnóża urwiska. Tu, na widok rzeki szczerzącej się wielkimi głazami, wokół których pieniła się wściekle woda, zadrżało Dorlasowi serce.

– To pewna droga do śmierci – rzekł.

– To jedyna droga, do śmierci czy do życia – odparł Turambar – a zwłoka nie uczyni jej bezpieczniejszą. Ruszajcie zatem w moje ślady!

Poszedł przodem i dzięki zręczności i odwadze, a może szczęśliwemu losowi, przeszedł na drugi brzeg. Odwrócił się w mroku, by zobaczyć, kto idzie za nim. Stanęła przy nim ciemna postać.

– Dorlas? – zapytał.

– Nie, to ja – odparł Hunthor. – Dorlasowi chyba nie stało odwagi. Można bowiem kochać wojaczkę i lękać się wielu rzeczy. Siedzi zapewne na brzegu, trzęsąc się ze strachu. Niechaj ogarnie go wstyd za słowa, które wypowiedział wobec mego krewniaka.

Turambar i Hunthor usiedli, by nieco odpocząć, lecz rychło odczuli nocny chłód, gdyż obaj byli przemoczeni. Zaczęli więc szukać wzdłuż strumienia drogi na północ, ku legowisku Glaurunga. Przepaść zwężała się tam i robiła coraz mroczniejsza, a postępując naprzód widzieli nad sobą migotanie jakby tlącego się ognia i słyszeli chrapanie Wielkiego Smoka pogrążonego w czujnym śnie. Poczęli się wspinać po omacku, by dotrzeć pod samą krawędź, całą bowiem nadzieję pokładali w uderzeniu na nieprzyjaciela od dołu, skąd nie spodziewał się ataku. Lecz smród był już tak wstrętny, że zakręciło im się w głowach, obsunęli się w dół i, uchwyciwszy się młodych drzewek, stoczyli walkę z własnymi żołądkami, zapominając w swej niedoli o całym strachu prócz tego, by nie spaść w paszczę Teiglinu.

Wówczas Turambar rzekł do Hunthora:

– Na próżno zużywamy resztki sił. Nie warto się bowiem wspinać, póki nie wiemy, w którym miejscu smok się przeprawi.

– Lecz gdy się dowiemy – odparł Hunthor – nie będzie już czasu, by szukać drogi z przepaści.

– To prawda – rzekł Turambar. – Gdzie jednak wszystko zależy od przypadku, musimy przypadkowi zaufać.

Zatrzymali się zatem, obserwując z ciemnego jaru białą gwiazdę pełznącą wysoko po skrawku nieba. Turambar z wolna zapadł w sen, całą siłą woli kurczowo trzymając się gałęzi, choć wciągała go czarna fala, szarpiąc za ręce i nogi.

Wtem rozległ się wielki hałas, od którego zadrżały i rozbrzmiały echem ściany przepaści. Turambar otrząsnął się i rzekł do Hunthora:

– Smok się budzi. Wybiła nasza godzina. Uderz głęboko, bowiem teraz dwóch musi uderzyć za trzech!

Wtedy Glaurung rozpoczął atak na Brethil i niemal wszystko potoczyło się zgodnie z nadziejami Turambara. Ciężki smok przyczołgał się powoli do krawędzi przepaści i nie zawrócił, lecz gotował się do przerzucenia przez wąwóz swych ogromnych przednich łap, by potem przeciągnąć całe cielsko. Wraz z nim nadciągała groza, jako że nie przechodził tuż nad przyczajonymi śmiałkami, ale nieco na północ od nich, więc widzieli od spodu ogromny cień jego głowy na tle gwiazd. Pysk miał rozwarty, a w nim siedem jęzorów ognia. Wtem buchnął płomieniem, tak że wąwóz cały wypełnił się czerwonym blaskiem, a czarne cienie umknęły pomiędzy skały. Drzewa rosnące na jego drodze zwiędły i poszły z dymem, a do rzeki potoczyły się z hukiem kamienie. Wówczas smok rzucił się w przód, chwycił się potężnymi szponami przeciwległego stoku i zaczął przeciągać tułów na drugi brzeg.

Teraz nadszedł czas na czyny śmiałe i szybkie, bo choć Turambar i Hunthor uniknęli płomieni, nie znajdowali się bowiem na drodze Glaurunga, musieli przecież do niego dotrzeć, zanim przejdzie nad przepaścią, jeśli nie chcieli pogrzebać wszelkiej nadziei. Nie zważając zatem na niebezpieczeństwo, Turambar przedarł się wzdłuż ściany urwiska pod samego smoka, lecz panował tam taki żar i smród, że zachwiał się i byłby spadł, gdyby Hunthor, odważnie podążający za nim, nie chwycił go za ramię.

– O, mężne serce! – rzekł Turambar. – Szczęśliwy był to wybór, który dał mi ciebie na pomocnika!

Lecz gdy jeszcze mówił, wielki kamień spadł z góry i uderzył Hunthora w głowę. Runął on do wody i tak zakończył życie ten najmężniejszy z potomków rodu Halethy. Wówczas wykrzyknął Turambar:

– Biada! Źle jest kroczyć w moim cieniu! Dlaczegóż szukałem pomocy? Bowiem jesteś teraz sam, o Panie Losu, co musiało się zdarzyć i co powinieneś wiedzieć od początku. Teraz zwyciężaj sam!

Przywołał całą swą wolę, całą nienawiść do smoka oraz jego pana i nagle odkrył w sobie moc ducha i ciała, jakiej dotychczas nie znał. Wspiął się po ścianie, posuwając się od kamienia do kamienia, od korzenia do korzenia, aż w końcu chwycił się rosnącego tuż poniżej krawędzi urwiska cienkiego drzewka, które mimo opalonego czubka mocno tkwiło korzeniami w ziemi. W chwili, kiedy oparł się o rozwidlenie jego gałęzi, pojawiło się nad nim cielsko smoka i zanim Glaurung podciągnął je w górę, zwisło człowiekowi nad głową całym swym ciężarem. Smocze podbrzusze było blade i pomarszczone, wilgotne od szarego śluzu, do którego przykleiły się wszelkiego rodzaju nieczystości, i cuchnęło śmiercią. Wyciągnął wówczas Turambar Czarny Miecz Belega i pchnął nim w górę całą mocą swego ramienia i swej nienawiści, a mordercza klinga, długa i zachłanna, weszła w brzuch smoka aż po samą rękojeść.

Wówczas Glaurung, czując śmiertelną ranę, wydał ryk, od którego zadrżały lasy, a ludzi czuwających przy Nen Girith ogarnęło przerażenie. Turambar zatoczył się jak od ciosu i osunął na dół, wypuszczając z ręki miecz wbity w brzuch smoka. Glaurung jednym konwulsyjnym ruchem spiął swe drgające cielsko i przerzucił je nad przepaścią. Zwijał się na drugim brzegu z rykiem, miotając się i skręcając w bólu, aż spustoszył wielką połać ziemi wokół siebie i w końcu legł nieruchomo wśród dymu i zniszczenia.

A Turambar przywarł do korzeni drzewka, ogłuszony i ledwie żywy. Jednak przezwyciężył słabość i zmusiwszy się do wysiłku, na wpół ześlizgując się, a na wpół schodząc, dotarł do rzeki. Tam, znów narażając się na wielkie niebezpieczeństwo, wszedł do wody, i tym razem przedarł się na drugi brzeg niemal na czworakach, zapierając się rękami i nogami, chwytając się głazów, oślepiony pianą. Mimo znużenia wspiął się tą samą szczeliną, którą poprzednio zeszli. W ten sposób przybył w końcu na miejsce, gdzie leżał umierający smok i spojrzał bez żalu na swego powalonego wroga. Uradowało się serce Turambara.

Glaurung leżał z rozwartym pyskiem, lecz cały jego ogień się wypalił, a złe oczy były zamknięte. Leżał na jednym boku, rozciągnięty na całą swą długość, a z brzucha sterczała mu rękojeść Gurthanga. Na ten widok nabrał Turambar ducha, a choć smok jeszcze oddychał, chciał odzyskać swój miecz, który, choć i dotychczas ceniony, teraz wart był dla niego wszystkich skarbów Nargothrondu. Prawdziwe okazały się słowa wypowiedziane przy jego wykuwaniu, że każda istota, wielka czy mała, którą ugodzi, poniesie śmierć.

Toteż Turambar, podszedłszy do nieprzyjaciela, postawił nogę na jego brzuchu i chwyciwszy rękojeść Gurthanga, natężył siły, by go wyciągnąć. Zawołał przy tym, przedrzeźniając słowa smoka wyrzeczone w Nargothrondzie:

– Witaj, Gadzie Morgotha! Dobrze znów cię spotkać! Giń i niechaj ciemność cię pochłonie! Tak oto pomszczony został Túrin, syn Húrina.

Następnie wyszarpnął miecz, lecz w tejże chwili bryznęła mu na rękę z rany czarna krew, parząc jadem, i Turambar nie mógł powstrzymać okrzyku bólu. Poruszył się wówczas Glaurung, otworzył złowrogie ślepia i spojrzał na Turambara z taką złością, że człowiek poczuł, jakby przeszyła go strzała. Od tego spojrzenia i z bólu oparzonej ręki omdlał i padł jak nieżywy na leżący obok smoka miecz, który wypadł mu z dłoni.

Ryki Glaurunga dobiegły ludzi zgromadzonych w Nen Girith i napełniły ich trwogą, a gdy ujrzeli z daleka wielkie zniszczenie i pożogę, jaką wzniecił smok w śmiertelnych drgawkach, sądzili, że tratuje on i zabija tych, którzy go zaatakowali. Toteż gorąco zapragnęli znaleźć się jeszcze dalej od niego, lecz nie odważyli się opuścić wyniosłego miejsca, na którym się zebrali, pomni na słowa Turambara, iż jeśli Glaurung zwycięży, najpierw uda się do Ephel Brandir. Ze strachem wypatrywali więc choćby najmniejszego poruszenia smoka, lecz nikt nie miał odwagi zejść i na miejscu przekonać się o wyniku walki. A Níniel siedziała bez ruchu – jeśli jest bezruchem nieopanowany dygot wszystkich członków – gdy bowiem usłyszała głos Glaurunga, serce w niej zamarło i poczuła, że znów ogarnia ją ciemność.

Tak zastał ją Brandir, który w końcu, wyczerpany, dotarł do mostu na Celebrosie. Przemierzył całą drogę samotnie, wolno kuśtykając o kuli; a od jego domu było to pięć staj z okładem. Strach o Níniel dodawał mu sił, lecz wieści, które zastał, nie przerosły jego obaw.

– Smok przeszedł rzekę – powiedziano mu – a Czarny Miecz z pewnością nie żyje, tak jak i ci, którzy się z nim udali.

Wówczas Brandir stanął przy Níniel, domyślając się jej cierpienia i współczując jej, niemniej pomyślał: „Czarny Miecz jest martwy, a Níniel żyje". I zadrżał, gdyż nagle zdało mu się, że od wód Nen Girith powiało zimnem, i okrył Níniel swym płaszczem. Lecz nie znalazł żadnych słów, a i ona się nie odzywała.

Czas mijał, a Brandir nadal stał przy niej w milczeniu, wytężając oczy w noc i nasłuchując. Niczego jednak nie dostrzegał i nie słyszał żadnego dźwięku prócz szumu spadających wód Nen Girith. Pomyślał więc: „Niechybnie Glaurung odszedł i udał się do Brethilu". Lecz nie żałował już swego ludu, który zlekceważył jego rady i wyszydził go. „Niech smok dojdzie do Amon Obel, a wtedy będzie czas na ucieczkę, by ukryć Níniel z dala od niego". Nie wiedział jednak, dokąd iść, nigdy bowiem nie wyprawiał się poza Brethil.

W końcu nachylił się, dotknął ramienia Níniel i powiedział:

– Czas mija, Níniel! Pora iść. Jeśli pozwolisz, poprowadzę cię.

Podniosła się na te słowa w milczeniu, ujęła go za rękę i razem z nim przeszła przez most. Powędrowali w dół ścieżką prowadzącą do Przeprawy na Teiglinie. Ci, co widzieli ich poruszających się jak cienie w mroku, nie wiedzieli, kim są, ani o to nie dbali. A kiedy Brandir i Níniel uszli już kawałek drogi wśród milczących drzew, zza Amon Obel wzniósł się księżyc i wypełnił leśne polany szarym światłem. Wówczas Níniel zatrzymała się i spytała Brandira:

– Czy to dobra droga?

On zaś odpowiedział:

– A jakaż droga jest dobra? Bowiem cała nadzieja, jaką pokładaliśmy w Brethilu, umarła. Możemy już tylko uciekać przed smokiem, póki jeszcze czas.

Níniel spojrzała na niego w zdumieniu i zapytała:

– Czyż nie zaofiarowałeś się poprowadzić mnie do niego? A może chciałeś mnie zwieść? Czarny Miecz był moim ukochanym i małżonkiem i poszłam za tobą tylko po to, by go odszukać. Cóż innego myślałeś? Uczyń teraz, co uważasz za stosowne, lecz mnie śpieszno do męża.

A gdy Brandir stanął zdumiony, Níniel odbiegła od niego.

– Zaczekaj, Níniel! – zawołał za nią. – Nie idź sama! Nie wiesz, co tam znajdziesz. Pójdę z tobą!

Lecz ona nie zwracała na niego uwagi i biegła, jakby parzyła ją własna krew, przedtem taka zimna. A choć Brandir podążał za nią tak szybko, jak potrafił, szybko zniknęła mu z oczu. Przeklął wtedy swój los i swą słabość, lecz nie chciał zawrócić.

Na niebie bielała niemal okrągła tarcza księżyca. Schodząc na tereny położone nad rzeką, Níniel niejasno je sobie przypomniała i ogarnął ją lęk. Przybyła bowiem do Przeprawy na Teiglinie, a przed sobą miała Haudh-en-Elleth, blady w poświacie księżyca, przecięty czarnym pasem cienia. Z kurhanu wiało straszliwą grozą.

Zawróciła wówczas z krzykiem i pomknęła wzdłuż rzeki na południe, odrzucając w biegu płaszcz, jak gdyby odrzucała ogarniającą ją ciemność. Pod spodem odziana była w biel, lśniła więc w blasku księżyca, przemykając wśród drzew. Tak ją ujrzał Brandir ze stoku wzgórza i skręcił, chciał bowiem przeciąć jej drogę. Natknąwszy się szczęśliwym trafem na wąską ścieżkę, którą przedtem szedł Turambar, a która odbiegała od ubitej drogi i prowadziła stromo w dół na południe do rzeki, znów znalazł się tuż za Níniel. Ale chociaż wołał, nie zważała na niego albo wcale go nie słyszała i rychło znów wysforowała się naprzód. W ten sposób dotarli do lasów otaczających Cabed-en-Aras, gdzie konał Glaurung.

Księżyc płynął po bezchmurnym niebie na południu, rzucając zimny blask. Níniel przybliżyła się do granicy zniszczeń wyrządzonych przez Glaurunga i zobaczyła w księżycowej poświacie cielsko i szary brzuch smoka. Obok niego leżał jakiś człowiek. Zapomniawszy o strachu, puściła się do Turambara biegiem wśród dogasających płomieni. Spoczywał na boku, skrywając pod ciałem miecz, a w białej poświacie jego twarz była śmiertelnie blada. Níniel rzuciła się z płaczem na ziemię obok ukochanego i pocałowała go. Wydało jej się wówczas, że Turambar słabo oddycha, lecz wzięła to za omam fałszywej nadziei, bowiem był zimny, nieruchomy i nie odpowiadał na jej słowa. Pieszcząc swego męża odkryła, że jego ręka poczerniała jakby od ognia, obmyła ją więc łzami i obwiązała oddartym rąbkiem sukni. Ponieważ jednak nie poruszył się pod jej dotykiem, ucałowała go ponownie i wykrzyknęła:

– Turambarze, Turambarze, wróć! Usłysz mnie! Zbudź się! To ja, Níniel. Smok nie żyje i przy tobie jestem tylko ja.

Lecz on się nie odzywał. Brandir usłyszał jej wołanie, gdyż dotarł już do granicy zniszczeń, lecz postąpiwszy krok w kierunku Níniel, ponownie znieruchomiał. Bowiem na dźwięk jej głosu Glaurung poruszył się po raz ostatni, a przez jego ciało przebiegło drżenie. Uchylił powiek złowrogich ślepi, w których odbił się blask księżyca, i przemówił, ciężko dysząc:

– Witaj, Nienor, córo Húrina. Spotykamy się raz jeszcze przed końcem. Tę oto przekazuję ci radosną nowinę: znalazłaś w końcu swego brata. Poznasz go teraz: mordercę w ciemnościach, zdradzieckiego wroga, niewiernego przyjaciela i przekleństwo swego rodu, Túrina, syna Húrina! Ale najgorszy z jego uczynków we własnym poczujesz ciele!

Nienor siedziała jak ogłuszona, lecz Glaurung umarł, a z jego ostatnim tchem spadła z dziewczyny zasłona smoczej złości, rozjaśniła się pamięć o każdym dniu jej życia i przypomniała sobie Nienor także wszystko, co jej się przytrafiło od dnia, gdy leżała na Haudh-en-Elleth. Zadrżała z przerażenia i bólu. A Brandir, który słyszał wszystko, oparł się oszołomiony o drzewo.

Wówczas Niënor zerwała się na nogi, blada jak upiór w blasku księżyca, spojrzała na leżącego Túrina i zawołała:

– Żegnaj, dwakroć ukochany! *A Túrin Turambar turún' ambartanen*: panie losu przez los pokonany! Szczęśliwy jesteś, żeś umarł!

Po czym, oszalała z rozpaczy i grozy, uciekła jak dzikie zwierzę z tego miejsca, a Brandir pokuśtykał za nią, wołając:

– Zaczekaj! Zaczekaj, Níniel!

Zatrzymała się na chwilę, patrząc za siebie szeroko otwartymi oczyma.

– Zaczekać? – zapytała. – Zaczekać? Taką zawsze dawałeś mi radę. Dlaczegóż jej nie posłuchałam? Lecz teraz jest już za późno. Nie będę już więcej czekać w Śródziemiu.

I znów pobiegła, wyprzedzając Brandira.

Zatrzymała się na krawędzi Cabed-en-Aras i patrząc na wzburzony nurt, zawołała:

– Wodo, wodo! Zabierz z sobą Níniel Niënor, córkę Húrina; Żałobę, Żałobną córkę Morweny! Zabierz mnie i zanieś do Morza!

Z tymi słowy rzuciła się w przepaść: biały błysk zgaszony w mrocznej rozpadlinie, krzyk zagłuszony grzmotem rzeki.

Wody Teiglinu płynęły jak dawniej, ale nie było już Cabed-en-Aras. Ludzie nazywali odtąd to miejsce Cabed Naeramarth, Skok Okropnego Przeznaczenia, bowiem żaden jeleń nie chciał skakać z tego brzegu, unikały go wszystkie żywe istoty i nie chciał po nim chodzić żaden człowiek. Ostatnim z ludzi, który spojrzał w dół, w ciemność, był Brandir, syn Handira, lecz odwrócił się w przerażeniu, gdyż zadrżało w nim serce, a choć nie chciał już żyć, nie potrafił zadać sobie upragnionej śmierci. Pomyślał wtedy o Túrinie Turambarze i zawołał:

– Nienawidzę cię czy też się nad tobą lituję? Lecz ty nie żyjesz. Nic ci nie zawdzięczam, zabrałeś mi bowiem wszystko, co miałem i chciałem mieć. Lecz moi ludzie są twoimi dłużnikami. Godzi się, by dowiedzieli się tego ode mnie.

Tak więc pokuśtykał z powrotem do Nen Girith, z drżeniem omijając miejsce śmierci smoka. Kiedy wspinał się stromą ścieżką, natknął się na człowieka spozierającego zza drzew, który na jego widok cofnął się z przestrachem. W blasku zachodzącego księżyca Brandir dostrzegł jednak jego twarz.

– Ha, Dorlasie! – zawołał. – Jakie wieści przynosisz? Jak to się stało, że uszedłeś z życiem? I co się stało z moim krewniakiem?

– Tego nie wiem – odparł posępnie Dorlas.

– To dziwne – rzekł Brandir.

– Jeśli chcesz wiedzieć – powiedział Dorlas – to Czarny Miecz chciał, byśmy w ciemnościach przeszli przez Teiglin. Czy to takie dziwne, że nie potrafiłem tego uczynić? Z toporem w ręku jestem lepszy od innych, ale nie umiem skakać po kamieniach jak kozica.

– A więc poszli na smoka bez ciebie? – spytał Brandir. – Ale co się stało, gdy przeszedł na tę stronę rzeki? Przecież byłeś zapewne w pobliżu i widziałeś, co tu zaszło.

Lecz Dorlas nie odpowiedział, patrzył jedynie na Brandira z nienawiścią. Wówczas Brandir nagle pojął, iż opuścił on swych towarzyszy i obezwładniony wstydem ukrył się w lesie.

– Wstydź się, Dorlasie! – powiedział. – Tyś jest winien naszej niedoli: zachęcałeś do czynu Czarnego Miecza, sprowadziłeś na nas smoka, mnie skazałeś na pogardę, wystawiłeś Hunthora na śmierć, a po tym wszystkim uciekłeś, by schować się w lesie! – Gdy to mówił, inna myśl przyszła mu do głowy, dodał więc z wielkim gniewem: – Dlaczego nie przyniosłeś wieści? W ten sposób mógłbyś choć trochę odkupić swoją winę. Gdybyś to uczynił, pani Níniel nie musiałaby sama udać się na poszukiwanie wieści. Nie zobaczyłaby smoka. Mogłaby żyć. Nienawidzę cię, Dorlasie!

– Zachowaj swą nienawiść dla siebie! – odrzekł Dorlas. – Jest równie marna, jak twoje rady. Gdyby nie ja, napadliby nas orkowie i powiesiliby cię w twoim własnym ogrodzie niczym stracha na wróble. To ty się chowałeś, nie ja!

Z tymi słowy, tym bardziej skory do gniewu, bo pełen wstydu, zamierzył się wielką pięścią na Brandira i zakończył życie, nim jeszcze wyraz zdumienia zniknął z jego oczu, bowiem Brandir dobył miecza i zadał mu śmiertelny cios. Przez chwilę stał drżący, przepełniony wstrętem na widok krwi, a potem odrzucił miecz, odwrócił się i poszedł w swoją drogę, wspierając się na kuli.

Kiedy Brandir dotarł do Nen Girith, blady księżyc już zaszedł i noc miała się ku końcowi, a na wschodzie wstawał poranek. Ludzie skuleni przy moście zobaczyli go, jak nadchodzi niby szary cień, i kilku zawołało do niego w zdumieniu:

– Gdzie byłeś? Czy widziałeś ją? Pani Níniel bowiem odeszła.

– Zaiste, odeszła – rzekł. – Odeszła i nigdy już nie powróci! Lecz przybyłem do was z wieściami. Słuchajcie więc, mieszkańcy Brethilu, i powiedzcie sami, czyście słyszeli kiedykolwiek taką opowieść, jaką wam przynoszę! Smok jest martwy, lecz martwy jest również Turambar, który leży u jego boku. I są to pomyślne wieści, tak, obie są zaprawdę pomyślne.

Szemrali na to ludzie między sobą, dziwiąc się jego mowie, a niektórzy sądzili, że oszalał, lecz Brandir zawołał:

– Wysłuchajcie mnie do końca! Níniel też nie żyje, piękna Níniel, którą kochaliście, a ja najbardziej ze wszystkich. Skoczyła z krawędzi Jeleniego Skoku i wpadła w gardziel Teiglinu. Odeszła, nienawidząc blasku dnia. Tego bowiem się dowiedziała, zanim uciekła: oboje byli dziećmi Húrina, siostrą i bratem. Túrin, syn Húrina był zwany Mormegilem, a Turambarem przezwał się sam, ukrywając swą przeszłość. Ją zaś nazwaliśmy Níniel, nie wiedząc, że była to Niënor, córka Húrina. Do Brethilu przynieśli cień swego mrocznego przeznaczenia. Tutaj się ono dopełniło i kraj ten nigdy już nie uwolni się od żalu. Nie nazywajcie go już Brethilem ani ziemią Halethrimów, lecz *Sarch nia Chîn Húrin*, Grobem Dzieci Húrina!

Wówczas, choć jeszcze nie rozumieli, jak doszło do takiego zła, ludzie zaczęli płakać, a niektórzy mówili:

– W wodach Teiglinu znalazła grób nasza ukochana Níniel; powinien mieć też grób Turambar, najdzielniejszy z mężów. Ciała naszego wybawcy nie można pozostawić pod gołym niebem. Chodźmy do niego.

Rozdział XVIII

Śmierć Túrina

Jeszcze Níniel nie zdążyła daleko odbiec, gdy Túrin się poruszył. Wydało mu się, że jest pogrążony w głębokiej ciemności i słyszy z dala jej wołanie. Wraz ze śmiercią Glaurunga ocknął się z mrocznego omdlenia, odetchnął głęboko, westchnął i zapadł w głęboki sen wywołany znużeniem. Lecz tuż przed świtem zrobiło się przejmująco zimno, Túrin obrócił się we śnie i czując uwierającą go rękojeść Gurthanga, nagle się obudził. Noc bladła i w powietrzu unosiła się zapowiedź poranka. Zerwał się na nogi, wspomniawszy swe zwycięstwo i parzący jad na ręce. Uniósł ją, spojrzał i zdumiał się. Bowiem obwiązana była skrawkiem białego materiału, jeszcze wilgotnego, i nie dolegała mu. Rzekł więc w duchu: „Dlaczego miałby mnie ktoś tak opatrzyć, a potem zostawić leżącego na zimnie pośród zniszczenia i smoczego smrodu? Jakież dziwne rzeczy się tu wydarzyły?"

Po czym zawołał, lecz nikt mu nie odpowiedział. Wokół panowała ponura ciemność i odór śmierci. Pochylił się i podniósł miecz. Był cały, a blask jego ostrza nie przygasł.

– Wstrętny był jad Glaurunga – rzekł – lecz ty jesteś silniejszy ode mnie, Gurthangu! Wypijasz wszelką krew. Twoim jest to zwycięstwo. Lecz dość o tym. Muszę poszukać pomocy. Ciało me jest znużone, a w kościach czuję chłód.

Z tymi słowy odwrócił się plecami do Glaurunga i zostawił go, aby zgnił. Lecz gdy Turambar oddalał się z tego miejsca, czuł, że każdy krok przychodzi mu stawiać z większym trudem, więc pomyślał: „Może przy Nen Girith czeka na mnie któryś ze zwiadowców. Lecz chciałbym rychło znaleźć się we własnym domu i zaznać dotyku delikatnych dłoni Níniel oraz sztuki Brandira!" Ruszył powoli, podpierając się Gurthangiem, i przybył znużony do Nen Girith w szarym świetle poranka. Stanął przed swymi ludźmi, gdy właśnie się wybierali, by szukać jego martwego ciała.

Cofnęli się na jego widok ze zgrozą, sądząc, że to jego niespokojny duch, a kobiety podniosły lament i zakryły oczy. Lecz Turambar rzekł:

– Nie, nie płaczcie, lecz cieszcie się! Spójrzcie! Czyż nie jestem żyw? I czyż nie zabiłem smoka, którego się lękaliście?

Zwrócili się na to do Brandira i zawołali:

– Głupcze, który przyniosłeś fałszywe opowieści o jego śmierci. Czyż nie mówiliśmy, żeś oszalał?

Lecz Brandir zmartwiał i patrzył na Túrina ze strachem, nie mogąc przemówić ni słowa.

A Túrin odezwał się do niego:

– A więc tyś tam był i opatrzył mi rękę? Dziękuję ci. Lecz zawodzą cię twoje umiejętności, jeśli nie potrafisz odróżnić omdlenia od śmierci. – Następnie zwrócił się do swoich ludzi: – Nie mówcie tak do niego, bo sami jesteście głupcami. Który z was postąpiłby lepiej? Przynajmniej miał odwagę przyjść na miejsce walki, podczas gdy wy siedzieliście tu, lamentując! Pójdź, synu Handira! Chciałbym się dowiedzieć więcej. Dlaczego tu jesteś, ty i wszyscy ci ludzie, których zostawiłem w Ephel? Skoro wydaję się dla was na niebezpieczeństwo śmierci, to czyż podczas mojej nieobecności nie możecie wypełnić mych poleceń? I gdzie jest Níniel? Czy mogę mieć przynajmniej nadzieję, że nie przyprowadziliście jej tutaj, ale zostawiliście tam, gdzie ją umieściłem, w moim domu, chronionym przez oddanych ludzi?

A gdy nikt mu nie odpowiedział, zawołał:

– Nuże, mówcie, gdzie jest Níniel? Ją bowiem chciałbym ujrzeć jako pierwszą i jej pierwszej chcę opowiedzieć o dokonanych tej nocy czynach.

Lecz oni odwrócili od niego twarze i w końcu przemówił Brandir:

– Níniel tu nie ma.

– To dobrze – odrzekł Túrin. – Zatem pójdę do domu. Czy jest dla mnie jakiś koń? Choć lepsze byłyby nosze. Osłabłem od trudów.

– Nie, nie! – rzekł Brandir z rozpaczą w sercu. – Twój dom jest pusty. Nie ma tam Níniel. Ona nie żyje.

Lecz jedna z kobiet – żona Dorlasa, która niezbyt lubiła Brandira – krzyknęła przenikliwie:

– Nie słuchaj go, panie! On oszalał. Przybył tu, wołając, że nie żyjesz i nazwał to pomyślną wiadomością. Lecz ty żyjesz. Dlaczegóż więc miałaby się okazać prawdziwa jego opowieść o Níniel, że umarła i że spotkał ją los gorszy od śmierci?

Postąpił na to Túrin ku Brandirowi i wykrzyknął:

– Zatem moja śmierć to pomyślna nowina? Tak, zawsze mi zazdrościłeś Níniel, wiedziałem o tym. Teraz mówisz, że nie żyje i że spotkał ją los gorszy od śmierci? Jakie kłamstwo zrodziła twoja złośliwość, Szpotawa Stopo? Pragniesz zabić nas plugawą mową, skoro nie możesz nosić innej broni?

Wówczas gniew wyparł litość z serca Brandira, który wykrzyknął:

– Ja oszalałem? Nie, to ty oszalałeś, Czarny Mieczu czarnej zguby! I wszyscy ci zdziecinniali ludzie. Ja nie kłamię! Níniel nie żyje, nie żyje, nie żyje! Szukaj jej w Teiglinie!

Zamarł na to Túrin jak zmrożony.

– Skąd wiesz? – zapytał cicho. – Jak do tego doprowadziłeś?

– Wiem, ponieważ widziałem, jak skoczyła – odparł Brandir. – Ale doprowadziłeś do tego ty. Uciekała od ciebie, Túrinie, synu Húrina, i w Cabed-en-Aras rzuciła się w przepaść, by nigdy więcej już cię nie oglądać. Níniel! Níniel? Nie, raczej Niënor, córka Húrina!

Wówczas Túrin schwycił go i potrząsnął nim, usłyszał bowiem w tych słowach zbliżające się kroki swego przeznaczenia, lecz jego serce, przejęte zgrozą i wściekłością, nie chciało tego przyjąć. Był jak śmiertelnie ranne zwierzę, które przed śmiercią chce zadać rany wszystkiemu, co się znajduje w pobliżu.

– Tak, jam jest Túrin, syn Húrina – zawołał. – Odgadłeś to już dawno temu. Lecz nic nie wiesz o mojej siostrze Niënor. Nic! Mieszka w Ukrytym Królestwie i jest bezpieczna. To kłamliwy wytwór twej niegodziwej wyobraźni, którym chciałeś pozbawić zmysłów moją żonę, a teraz mnie. Ty kulawy nikczemniku, czy oboje nas chcesz przyprawić o śmierć?

Lecz Brandir strząsnął z siebie ręce Túrina.

– Nie dotykaj mnie! – zawołał. – Powstrzymaj swój szalony język. Ta, którą nazywasz żoną, przyszła do ciebie i opatrzyła ci rany, a ty nie odpowiedziałeś na jej wołanie. Lecz odpowiedział ktoś inny. Smok Glaurung, który, jak mniemam, rzucił na was oboje zły czar. Toteż nim zakończył życie, tak przemówił: „Niënor, córo Húrina, oto twój brat: zdradziecki wróg, niewierny przyjaciel i przekleństwo swego rodu, Túrin, syn Húrina". – I nagle Brandir wybuchnął szaleńczym śmiechem. – Powiada się, że na łożu śmierci ludzie mówią prawdę. Wygląda na to, że dotyczy to także smoka! Túrin, syn Húrina, przekleństwo swego rodu i wszystkich, co dają mu schronienie!

Wówczas Túrin chwycił Gurthanga, a w oczach zapłonął mu błysk szaleństwa.

– A co można powiedzieć o tobie, Szpotawa Stopo? – rzekł powoli. – Kto wyjawił jej w tajemnicy za moimi plecami moje prawdziwe imię? Kto wystawił ją na złośliwość smoka? Kto stał obok i pozwolił jej umrzeć? Kto przybył tutaj, by co prędzej rozpowiedzieć te straszliwe wieści? Kto chce się teraz napawać moim nieszczęściem? Czy ludzie mówią prawdę przed śmiercią? Zatem wypowiedz ją, a rychło.

Wtedy Brandir, widząc w twarzy Túrina swą śmierć, znieruchomiał i nie cofnął się, choć nie miał żadnej broni oprócz swej kuli, i tak przemówił:

– Wszystko to, co się wydarzyło, składa się na długą opowieść, a ja jestem tobą zmęczony. Lecz rzucasz na mnie oszczerstwa, synu Húrina. Czy Glaurung rzucał oszczerstwa na ciebie? Jeśli mnie zabijesz, wszyscy ujrzą, że tego nie zrobił. Jednak nie boję się śmierci, udam się bowiem wtedy na poszukiwanie Níniel, którą kochałem, i może znajdę ją za Morzem.

– Na poszukiwanie Níniel! – zawołał Túrin. – Nie, znajdziesz Glaurunga i razem będziecie płodzić kłamstwa. Pogrążysz się w wieczny sen razem z tym gadem, twoją bratnią duszą, i zgnijecie w jednej ciemności!

Uniósł Gurthanga, ciął Brandira i zabił go. Lecz ludzie odwrócili wzrok od tego czynu, a gdy Túrin odchodził z Nen Girith, pierzchali przed nim w przerażeniu.

Túrin błąkał się po dzikich lasach jak ktoś pozbawiony zmysłów, to przeklinając Śródziemie i całe życie ludzi, to znów wołając Níniel. Lecz gdy w końcu szaleństwo rozpaczy opuściło go, usiadł na chwilę, by rozważyć swe uczynki i usłyszał własne wołanie:

– Mieszka w Ukrytym Królestwie i jest bezpieczna!

Pomyślał więc, że choć teraz całe jego życie legło w gruzach, musi tam się udać, wszystkie bowiem kłamstwa Glaurunga zawsze sprowadzały go na manowce. Wstał więc i poszedł do Przeprawy na Teiglinie, a przechodząc obok Haudh-en-Elleth, wykrzyknął:

– O Finduilas! Wysoką cenę zapłaciłem za to, że dawałem posłuch smokowi! Ześlij mi teraz jakąś radę!

Lecz nie przebrzmiały jeszcze jego słowa, gdy ujrzał dwunastu dobrze uzbrojonych łowców przeprawiających się przez Teiglin. Byli to elfowie, a gdy się przybliżyli, poznał jednego z nich, Mablunga, najważniejszego z łowców Thingola. Ten powitał go, wołając:

– Túrinie! Nareszcie się spotykamy. Szukam cię i rad jestem, że widzę cię żywego, choć widać, że ciążyły ci minione lata.

– Ciążyły! – odparł Túrin. – Tak jakby to były stopy Morgotha. Lecz jeśli jesteś rad, że żyję, to jako ostatni w Śródziemiu. Dlaczego cieszy cię mój widok?

– Ponieważ darzyliśmy cię szacunkiem – odpowiedział Mablung – i choć uszedłeś wielu niebezpieczeństwom, lękałem się o ciebie. Widziałem, jak wyruszał Glaurung, i sądziłem, iż wypełniwszy swe nikczemne zadanie, wraca do swego pana. Lecz skierował się ku Brethilowi, a w tym samym czasie dowiedziałem się od wędrujących po tej krainie, że Czarny Miecz z Nargothrondu znów się w niej pojawił i że orkowie unikają jej granic jak śmierci. Ogarnęło mnie wtedy przerażenie i powiedziałem sobie w duchu: „Biada! Glaurung, szukając Túrina, idzie tam, gdzie nie śmieją się zapuścić orkowie". Toteż przybyłem tu co prędzej, by cię ostrzec i służyć pomocą.

– Lecz nie dość prędko – odrzekł Túrin. – Glaurung nie żyje.

Spojrzeli na to elfowie na niego z podziwem i powiedzieli:

– Zabiłeś Wielkiego Gada! Na zawsze elfowie i ludzie wychwalać będą twe imię!

– Nie dbam o to – rzekł Túrin. – Bowiem moje serce także umarło. Lecz skoro przychodzicie z Doriathu, powiedzcie mi, co wiecie o moich bliskich. Powiedziano mi bowiem w Dor-lóminie, że moja matka i siostra uciekły do Ukrytego Królestwa.

Elfowie nic nie odpowiedzieli, lecz Mablung odezwał się w końcu:

– Istotnie, tak uczyniły na rok przed nadejściem smoka. Lecz, niestety, nie ma ich tam teraz!

Zamarło serce w piersi Túrina, gdyż usłyszał kroki ścigającego go do końca przeznaczenia.

– Mów dalej! – zawołał. – I nie zwlekaj!

– Wyruszyły na pustkowia, chcąc cię odszukać – rzekł Mablung. – Uczyniły to wbrew wszelkim radom. Kiedy się okazało, że to ty jesteś Czarnym Mieczem, zapragnęły udać się do Nargothrondu. Glaurung wychynął ze swego legowiska i rozproszył ich eskortę. Od owego dnia nikt nie widział Morweny, a Niënor pod wpływem złego czaru straciła mowę, uciekła jak dzika łania do północnych lasów i tam zaginęła.

Wówczas ku zdumieniu elfów Túrin zaśmiał się głośno i przenikliwie.

– Czyż to nie żart? – wykrzyknął. – O, piękna Niënor! A zatem uciekła z Doriathu do smoka, a od smoka do mnie. Jakaż słodka łaska losu! Miała ciemne włosy, była opalona na brązowo jak orzeszek, nieduża i szczupła jak dziecko elfów, nie można jej było pomylić z kimś innym!

Zdumiał się na to wielce Mablung i rzekł:

– To jakaś pomyłka. Nie taka była twoja siostra. Była wysoka, oczy miała błękitne, a włosy koloru złota, na podobieństwo Húrina, swego ojca. To nie ją musiałeś widzieć!

– Nie ją, nie ją, Mablungu? – zawołał Túrin. – Ależ nie! Bo zobacz, jestem ślepy! Nie wiedziałeś o tym? Ślepy, ślepy, od dzieciństwa poruszam się po omacku w mrocznej mgle Morgotha! Zostaw mnie! Odejdź, odejdź! Wracaj do Doriathu i oby zmroziła go zima! Przeklęty niechaj będzie Menegroth! I przeklęte niechaj będzie twoje posłanie! To przelało czarę. Teraz nadciąga noc!

Z tymi słowy uciekł od nich, szybki jak wiatr, a elfów ogarnęło zdumienie i lęk. Lecz Mablung powiedział:

– Zdarzyło się coś dziwnego i strasznego, o czym nie wiemy. Chodźmy za nim, by go wspomóc, jeśli zdołamy. Stracił bowiem zmysły i jasność myśli.

Lecz Túrin znacznie ich wyprzedził i dobiegł do Cabed-en-Aras, gdzie się zatrzymał. Usłyszał grzmot wody i ujrzał, że wszystkie drzewa w pobliżu, a także rosnące w pewnym oddaleniu, są uschnięte, a ich zwiędłe liście spadają żałobnie, jakby w pierwszych dniach lata zawitała zima.

– Cabed-en-Aras, Cabed Naeramarth! – wykrzyknął. – Nie zbrukam wód, które porwały Níniel. Bowiem wszystkie me uczynki na złe się obróciły, a ostatni z nich był najgorszy.

Dobył następnie miecza i rzekł:

– Bądź pozdrowiony, Gurthangu, klingo śmierci, ty jeden mi teraz pozostałeś! Lecz jakiego pana uznajesz prócz ręki, która tobą włada? Nie cofasz się przed przelaniem żadnej krwi. Czy zgładzisz Túrina Turambara? Czy zabijesz mnie szybko?

A klinga zadźwięczała w odpowiedzi zimnym głosem:

– Tak, wypiję twoją krew, by zapomnieć o krwi Belega, mojego pana, i krwi Brandira, niesprawiedliwie zabitego. Zabiję cię szybko.

Wtedy Túrin wbił rękojeść miecza w ziemię i rzucił się na jego ostrze, a czarna klinga odebrała mu życie.

Przybył na to miejsce Mablung i spojrzał na odrażające cielsko martwego Glaurunga, a potem popatrzył na Túrina i ogarnął go wielki żal. Pomyślał o Húrinie, którego widział podczas Nirnaeth Arnoediad, i o straszliwym przezna czeniu jego rodu. Do stojących elfów dołączyli ludzie, którzy zeszli z Nen Girith, by popatrzeć na smoka, a kiedy ujrzeli, w jaki sposób Túrin Turambar zakończył życie, zapłakali. Elfów zaś ogarnęła zgroza, gdy dowiedzieli się w końcu, dlaczego Túrin tak do nich mówił, a Mablung rzekł z goryczą:

– Ja również zostałem uwikłany w zgubne przeznaczenie dzieci Túrina i w ten sposób zabiłem słowami tego, którego kochałem.

Potem podnieśli Túrina i zobaczyli, że jego miecz pękł. Tak przeminęło wszystko, co Túrin posiadał.

Trudem wielu rąk nazbierali drew, ułożyli je w wysoki stos i zbudowali wielkie ognisko, w którym spalili ciało smoka na czarny popiół, a jego kości rozkruszyli na miał. Odtąd miejsce to zawsze było nagie i jałowe. Túrina zaś złożyli w wysokim kurhanie usypanym tam, gdzie padł, a obok niego szczątki Gurthanga. A gdy wszystko już uczyniono i minstrele elfów i ludzi odśpiewali lament opowiadający o męstwie Turambara i urodzie Níniel, przyniesiono szary głaz i ustawiono go na kurhanie. Elfowie wyryli na nim runami Doriathu napis:

TÚRIN TURAMBAR DAGNIR GLAURUNGA

a pod spodem także:

NIËNOR NÍNIEL

Ona jednak tam nie spoczywała i nikt nie wiedział, dokąd zaniosły ją zimne wody Teiglinu.

Tak kończy się *Opowieść o dzieciach Húrina*,
najdłuższa ze wszystkich pieśni Beleriandu.

Chcąc do końca spełnić swój niegodziwy zamiar, po śmierci Túrina i Niënor Morgoth wypuścił Húrina z niewoli. W trakcie swych wędrówek Húrin dotarł do lasu Brethil i pewnego wieczoru wspiął się od Przeprawy na Teiglinie do miejsca, gdzie został spalony Glaurung i gdzie na krawędzi Cabed Naeramarth stał wielki głaz. Oto opowieść o tym, co się tam wydarzyło.

Lecz Húrin nie patrzył na głaz, wiedział bowiem, co głosi napis; spostrzegł zaś, że nie jest sam. W cieniu kamienia siedziała jakaś skulona postać. Zdawało się, że to jakiś bezdomny wędrowiec, przygnieciony wiekiem, zbyt zdrożony, by zauważyć, że ktoś się zbliża, lecz jego łachmany były niegdyś kobiecym strojem. W końcu, kiedy Húrin stał tak w milczeniu, włóczęga odrzucił postrzępiony kaptur i powoli uniósł twarz, wynędzniałą i wygłodniałą, jak u długo ściganego wilka. Była to siwa kobieta, miała ostry nos i brakło jej zębów; szponiastą dłonią ściskała płaszcz na piersi. Lecz raptem spojrzała Húrinowi w oczy i wtedy ją poznał, bo choć wzrok miała dziki i pełen strachu, wciąż płonął w nim blask trudny do zniesienia: elfi blask, który przed wielu laty zyskał jej przydomek Eledhwen, najdumniejszej wśród śmiertelnych kobiet dawnych czasów.

– Eledhwen! Eledhwen! – zawołał Húrin, a ona wstała i byłaby upadła, gdyby nie chwycił jej w ramiona.

– W końcu przyszedłeś – odezwała się. – Zbyt długo czekałam.

– Przebyłem mroczną drogę. Przyszedłem najszybciej, jak zdołałem – odparł.

– Lecz się spóźniłeś – powiedziała. – Spóźniłeś się. Nie żyją.

– Wiem. Ale ty żyjesz.

– Już niedługo – odparła. – Siły ze mnie uchodzą. Odejdę wraz ze słońcem. Nie żyją. – Chwyciła go za połę płaszcza i powiedziała: – Niewiele czasu zostało. Jeśli wiesz, powiedz mi! Jak go odnalazła?

Lecz Húrin nic nie odpowiedział, siedział tylko pod głazem z Morweną w ramionach i nie rozmawiali już więcej. Zaszło słońce, a Morwena uścisnęła dłoń męża i znieruchomiała. Pojął Húrin, że umarła.

Tablice genealogiczne

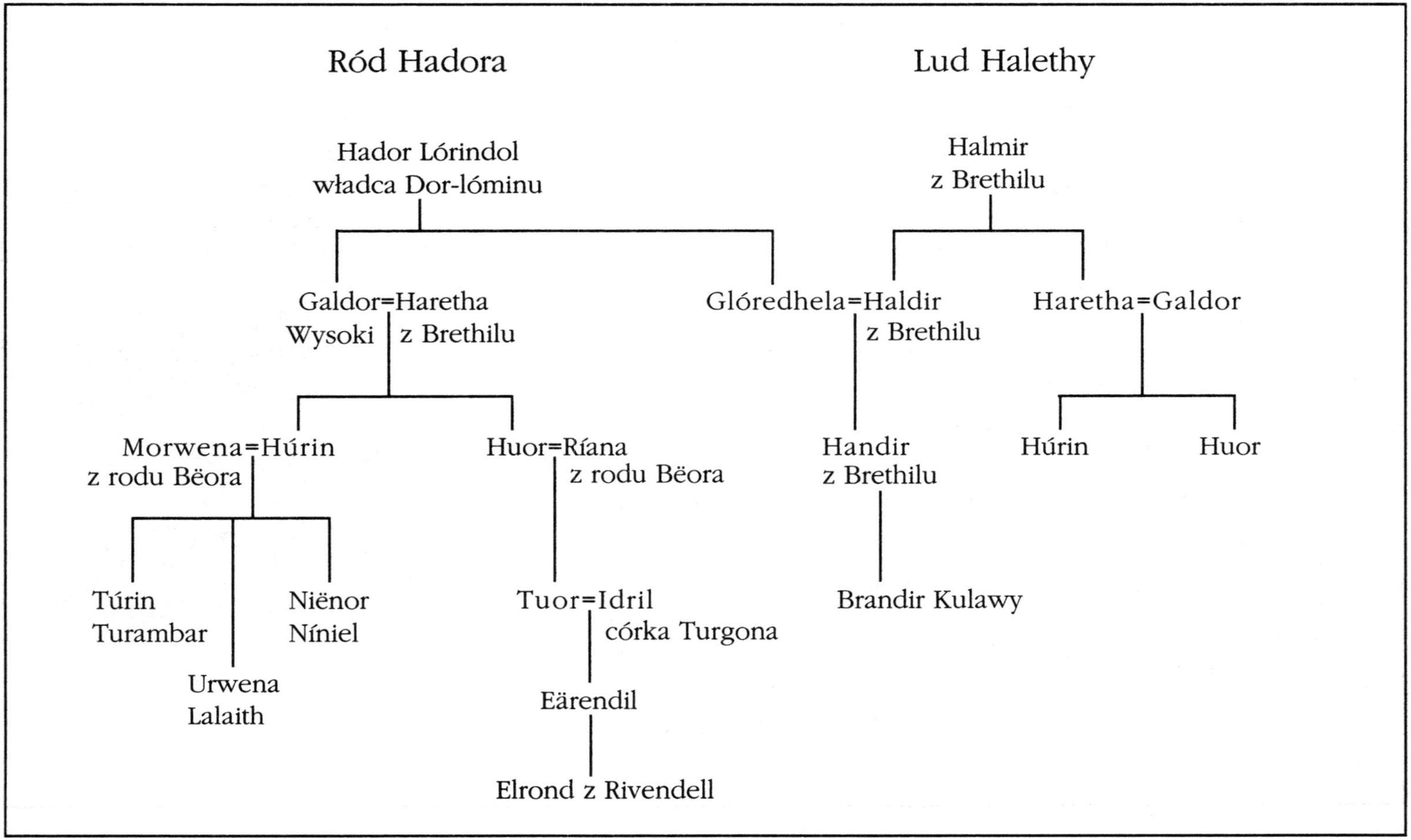

Ród Bëora

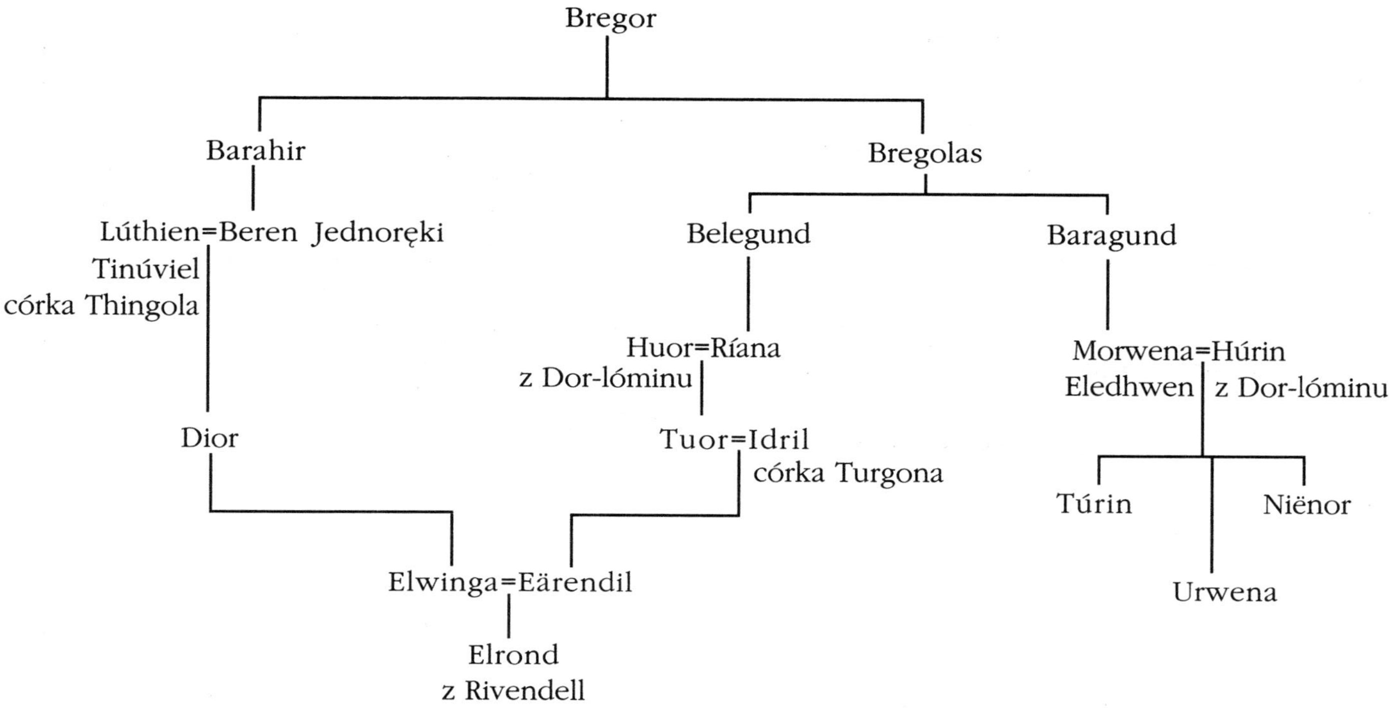
Bregor
Barahir
Bregolas
Lúthien=Beren Jednoręki
Tinúviel
córka Thingola
Belegund
Baragund
Huor=Ríana
z Dor-lóminu
Morwena=Húrin
Eledhwen
z Dor-lóminu
Dior
Tuor=Idril
córka Turgona
Túrin
Niënor
Urwena
Elwinga=Eärendil
Elrond
z Rivendell

Książęta Noldorów

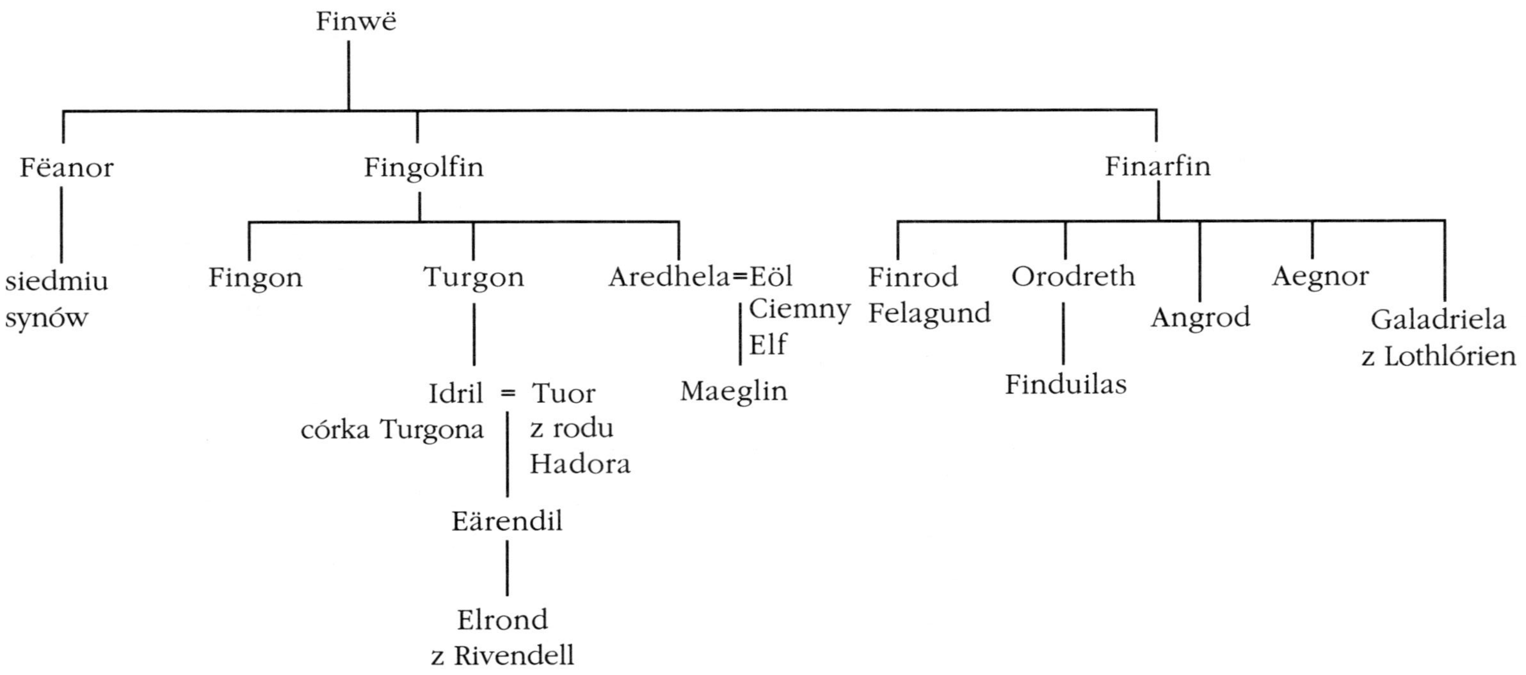

Dodatek

1. Ewolucja Wielkich Opowieści

Te wzajemnie powiązane, lecz niezależne opowieści od dawna wyróżniały się w długiej i skomplikowanej historii Valarów, elfów i ludzi oraz Wielkich Krain. Ojciec mój, zarzuciwszy pisanie „Zaginionych opowieści", zanim je ukończył, rozstał się z prozą i zaczął pracę nad długim poematem zatytułowanym *Túrin son of Húrin and Glórund the Dragon* (Túrin, syn Húrina, i smok Glórund), później zmienionym w poprawionej wersji tekstu na *The Children of Húrin* (Dzieci Húrina). Działo się to na początku lat dwudziestych XX wieku, kiedy ojciec był zatrudniony na uniwersytecie w Leeds. Zastosował do tego poematu bardzo stare angielskie metrum aliteracyjne (jest to forma wersyfikacji *Beowulfa* i, ogólnie, poezji staroangielskiej), narzucając współczesnej angielszczyźnie wymagający układ akcentów i „rymów początkowych", stosowany przez dawnych poetów. Osiągnął w tej dziedzinie wielkie mistrzostwo, i to w rozmaitych stylach, od dramatycznego dialogu w *The Homecoming of Beorhtnoth* (Powrót do domu Beorhtnotha) po elegię poświęconą ludziom poległym w bitwie na Polach Pelennoru. Liczący ponad dwa tysiące wersów aliteracyjny poemat *Children of Húrin* był zdecydowanie najdłuższym z jego utworów napisanych w tym metrum; jednak ojciec zaplanował go na tak wielką skalę, że kiedy przerwał pisanie, dotarł w narracji dopiero do ataku smoka na Nargothrond. Ponieważ do końca tej historii brakowało wciąż bardzo dużo tekstu, przy tych proporcjach jej dokończenie wymagałoby napisania jeszcze wielu tysięcy wersów. Natomiast druga wersja, przerwana we wcześniejszym punkcie narracji, jest w porównaniu z odpowiednim fragmentem wersji pierwszej mniej więcej dwa razy dłuższa.

W tej części legendy o dzieciach Húrina, którą mój ojciec zawarł w aliteracyjnym poemacie, stara historia z „Księgi zaginionych opowieści" została znacznie rozszerzona i szczegółowo rozwinięta. Najbardziej godne uwagi jest to, że właśnie teraz pojawiło się w utworze wielkie podziemne miasto-forteca Nargothrond oraz należące do niego rozległe ziemie (jest to punkt centralny nie tylko legendy o Túrinie i Niënor, lecz także historii Dawnych Dni Śródziemia), wraz z opisem ziem uprawnych elfów z Nargothrondu, co stanowi niezwykle rzadki obraz „sztuk czasów pokoju" w dawnym świecie. Posuwając się na południe wzdłuż Narogu, Túrin i jego towarzysz (w tekście tej książki jest nim Gwindor) zastali ziemie w pobliżu wejścia do Nargothrondu najwyraźniej opuszczone:

...dotarli do dziedziny   z dawna uprawnej;
przez kwieciste polany   i piękne pola
zdążali, zastając   zupełnie puste
poręby i pastwiska   przy brzegu Narogu,
rojne niegdyś   role wśród drzew
między wzgórzami i wodą.   Motyki zapomniane
na polach porzucono,   a przewrócone drabiny
dumały w długiej trawie   dostatnich sadów;
drzewa skręcały   splątane gałęzie w ich stronę,
ukradkiem patrząc,   a uszy uginających się traw
pilnie słuchały;   choć południe paliło
i cienie skracało,   ich ciała przejął chłód.

W ten sposób dwaj wędrowcy dotarli do bramy Nargothrondu, leżącej w wąwozie Narogu:

tam stromo strzelały   silne ramiona
wzgórz, wiszące   nad bystrą wodą;
tam w szpalerze drzew   stromy szlak

wił się szeroki, wygładzony stopami,
kilofów pracą wykuty w klifie.
Wielkie tam wrota wagi niemałej
majestatyczne, z mrocznych są bali,
a próg i portal potężny z kamienia.

Schwytani przez elfów, zostali wciągnięci przez bramę, która zamknęła się za nimi:

Zgrzytnęły złowrogo zawiasy z żelaza,
Olbrzymie odrzwia z ogromnym hałasem,
z grzmotem się gromu zawarły,
a podziesiętne echa w pustych korytarzach
rozbiegły rumorem pod rusztem dachów;
przygasło światło. Potem prowadzili przybyszów
długo krętymi drogami ciemności
wartownicy, co stopy ich wiedli błądzące,
aż rozbłysł przed nimi rozchwiany blask
płonących pochodni; pomruk ich dobiegł
wielu głosów na wiec zwołanych,
więc żwawiej ruszyli. Wysoko wzniósł się dach.
Zza nagłego zakrętu zdumieni wyszli,
Ujrzeli ucichły uroczysty tłum.
Zgromadzeni zamilkli w zmierzchu zaległym
Pod sklepieniami mrocznych sufitów,
Czekając cierpliwie, w milczeniu.

Lecz w tekście *Dzieci Húrina* umieszczonym w tej książce czytamy tylko tyle (s. 125):

Wtedy wstali i opuściwszy okolice Eithel Ivrin, podążyli na południe wzdłuż brzegów Narogu, aż pewnego dnia pojmali ich zwiadowcy elfów i zaprowadzili jako jeńców do ukrytej twierdzy.
W taki sposób przybył Túrin do Nargothrondu.

Jak to się stało? Spróbuję odpowiedzieć na to pytanie.

Wydaje się niemal pewne, że całość aliteracyjnego poematu o Túrinie powstała w Leeds i że ojciec porzucił dalsze pisanie pod koniec 1924 roku lub na początku 1925 roku. Musi jednak pozostać tajemnicą, dlaczego to zrobił. Natomiast nie jest tajemnicą, czym się zajął potem: latem 1925 roku zaczął pisać nowy poemat w zupełnie innym metrum – w ośmiozgłoskowych zrytmizowanych, parzyście rymowanych wierszach – zatytułowany *Ballada o Leithian. O wyzwoleniu z pęt.* Tym samym zajął się inną z opowieści, którą po latach, w 1951 roku, opisał, o czym już wspomniałem, jako w pełni rozwiniętą, niezależną, a mimo to związaną z „ogólną historią" tematem *Ballady o Leithian* jest bowiem legenda o Berenie i Lúthien. Nad tym drugim długim poematem ojciec pracował przez sześć lat i z kolei porzucił go we wrześniu 1931 roku, napisawszy ponad cztery tysiące wersów. Podobnie jak aliteracyjne *Children of Húrin*, których miejsce zajął ten poemat, świadczy on o znacznym postępie w ewolucji legendy w stosunku do pierwotnego tekstu „Zaginionej opowieści" o Berenie i Lúthien.

Podczas tworzenia *Ballady o Leithian* ojciec napisał w 1926 roku „Zarys mitologii", przeznaczony dla R.W. Reynoldsa, jego byłego nauczyciela ze Szkoły Króla Edwarda w Birmingham, „aby wyjaśnić genezę aliteracyjnej wersji historii Túrina i smoka". Ten krótki rękopis, po przepisaniu liczący jakieś dwadzieścia stron druku, został sporządzony jako streszczenie, jest napisany w czasie teraźniejszym, zwięzłym stylem. Stał się on jednak punktem wyjścia dla kolejnych wersji „Silmarillionu" (chociaż jeszcze bez tej nazwy). Chociaż w tym tekście została wyłożona cała koncepcja mitologiczna, opowieść o Túrinie bardzo wyraźnie zajmuje w nim poczesne miejsce. Tytuł rękopisu brzmi *Szkic mitologii ze szczególnym uwzględnieniem „Children of Húrin"*, jako że taki był cel jego powstania.

W roku 1930 powstało o wiele pokaźniejsze dzieło, *Quenta Noldorinwa* („Historia Noldorów", jako że głównym tematem „Silmarillionu" jest historia elfickiego szczepu Noldorów). Wywodziło się ono bezpośrednio ze *Szkicu* i chociaż ojciec znacznie rozszerzył wcześniejszy tekst i nadał nowemu bardziej ukończony kształt, nadal widział *Quenta* jako *streszczenie*, skrót o wiele bogatszych koncepcji narracyjnych. Jasno tego dowodzi podtytuł, w którym ojciec oznajmia, że jest to „*krótka historia* [Noldorów] zaczerpnięta z «Księgi zaginionych opowieści»".

Należy pamiętać, że w owym czasie tekst *Quenta* reprezentował (choć w nieco uproszczonej formie) całość „wyobrażonego świata" mojego ojca. Nie była to historia Pierwszej Ery, jaką *Quenta* stała się później, ponieważ jeszcze nie istniały Druga ani Trzecia Era; nie było Númenoru, hobbitów i, oczywiście, Pierścienia. Historia ta kończyła się Wielką Bitwą, w której Morgoth zostawał ostatecznie pokonany przez innych Bogów (Valarów) i „wyrzucony przez Drzwi Wiecznej Nocy w Pustkę, poza Mury Świata". Na końcu *Quenta* ojciec napisał: „Taki jest *koniec opowieści* o czasach sprzed czasów na północnych obszarach zachodniego świata".

Dlatego też może się wydawać dziwne, że tekst *Quenta* z 1930 roku był jedynym ukończonym tekstem „Silmarillionu" (po *Szkicu*) sporządzonym przez mego ojca. Jak często się to działo, ewolucją jego dzieła rządziły zewnętrzne okoliczności. Później, w latach trzydziestych, pojawiła się nowa wersja w postaci pięknego rękopisu, zatytułowana nareszcie *Quenta Silmarillion, Historia Silmarilów*. Była ona, lub miała być, o wiele dłuższa niż wcześniejszy tekst *Quenta Noldorinwa*, lecz zasadnicza koncepcja dzieła jako *streszczenia* mitów i legend (które, opowiedziane ze wszystkimi szczegółami, miałyby całkowicie odmienny charakter i zakres) nie została bynajmniej zarzucona i znów została określona w tytule: „*Quenta Silmarillion*... to *historia w skrócie*, zaczerpnięta z wielu starszych opowieści; wszystkie bowiem zawarte w niej sprawy Eldarowie z Zachodu od dawna opisywali i nadal opisują w pełniejszej formie w innych historiach i pieśniach".

Wydaje się przynajmniej prawdopodobne, że koncepcja *Silmarillionu* zrodziła się w gruncie rzeczy z faktu, iż faza pracy nad tekstem z lat trzydziestych, którą można by nazwać „fazą *Quenta*", zaczęła się od skondensowanego streszczenia służącego określonemu celowi, lecz następnie na kolejnych etapach została rozszerzona i udoskonalona, aż wreszcie straciła pozory streszczenia, zachowała jednak początkową charakterystyczną „równowagę" tonu. Napisałem gdzie indziej, że „forma i styl *Silmarillionu*, mające charakter kompendium czy też streszczenia, oraz wzmianki o stojących za nim wiekach poezji i tradycyjnej wiedzy, wywołują silne wrażenie obcowania z «nieopowiedzianymi opowieściami», nawet jeśli zostaną opowiedziane; zawsze jest obecny «dystans». Nie ma narracyjnego pośpiechu ani presji i strachu wywołanego przez zaraz mające nastąpić nieznane wydarzenie. Nie postrzegamy Silmarilów tak, jak postrzegamy Pierścień".

Jednakże pisanie *Quenta Silmarillion* w tej formie zostało raptownie zakończone, i to – jak się okazało – zakończone definitywnie, w 1937 roku. Dwudziestego pierwszego września tego roku wydawnictwo George Allen and Unwin wydało *Hobbita*, a niedługo potem mój ojciec na prośbę wydawcy wysłał mu kilka swoich rękopisów, które dotarły do londyńskiego adresata piętnastego listopada 1937 roku. Wśród nich był tekst *Quenta Silmarillion* w stanie, w jakim się wówczas znajdował, kończący się w środku zdania na dole strony. Mimo że ojciec nie dysponował wtedy swoim egzemplarzem, kontynuował opowieść w formie szkicu i dociągnął ją do ucieczki Túrina z Doriathu i rozpoczęcia życia banity:

...przekroczywszy granice królestwa, zebrał wokół siebie drużynę bezdomnych i zdesperowanych ludzi, jacy w owych pełnych zła czasach czaili się na pustkowiach; a zwracali się oni przeciwko wszystkim napotkanym na swojej drodze, czy to elfom, ludziom, czy orkom.

Jest to zapowiedź fragmentu, umieszczonego w tej książce na s. 79, na początku rozdziału *Túrin wśród banitów*.

Mój ojciec miał już napisane te słowa, kiedy otrzymał z powrotem *Quenta Silmarillion* i pozostałe rękopisy; w trzy dni później, dziewiętnastego grudnia 1937 roku, zawiadomił wydawnictwo Allen and Unwin: „Napisałem pierwszy rozdział nowej opowieści o hobbitach – *Z dawna wyczekiwane przyjęcie*.

W tym momencie ciągła i ewoluująca tradycja „Silmarillionu" pisanego jako streszczenie, w stylu *Quenta*, została przerwana w pełni rozwoju na epizodzie odejścia Túrina z Doriathu. Dalsza historia pozostała przez następne lata jakby zamrożona w prostej, skondensowanej i nierozwiniętej formie *Quenta* z 1930 roku, podczas gdy wraz z pisaniem *Władcy Pierścieni* powstawały wielkie konstrukcje Drugiej i Trzeciej Ery. Lecz ta dalsza historia miała ogromne znaczenie w dawnych legendach, kończące je bowiem opowieści (wywodzące się z pierwotnej „Księgi zaginionych opowieści") mówiły o tragicznej historii Húrina, ojca Túrina, po uwolnieniu go przez Morgotha, i o zniszczeniu elfickich królestw

Nargothrondu, Doriathu i Gondolinu, o czym po wielu tysiącach lat śpiewał Gimli w kopalniach Morii:

Świat był piękny, góry zaś wysokie
W dniach dawnych, przed upadkiem
Potężnych królów z Nargothrondu
I Gondolinu, którzy teraz odeszli,
*Za zachodnie morze odpłynęli**.

Miało to być ukoronowaniem i zakończeniem całości: opowieść o klęsce Noldorów w długiej walce z potęgą Morgotha oraz przedstawienie ról, jakie odegrali w tej historii Húrin i Túrin wraz z kończącą całość opowieścią o Eärendilu, który uciekł z płonących ruin Gondolinu.

Kiedy po wielu latach, na początku 1950 roku, został ukończony *Władca Pierścieni*, mój ojciec energicznie i z pewnością siebie zajął się „Sprawą Dawnych Dni", które teraz zmieniły się w „Pierwszą Erę", i w następnych latach wydobył z ukrycia wiele starych rękopisów. Wróciwszy do „Silmarillionu", pokrył piękny rękopis *Quenta Silmarillion* poprawkami i dopiskami, lecz zaprzestał tych prac w 1951 roku, zanim jeszcze dotarł do historii Túrina, przy której w 1937 roku porzucił *Quenta Silmarillion* na rzecz „nowej opowieści o hobbitach".

Rozpoczął poprawianie *Ballady o Leithian* (wierszowanego poematu o losach Berena i Lúthien, zarzuconego w 1931 roku), która wkrótce stała się niemal nowym, o wiele lepszym poematem, lecz szybko praca nad nim ustała i w końcu całkowicie zamarła. Ojciec zaczął pisać długą sagę prozą o Berenie i Lúthien, ściśle opartą na przepisanej na nowo *Balladzie*, lecz i ten zamiar porzucił. W ten sposób nigdy nie spełnił ujawniającego się w kolejnych pisarskich próbach pragnienia opisania pierwszej z Wielkich Opowieści w kształcie, jaki chciał jej nadać.

---

* J.R.R. Tolkien *Drużyna Pierścienia*, op. cit., s. 299 (przyp. red.).

W tym samym czasie zwrócił się też w końcu ku Wielkiej Opowieści o upadku Gondolinu, wciąż istniejącej tylko w postaci „Zaginionej opowieści" sprzed około trzydziestu pięciu lat oraz jako kilka poświęconych temu stron w *Quenta Noldorinwa* z 1930 roku. Będąc u szczytu swych zdolności, zamierzał przedstawić ze wszystkimi szczegółami i uwarunkowaniami ową nadzwyczajną opowieść, którą odczytał na posiedzeniu Towarzystwa Eseistów w swoim kolegium w Oksfordzie w 1920 roku, i która przez całe życie ojca stanowiła zasadniczy składnik jego wyobrażeń o Dawnych Dniach. Szczególnym elementem wiążącym tę opowieść z historią Túrina są bracia: Húrin, ojciec Túrina, i Huor, ojciec Tuora. Húrin i Huor dostali się w młodości do elfickiego miasta Gondolin, ukrytego wewnątrz pierścienia wysokich gór, jak zostało opowiedziane w *Dzieciach Húrina* (s. 31); potem, podczas Bitwy Nieprzeliczonych Łez, ponownie spotkali Turgona, króla Gondolinu, który powiedział im (s. 47): „Teraz już droga do Gondolinu zostanie rychło odkryta, a skoro tak się stanie, będzie musiał paść". A Huor wtedy odpowiedział: „A jeśli jednak utrzyma się tylko przez krótki czas, to z rodu twego narodzi się nadzieja elfów i ludzi. To ci powiadam, panie, widząc, że śmierć nadchodzi: chociaż rozstajemy się tu na zawsze i nie spojrzę już na białe mury twego miasta, z ciebie i ze mnie zrodzi się nowa gwiazda".

Ta przepowiednia się spełniła, gdy do Gondolinu przybył Tuor, kuzyn Túrina w pierwszej linii, i poślubił Idril, córkę Turgona; ich synem był bowiem Eärendil – „nowa gwiazda", „nadzieja elfów i ludzi", który uciekł z Gondolinu. W mającej powstać prozatorskiej sadze „Upadek Gondolinu", rozpoczętej prawdopodobnie w 1951 roku, mój ojciec opisał wędrówkę Tuora i służącego mu za przewodnika elfa Voronwëgo. Przemierzając pustkowia, usłyszeli oni wołanie w lesie:

I kiedy tak czekali, wyszedł ktoś spomiędzy drzew. Ujrzeli uzbrojonego wysokiego człowieka odzianego w czerń, który w ręku trzymał dobyty miecz; zdziwili się, klinga miecza bowiem też była czarna, lecz jej brzegi lśniły jasnym, zimnym światłem.

To był Túrin, śpieszący ze splądrowanego Nargothrondu (s. 142); lecz Tuor i Voronwë z nim nie rozmawiali i „nie wiedzieli, że Nargothrond padł i że to jest Túrin, syn Húrina, Czarny Miecz. Tak oto tylko na jedną chwilę zbiegły się ścieżki tych krewnych, Túrina i Tuora, i nie skrzyżowały się już nigdy więcej".

W opowieści o Gondolinie mój ojciec doprowadził Tuora wysoko w Góry Okrężne, skąd wędrowiec mógł dojrzeć wyrastające na równinie Ukryte Miasto; tam, niestety, zatrzymał się i nie ruszył już dalej. Tak oto przy pisaniu „Upadku Gondolinu" ojciec także nie osiągnął celu; nie znamy jego późniejszej wizji ani Nargothrondu, ani Gondolinu.

Napisałem w innym miejscu, że „wraz z ukończeniem wielkiego «wtrętu» i uporaniem się z *Władcą Pierścieni*, ojciec najwyraźniej wrócił do Dawnych Dni z pragnieniem ponownego podjęcia pisania na o wiele większą skalę, które zaczął tak dawno temu „Księgą zaginionych opowieści". Nadal jego celem było ukończenie *Quenta Silmarillion*; lecz Wielkie Opowieści, ogromnie rozwinięte w stosunku do ich pierwotnego kształtu, *z których powinny się wywodzić późniejsze rozdziały*, nigdy nie zostały spisane do końca". Te uwagi dotyczą także Wielkiej Opowieści o dzieciach Húrina, lecz w tym wypadku ojciec osiągnął znacznie więcej, mimo że nigdy nie udało mu się doprowadzić dużej części późniejszej, znacznie rozszerzonej wersji, do ostatecznej, ukończonej postaci.

W tym samym czasie, kiedy wrócił do *Ballady o Leithian* oraz „Upadku Gondolinu", rozpoczął nową pracę nad „Dziećmi Húrina", ale nie nad dzieciństwem Túrina, lecz nad późniejszą częścią opowieści, będącej kulminacją jego tragicznej historii po zniszczeniu Nargothrondu. W tej książce jest to tekst od rozdziału *Powrót Túrina do Dor-lóminu* (s. 143) do śmierci bohatera. Dlaczego ojciec postąpił w ten sposób, tak odmienny od jego zwykłej praktyki zaczynania od początku, nie potrafię wyjaśnić. Lecz w tym wypadku pozostawił także wśród swoich prac wiele materiałów późniejszych, lecz niedatowanych, dotyczących okresu od narodzin Túrina do splądrowania Nargothrondu, które znacznie rozszerzył i rozwinął we wcześniej nieznaną narrację.

Lecz o wiele większa część tej pracy, jeśli nie jej całość, przypada na okres po wydaniu *Władcy Pierścieni*. W owych latach „Dzieci Húrina" stały się dla ojca główną opowieścią z końca Dawnych Dni i przez długi czas poświęcał jej wszystkie myśli. Teraz jednak trudno mu było narzucić mocną strukturę narracyjną opowieści, która stała się bardziej złożona, jeśli chodzi o postacie i wydarzenia; w gruncie rzeczy jedyny długi jej fragment to zlepek oderwanych szkiców i zarysów akcji.

A mimo to *Dzieci Húrina* w swym ostatnim kształcie to główne dzieło literackie dotyczące Śródziemia po napisaniu *Władcy Pierścieni*. Życie i śmierć Túrina są opowiedziane z przekonującą siłą i bezpośredniością, jakiej próżno szukać gdzie indziej wśród ludów Śródziemia. Dlatego też po długich studiach nad rękopisami spróbowałem w tej książce stworzyć ciągły tekst od początku do końca, nie wprowadzając do niego żadnych elementów, które nie są koncepcyjnie autentyczne.

2. Kompozycja tekstu

W *Niedokończonych opowieściach*, wydanych przed ponad ćwierćwieczem, przedstawiłem częściowy tekst długiej wersji tej opowieści, znany jako *Narn*, od elfickiego tytułu *Narn i Chîn Húrin*, *Opowieść o dzieciach Húrina*. Lecz był to tylko jeden element obszernego dzieła o zróżnicowanej treści, a sam tekst był dość niekompletny, dostosowany do ogólnego charakteru książki – opuściłem bowiem kilka sporych fragmentów (a jeden z nich był bardzo długi) tam, gdzie tekst *Narn* i jego o wiele krótsza wersja w *Silmarillionie* są bardzo podobne, albo tam, gdzie uznałem, że nie da się znaleźć odpowiedniego, „długiego" tekstu.

Kształt *Narn* w tej książce różni się zatem pod paroma względami od tekstu w *Niedokończonych opowieściach*, co wynika z o wiele dokładniejszych studiów nad tym ogromnym zbiorem rękopisów – studiów, jakim się poświęciłem po wydaniu książki. Lektura ta doprowadziła mnie do odmiennych wniosków na temat związków między niektórymi tekstami oraz ich kolejnością, głównie jeśli chodzi o nadzwyczaj zawiłą ewolucję legendy w okresie powstawania *Túrina wśród banitów*. Poniżej zamieszczam opis i wyjaśnienia dotyczące układu tego nowego tekstu *Dzieci Húrina*.

Ważnym elementem całości jest szczególny status opublikowanego *Silmarillionu*; jak bowiem wspomniałem w pierwszej części Dodatku, ojciec mój zarzucił pisanie *Quenta Silmarillion* w miejscu, do którego doszedł w chwili rozpoczęcia pisania *Władcy Pierścieni* w 1937 roku – kiedy Túrin stał się banitą po ucieczce z Doriathu. Przygotowując opowieść do druku, wiele korzystałem z *The Annals of Beleriand* (Kronik Beleriandu), początkowo „kroniki", która jednak w kolejnych wersjach rozrosła się do kronikarskiej opowieści biegnącej równolegle z kolejnymi rękopisami „Silmarillionu" i która kończyła się uwolnieniem Húrina przez Morgotha po śmierci Túrina i Niënor.

Tak więc pierwszym fragmentem, który opuściłem w wersji *Narn i Chîn Húrin* w *Niedokończonych opowieściach* (s. 56 i przypis 1)* jest opis pobytu młodych Húrina i Huora w Gondolinie; zrobiłem tak po prostu dlatego, że zostało to opowiedziane w *Silmarillionie* (s. 166–167)**. Mój ojciec napisał jednak dwie wersje: jedna była specjalnie przeznaczona na początek *Narn*, lecz została ściśle oparta na fragmencie w *Annals of Beleriand* i rzeczywiście w większości mało się od niego różni. W *Silmarillionie* wykorzystałem oba teksty, lecz tu zamieściłem wersję z *Narn*.

Drugim fragmentem, który opuściłem w *Narn* w *Niedokończonych opowieściach* (s. 63 i przypis 2), jest opis Bitwy Nieprzeliczonych Łez – z tego samego powodu; tutaj też ojciec napisał dwie wersje, jedną w *Annals*, a drugą o wiele późniejszą, lecz w dużej mierze ściśle opartą na tekście *Annals*. Ten drugi opis wielkiej bitwy znów był specjalnie przeznaczony dla *Narn* (tekst ten jest zatytułowany *Narn II*, tj. druga część *Narn*) i od razu na początku stwierdza (w tekście tej książki s. 43): „Zostaną tu zatem opisane te tylko czyny, które mają wpływ na los Rodu Hadora oraz dzieci Húrina Nieugiętego". Dążąc do tego, ojciec zachował z *Annals* tylko opis „zachodniego pola bitwy" oraz opis zastępów Fingona; dzięki temu uproszczeniu narracji zmienił bieg bitwy zrelacjonowanej w *Annals*. W *Silmarillionie* oczywiście wzorowałem się na *Annals*, choć przejąłem

---

* Wszystkie odniesienia do stron *Niedokończonych opowieści* J.R.R. Tolkiena dotyczą wydania w przekładzie Radosława Kota, Amber, Warszawa 2006 (przyp. red.).

* Wszystkie odniesienia do stron *Silmarillionu* J.R.R. Tolkiena dotyczą wydania w przekładzie Marii Skibniewskiej, Amber, Warszawa 2006 (przyp. red.).

kilka elementów z wersji z *Narn*, lecz w tej książce trzymałem się tekstu, który mój ojciec uznał za odpowiedni dla *Narn* jako całości.

Od *Túrina w Doriacie* nowy tekst jest znacznie zmieniony w stosunku do *Niedokończonych opowieści*. Istnieje tu wiele fragmentów, w większości bardzo szkicowych, dotyczących tych samych elementów narracji, lecz znajdujących się w różnych stadiach rozwoju; w takim wypadku można oczywiście przyjmować rozmaite poglądy na sposób traktowania materiału wyjściowego. Nabrałem przekonania, że układając tekst *Niedokończonych opowieści*, pozwoliłem sobie na większą swobodę redaktorską, niż to było konieczne. W tej książce zastanowiłem się ponownie nad oryginalnymi rękopisami i zmieniłem tekst, w wielu (zwykle niezbyt ważnych) miejscach przywracając oryginalne sformułowania, wprowadzając zdania lub krótkie fragmenty, które nie powinny były zostać pominięte, poprawiając parę błędów i dokonując odmiennych wyborów spośród oryginalnych wersji.

Jeśli chodzi o strukturę tekstu w tym okresie życia Túrina, od ucieczki z Doriathu do jaskini zbójców na Amon Rûdh, ojciec myślał o pewnych narracyjnych „elementach": procesie Túrina przeprowadzonym przed Thingolem; darach Thingola i Meliany dla Belega; złym traktowaniu Belega przez banitów pod nieobecność Túrina; spotkaniu Túrina i Belega. Przesuwał te „elementy" wobec siebie i umieszczał dialogi w rozmaitych kontekstach, lecz trudno mu było ułożyć z nich ustaloną „intrygę" – „dowiedzieć się, co tak naprawdę się wydarzyło". Jednak po długich dalszych studiach wydaje mi się teraz jasne, że ojcu udało się osiągnąć zadowalającą strukturę i kolejność wydarzeń w tej części opowieści, zanim ją porzucił, oraz że opowieść w znacznie ograniczonym kształcie, którą ułożyłem dla opublikowanego *Silmarillionu*, zgadza się z koncepcją mego ojca – z jedną różnicą.

W *Niedokończonych opowieściach* jest trzecia przerwa w opowieści na s. 90: urywa się ona w momencie, kiedy Beleg, znalazłszy nareszcie Túrina wśród banitów, nie umie nakłonić go do powrotu do Doriathu (w nowym tekście s. 91–94), i zostaje podjęta dopiero wtedy, gdy banici napotykają Krasnoludy Poślednie. Tę lukę zapełniłem, znów posiłkując się *Silmarillionem*, zauważywszy, że w opowieści następuje tu pożegnanie Túrina przez Belega oraz jego powrót do Menegrothu, gdzie „otrzymał od Thingola miecz Anglachel, a od Meliany lembasy". Lecz w gruncie rzeczy można wykazać, że ojciec to odrzucił, bo „tak naprawdę" Thingol dał Anglachela Belegowi po procesie Túrina, kiedy Beleg po raz pierwszy wyruszył na jego poszukiwanie. W obecnym zatem tekście Beleg otrzymuje miecz w tym momencie (s. 77) i nie mówi się tu o lembasach. W późniejszym fragmencie, kiedy Beleg wrócił do Menegrothu po odnalezieniu Túrina, w nowym tekście oczywiście nie ma wzmianki o Anglachelu, a jedynie o darze Meliany.

W tym miejscu wypada zauważyć, że pominąłem w tekście dwa fragmenty, które włączyłem do *Niedokończonych opowieści*, lecz które mają marginalne znaczenie dla narracji: jest to historia tego, w jaki sposób Smoczy Hełm znalazł się w posiadaniu Hadora z Dor-lóminu (*Niedokończone opowieści*, s. 72), oraz historia Saerosa (*Niedokończone opowieści*, s. 73). Nawiasem mówiąc, z głębszego zrozumienia związków między rękopisami wynika, że ojciec odrzucił imię „Saeros" i zastąpił je imieniem „Orgol", które przez „lingwistyczny przypadek" pokrywa się ze staroangielskim *orgol, orgel* – 'duma'. Lecz wydaje mi się, że teraz jest już za późno na usunięcie „Saerosa".

Dużą lukę w tekście przedstawionym w *Niedokończonych opowieściach* (s. 98) wypełnia nowy tekst ze stron 111–142, od końca rozdziału *O krasnoludzie Mîmie* przez *Kraj Łuku i Hełmu*, *Śmierć Belega*, *Túrin w Nargothrondzie* do *Upadku Nargothrondu* włącznie.

W tej części „sagi o Túrinie" istnieje złożony związek między oryginalnymi rękopisami, opowieścią zamieszczoną w *Silmarillionie*, oderwanymi fragmentami zebranymi w dodatku do *Narn* w *Niedokończonych opowieściach* oraz nowym tekstem z tej książki. Zawsze sądziłem, że po spisaniu Wielkiej Opowieści o Túrinie w zadowalającym go kształcie ojciec zamierzał zaczerpnąć z niej o wiele krótszą historię w – by tak rzec – „stylu *Silmarillionu*". Oczywiście do tego nie doszło; podjąłem zatem, po ponad trzydziestu latach, dziwną próbę zrobienia tego, czego on nie uczynił: napisania „silmarillionowej" wersji ostatniej wersji opowieści, lecz wywiedzenia jej z niejednorodnych materiałów „długiej wersji" – czyli z *Narn*. Jest to rozdział 21 opublikowanego *Silmarillionu*.

Zatem tekst zamieszczony w tej książce, który wypełnia długą lukę w historii z *Niedokończonych opowieści*, wywodzi się z tych samych oryginalnych materiałów, co odpowiadający mu fragment *Silmarillionu* (s. 207–217), lecz został użyty w innym celu, a ponadto opiera się na lepszym zrozumieniu labiryntu szkiców i notatek oraz ich kolejności. Wiele materiałów z oryginalnych rękopisów, pominiętych lub skondensowanych w *Silmarillionie*, jest nadal osiągalnych, lecz tam, gdzie nie było nic do dodania do wersji z *Silmarillionu* (jak w opowieści o śmierci Belega, wywodzącej się z *Annals of Beleriand*), wersja ta jest po prostu powtórzona.

W rezultacie, mimo że musiałem tu i ówdzie wprowadzić fragmenty łączące rożne szkice, w przedstawionym tu dłuższym tekście nie ma żadnych, choćby najmniejszych, zewnętrznych „wynalazków". Niemniej tekst jest sztuczny, jako że nie mogło być inaczej: tym bardziej, że ten wielki zbiór rękopisów odzwierciedla stałą ewolucję opowieści. Szkice odgrywające zasadniczą rolę w tworzeniu ciągłej narracji mogą w rzeczywistości należeć do wcześniejszego stadium. Tak więc, by posłużyć się przykładem wcześniejszego momentu akcji, pierwotny opis przybycia bandy Túrina na wzgórze Amon Rûdh, a także opisy schronienia, które tam znaleźli, i życia, które tam prowadzili, oraz efemerycznego sukcesu kraju Dor-Cúarthol, powstały, zanim pojawiła się jakakolwiek wzmianka o Krasnoludach Poślednich, a w pełni rozwinięty opis domu Mîma pod szczytem wzgórza pojawił się, zanim zaistniał sam Mîm.

Pozostała część opowieści, od powrotu Túrina do Dor-lóminu, której ojciec nadał kształt ostateczny, naturalnie odbiega bardzo nieznacznie od tekstu z *Niedokończonych opowieści*. W opisie ataku na Glaurunga w Cabed-en-Aras istnieją jednakże dwa miejsca, gdzie poprawiłem oryginalne słowa, co powinno zostać wyjaśnione.

Pierwsze z owych miejsc dotyczy geografii. Jest powiedziane (s. 169), że kiedy owego pamiętnego wieczoru Túrin wyruszył wraz z towarzyszami z Nen Girith, nie poszli prosto w kierunku smoka, leżącego po drugiej stronie wąwozu, lecz najpierw obrali ścieżkę prowadzącą ku Przeprawie na Teiglinie; „a potem, zanim jeszcze tam dotarli, skręcili w wąską ścieżkę prowadzącą na południe" i udali się w stronę Cabed-en-Aras przez las rosnący nad rzeką. Gdy się tam zbliżali, według oryginalnego tekstu owego fragmentu, „na wschodzie za ich plecami rozbłysły pierwsze gwiazdy".

Kiedy przygotowywałem ten tekst dla *Niedokończonych opowieści*, nie zauważyłem, że musi tu tkwić błąd, ponieważ z całą pewnością śmiałkowie nie poruszali się w kierunku zachodnim, lecz na wschód albo na południowy wschód, oddalając się od Przeprawy, i pierwsze gwiazdy na wschodzie musiały wzejść przed nimi, a nie za nimi. Omawiając to w *The War of the Jewels* (Wojnie Klejnotów) (1994, s. 157), przyjąłem sugestię, że „wąska ścieżka" prowadząca na południe ponownie skręca na zachód, by dotrzeć do Teiglinu. Teraz jednak wydaje mi się to nieprawdopodobne, jako że nie ma to sensu w toku opowieści, i że o wiele prostszym rozwiązaniem jest poprawić „za ich plecami" na „przed nimi", tak jak zrobiłem to w nowym tekście.

Mapa, którą naszkicowałem w *Niedokończonych opowieściach* (s. 341), by zilustrować ukształtowanie terenu, nie jest dobrze zorientowana. Z mapy Beleriandu sporządzonej przez mego ojca widać – co jest także przedstawione na mojej mapie przygotowanej do *Silmarillionu* – że Amon Obel leży niemal prosto na wschód od Przeprawy na Teiglinie („zza Amon Obel wzniósł się księżyc", s. 188), a Teiglin płynął w jarach na południowy wschód lub na południowy wschód ku południowi. Teraz naszkicowałem mapkę jeszcze raz i zaznaczyłem na niej w przybliże-

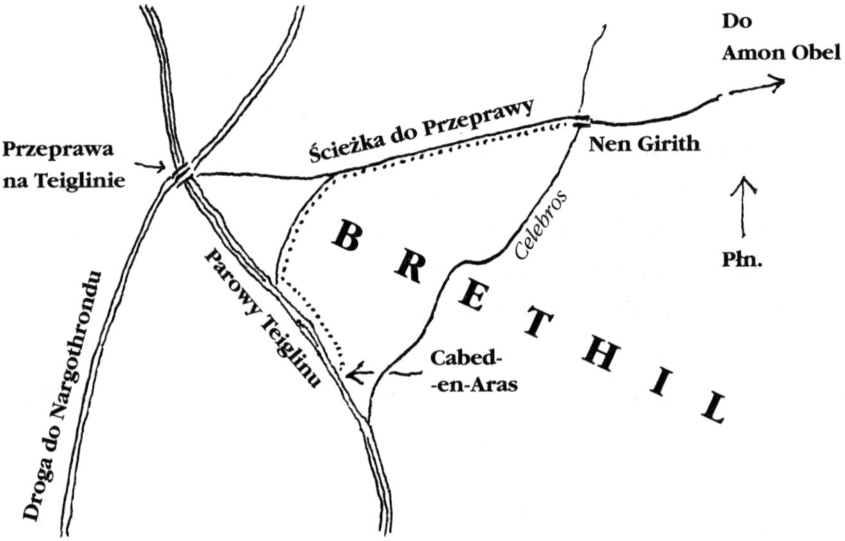

niu Cabed-en-Aras (w tekście na s. 176 jest powiedziane: „Taki właśnie parów znajdował się na drodze Glaurunga, na północ od miejsca, gdzie Celebros wpada do Teiglinu. Nie był to wcale najgłębszy z wąwozów, lecz najwęższy").

Druga kwestia dotyczy opowieści o zabiciu Glaurunga, gdy smok przekraczał parów. Istnieje szkic i wersja ostateczna. W szkicu Túrin wraz z towarzyszami wspięli się po przeciwległej ścianie parowu aż pod samą jej krawędź; trzymali się tam przez noc, a Túrin „walczył z mrocznymi, pełnymi lęku snami, w których całą siłą woli przywierał do zbocza i się go trzymał". Kiedy nastał dzień, Glaurung gotował się do przekroczenia parowu „o wiele kroków dalej na północ", Túrin musiał więc zejść na dół, do rzeki, a potem znowu wspiąć się na strome zbocze, by się znaleźć pod brzuchem smoka.

W wersji ostatecznej (s. 184) Túrin i Hunthor nie doszli jeszcze do szczytu ściany parowu, kiedy Túrin powiedział, że marnują siły, wspinając się teraz, zanim nabiorą pewności, w którym miejscu Glaurung przejdzie na drugą stronę; „zatrzymali się zatem". Nie jest powiedziane, że kiedy zaprzestali wspinaczki, zeszli na dół z miejsca, w którym się znajdowali, pojawia się natomiast fragment ze szkicu dotyczący snu Túrina, w którym „całą siłą woli kurczowo trzymał się gałęzi". Lecz w poprawionej wersji nie było potrzeby, by bohaterowie kurczowo się czegoś trzymali: mogli zejść na dno parowu i tam zaczekać, co z pewnością by zrobili W gruncie rzeczy tak właśnie uczynili: w ostatecznej wersji (*Niedokończone opowieści*, s. 105*) jest powiedziane, że nie stali na drodze Glaurunga i że Túrin „przedarł się wzdłuż nurtu pod samego smoka". Wydaje się zatem, że ostateczna wersja zawiera niepotrzebny ślad poprzedniego szkicu. W imię spójności poprawiłem (s. 185) „gdyż nie stali na drodze Glaurunga" na „bowiem nie znajdowali się na drodze Glaurunga" oraz „przedarł się wzdłuż nurtu pod samego smoka" na „przedarł się wzdłuż ściany urwiska".

Są to drobne sprawy, lecz pozwalają wyjaśnić chyba najplastyczniej wyobrażane sobie sceny z legend Dawnych Dni oraz jedno z najważniejszych wydarzeń.

---

* W wydaniu Atlantis-Rubicon, Warszawa 1994; w wersji wydawnictwa Amber odpowiednie słowa zostały pominięte (przyp. tłum.).

Spis imion, nazw własnych i geograficznych

Nazwy uwzględnione na mapie Beleriandu są oznaczone gwiazdką.

Adanedhel	„Człowiek-Elf", imię nadane Túrinowi w Nargothrondzie.
Aerina	Krewniaczka Húrina w Dor-lóminie, poślubiona przez Easterlinga Broddę.
Agarwaen	„Splamiony Krwią", imię przyjęte przez Túrina, kiedy przybył do Nargothrondu.
Ainurowie	„Święci", pierwsze istoty stworzone przez Ilúvatara, istniejące przed stworzeniem Świata: Valarowie oraz Majarów („duchy podobne w istocie do Valarów, lecz niższej rangi")*.
Algund	Człowiek z Dor-lóminu, członek bandy zbójców, do której przystał Túrin.
*Amon Darthir**	Szczyt w łańcuchu Ered Wethrin na południe od Dor-lóminu.

* J.R.R. Tolkien *Silmarillion*, op. cit., s. 44 (przyp. red.).

Amon Ethir — „Wzgórze Zwiadu", wielki kopiec wzniesiony przez Finroda Felagunda o staje na wschód od Nargothrondu.

*Amon Obel** — Wzgórze pośrodku lasu Brethil, na którym zbudowano Ephel Brandir.

*Amon Rûdh** — „Łyse Wzgórze", samotne wzniesienie w krainie położonej na południe od Brethilu, mieszkanie Mîma.

*Anach** — Przełęcz prowadząca z Taur-nu-Fuin u zachodniego krańca Ered Gorgoroth.

Andróg — Człowiek z Dor-lóminu, przywódca bandy zbójców, do której przystał Túrin.

*Anfauglith** — „Dławiący Pył", wielka równina na północ od Taur-nu-Fuin, niegdyś trawiasta i wtedy znana jako Ard-galen, lecz w Bitwie Nagłego Płomienia zmieniona przez Morgotha w pustynię.

Angband — Wielka twierdza Morgotha na północnym zachodzie Śródziemia.

Anglachel — Miecz Belega, dar Thingola; po przekuciu dla Túrina zwany Gurthangiem.

Angrod — Trzeci syn Finarfina, zabity w Dagor Bragollach.

Anguirel — Miecz Eöla.

Aranrúth — „Gniew Króla", miecz Thingola.

Arda — Ziemia.

Aredhela — Siostra Turgona, żona Eöla.

Arminas — Noldor, który przybył z Gelmirem do Nargothrondu, by ostrzec Orodretha przed niebezpieczeństwem zagrażającym twierdzy.

Arroch — Koń Húrina.

*Arvernien** — Nadbrzeżny kraj Beleriandu na zachód od Ujścia Sirionu; wspomniany w piosence śpiewanej przez Bilba w Rivendell.

Asgon	Człowiek z Dor-lóminu, który pomógł Túrinowi w ucieczce, gdy ten zabił Broddę.
Azaghâl	Władca krasnoludów z Belegostu.
Barad Eithel	„Wieża Źródła", forteca Noldorów w Eithel Sirion.
Baragund	Ojciec Morweny; kuzyn Berena.
Barahir	Ojciec Berena; brat Bregolasa.
Bar-en-Danwedh	„Dom Okupu", nazwa nadana przez Mîma swemu domowi.
Bar-en-Nibin-noeg	„Dom Poślednich Krasnoludów" na Amon Rûdh.
Bar Erib	Twierdza w Dol-Cúarthol na południe od Amon Rûdh.
Bauglir	„Ten, Który Przymusza", imię nadane Morgothowi.
Beleg	Elf z Doriathu, wielki łucznik; przyjaciel i towarzysz Túrina. Zwany Cúthalionem, dosłownie: „Mocnym Łukiem", w tekście nazywany Mistrzem Łuku.
Belegost	„Wielka Twierdza", jedno z dwóch krasnoludzkich miast w Górach Błękitnych.
Belegund	Ojciec Ríany; brat Baragunda.
*Beleriand**	Kraina położona w Dawnych Dniach na zachód od Gór Błękitnych.
Belthronding	Łuk Belega.
Bëor	Przywódca pierwszych ludzi, którzy przekroczyli granice Beleriandu; założyciel rodu Bëora, jednego z Trzech Rodów Edainów.
Beren	Człowiek z rodu Bëora, ukochany Lúthien, który wyłuskał Silmaril z korony Morgotha; zwany Jednorękim i Camlostem – „Pustorękim".

Bitwa Nieprzeliczonych Łez Patrz *Nirnaeth Arnoediad*.

Bragollach	Patrz *Dagor Bragollach.*
Brandir	Władca Ludu Halethy w Brethilu, kiedy przybył tam Túrin; syn Handira.
Bregolas	Ojciec Baragunda; dziad Morweny.
Bregor	Ojciec Barahira i Bregolasa.
*Brethil**	Las między rzekami Teiglinem i Sirionem; *Ludzie z Brethilu* – Lud Halethy.
*Brithiach**	Bród na Sirionie na północ od Brethilu.
Brodda	Easterling przybyły do Hithlumu po Nirnaeth Arnoediad.
Cabed-en-Aras	„Jeleni Skok", głęboki wąwóz rzeki Teiglin, gdzie Túrin zabił Glaurunga.
Cabed Naeramarth	„Skok Okropnego Przeznaczenia", nazwa nadana Cabed-en-Aras po tym, jak z jego urwiska skoczyła Niënor.
Celebros	Strumień w Brethilu, wpadający do Teiglinu w pobliżu Przeprawy.
Cieniste Góry	Patrz *Ered Wethrin.*
Círdan	Zwany Budowniczym Okrętów; władca krainy Falas; po zniszczeniu Przystani po Nirnaeth Arnoediad uciekł na wyspę Balar na południu.
*Crissaegrim**	Szczyty górskie na południe od Gondolinu, gdzie znajdowały się gniazda Thorondora.
Cúthalion	Dosłownie „Mocny Łuk", imię Belega.
Czarny Król	Morgoth.
Czarny Miecz	Imię Túrina w Nargothrondzie; także imię samego miecza. Patrz *Mormegil.*
Czarny Władca	Morgoth.
Daeron	Minstrel z Doriathu.

Dagor Bragollach	(także *Bragollach*) Bitwa Nagłego Płomienia, podczas której Morgoth przerwał Oblężenie Angbandu.
*Dimbar**	Kraina między rzekami Sirionem i Mindebem.
Dimrost	„Deszczowe Schody", wodospad na Celebrosie w lesie Brethil, później zwany Nen Girith.
Dor-Cúarthol	„Kraj Łuku i Hełmu", nazwa nadana obszarowi bronionemu przez Túrina i Belega z ich siedziby na Amon Rûdh.
*Doriath**	Królestwo Thingola i Meliany w lasach Neldoreth oraz obszar, którym rządzili z Menegrothu nad rzeką Esgalduiną.
Dorlas	Ważny człowiek z Ludu Halethy w lesie Brethil.
*Dor-lómin**	Obszar na południu Hithlumu, oddany przez króla Fingolfina Rodowi Hadora w lenno; siedziba Húrina i Morweny.
*Dorthonion**	„Kraj Sosen", wielka zalesiona wyżyna na północnej granicy Beleriandu, nazwana później Taur-nu-Fuin.
*Drengist**	Długi fiord przecinający Ered Lómin, Góry Echowe.
Dzieci Ilúvatara	Elfowie i ludzie.
Dziki Człowiek z Lasu	Imię przyjęte przez Túrina, kiedy pojawił się wśród ludzi z Brethilu.
Easterlingowie	Plemiona ludzi, które przybyły do Beleriandu za Edainami.
Echad i Sedryn	(także *Echad*) „Obóz Wiernych", nazwa nadana siedzibie Mîma na Amon Rûdh.
Ecthelion	Możny elf z Gondolinu.
Edainowie	(l. poj. *Adan*) Ludzie z Trzech Rodów Przyjaciół Elfów.

*Eithel Ivrin**	„Źródła Ivrinu", źródło rzeki Narog pod Ered Wethrin.
*Eithel Sirion**	„Źródła Sirionu", na wschodnich stokach Ered Wethrin; twierdza Noldorów w tym miejscu, zwana także Barad Eithel.
Eldalië	Elfowie, Eldarowie.
Eldarowie	Elfowie, którzy podjęli Wielką Wędrówkę ze wschodu do Beleriandu.
Eledhwen	„Blask Elfów", imię Morweny.
Elfy Szare	Sindarowie, nazwa nadana Eldarom, którzy pozostali w Beleriandzie i nie przebyli Wielkiego Morza w drodze na Zachód.
Eöl	Zwany Ciemnym Elfem, znamienity kowal, który mieszkał w Nan Elmoth; twórca miecza Anglachela; ojciec Maeglina.
Ephel Brandir	„Ostrokół Brandira", ogrodzona siedziba Ludzi z Brethilu na Amon Obel; także *Ephel*.
*Ered Gorgoroth**	„Góry Zgrozy", rozległe urwiska, którymi Taur-nu-Fuin opadał ku południowi; także *Gorgoroth*.
Ered Wethrin	„Cieniste Góry", „Góry Cienia", wielki łańcuch, tworzący granicę Hithlumu na wschodzie i południu.
*Esgalduina**	Rzeka w Doriacie, dzieląca lasy Neldoreth i Region, wpadająca do Sirionu.
Faelivrin	Imię, które Gwindor nadał Finduilas.
*Falas**	Nadbrzeżny kraj Beleriandu na zachodzie.
Fëanor	Najstarszy syn Finwëgo, pierwszego przywódcy Noldorów; brat przyrodni Fingolfina; twórca Silmarilów; przywódca buntu Noldorów przeciwko Valarom; zginął podczas bitwy wkrótce po powrocie do Śródziemia. Patrz *synowie Fëanora*.

Felagund	„Rębacz Jaskiń", imię nadane królowi Finrodowi po założeniu Nargothrondu i często używane osobno.
Finarfin	Trzeci syn Finwëgo, brat Fingolfina i brat przyrodni Fëanora; ojciec Finroda Felagunda i Galadrieli. Finarfin nie wrócił do Śródziemia.
Finduilas	Córka Orodretha, drugiego króla Nargothrondu.
Fingolfin	Drugi syn Finwëgo, pierwszego przywódcy Noldorów; Najwyższy Król Noldorów, mieszkający w Hithlumie; ojciec Fingona i Turgona.
Fingon	Najstarszy syn króla Fingolfina i po jego śmierci Najwyższy Król Noldorów.
Finrod	Syn Finarfina; założyciel i król Nargothrondu, brat Orodretha i Galadrieli; często nazywany Felagundem.
Forweg	Człowiek z Dor-lóminu, przywódca bandy zbójców, do której przystał Túrin.
Galdor Wysoki	Syn Hadora Złotowłosego; ojciec Húrina i Huora; zabity w Eithel Sirion.
Gamil Zirak	Krasnoludzki kowal, nauczyciel Telchara z Nogrodu.
Gaurwaith	„Wilkoludzie", banda zbójców, do której przystał Túrin w lasach za zachodnimi granicami Doriathu.
Gelmir (1)	Elf z Nargothrondu, brat Gwindora.
Gelmir (2)	Noldor, który przybył z Arminasem do Nargothrondu, by ostrzec Orodretha przed niebezpieczeństwem zagrażającym twierdzy.
Gethron	Jeden z towarzyszy Túrina w drodze do Doriathu.

*Ginglith**	Rzeka wpadająca do Narogu powyżej Nargothrondu.
Glaurung	„Ojciec Smoków", pierwszy ze smoków Morgotha.
*Glithui**	Rzeka wypływająca z Ered Wethrin i wpadająca do Teiglinu na północ od miejsca, w którym wpadała do niego Malduina.
Glóredhela	Córka Hadora, siostra Galdora, ojca Húrina; żona Haldira z Brethilu.
Glorfindel	Możny elf z Gondolinu.
*Gondolin**	Ukryte miasto króla Turgona.
Gorgoroth	Patrz *Ered Gorgoroth*.
Gorthol	„Groźny Hełm", imię przyjęte przez Túrina na ziemiach Dor-Cúarthol.
Gothmog	Przywódca Balrogów; zabójca króla Fingona.
Góry Błękitne	Wielki łańcuch górski (zwany Ered Luin oraz Ered Lindon) między Beleriandem i Eriadorem w Dawnych Dniach.
*Góry Cienia**	Patrz *Ered Wethrin*.
Góry Okrężne	Góry otaczające Tumladen, równinę Gondolinu.
Grithnir	Jeden z towarzyszy Túrina w drodze do Doriathu, gdzie zmarł.
Guilin	Elf z Nargothrondu, ojciec Gwindora i Gelmira.
Gurthang	„Żelazo Śmierci", imię, które Túrin nadał Anglachelowi po jego przekuciu w Nargothrondzie.
Gwaeron	„Wietrzny miesiąc", marzec.
Gwindor	Elf z Nargothrondu, ukochany Finduilas, towarzysz Túrina.
Hador Złotowłosy	Władca Dor-lóminu, wasal króla Fingolfina; ojciec Galdora, ojca Húrina i Huora; zabity

	w Eithel Sirion w Dagor Bragollach. *Ród Hadora* – jeden z Rodów Edainów.
Haldir	Syn Halmira z Brethilu; poślubił Glóredhelę, córkę Hadora z Dor-lóminu.
Haletha	Pani Haletha, która wcześnie została przywódczynią Drugiego Rodu Edainów, zwanego Halethrimami albo Ludem Halethy, osiadłego w lesie Brethil.
Halmir	Przywódca ludzi z Brethilu.
Handir z Brethilu	Syn Haldira i Glóredheli; ojciec Brandira.
Haretha	Córka Halmira z Brethilu, żona Galdora z Dor-lóminu; matka Húrina.
Haudh-en-Elleth	„Kopiec Panny Elfów" w pobliżu Przeprawy na Teiglinie, pod którym pochowano Finduilas.
Haudh-en-Nirnaeth	„Kurhan Łez" na pustkowiu Anfauglith.
Hírilorn	Wielki buk o trzech pniach w lesie Neldoreth.
*Hithlum**	„Kraina Mgły", północne ziemie ograniczone Górami Cienia.
Hunthor	Człowiek z Brethilu, towarzysz Túrina w wyprawie na Glaurunga.
Huor	Brat Húrina; ojciec Tuora, ojca Eärendila; zabity w Bitwie Nieprzeliczonych Łez.
Húrin	Pan Dor-lóminu, mąż Morweny i ojciec Túrina oraz Niënor; zwany Thalionem – „Niezłomnym".
Ibun	Jeden z synów Krasnoluda Pośledniego Mîma.
Ilúvatar	„Ojciec Wszystkiego".
Indor	Człowiek z Dor-lóminu, ojciec Aeriny.
*Ivrin**	Jezioro oraz wodospad u podnóża Ered Wethrin, skąd brał początek Narog.
Jeleni Skok	Patrz *Cabed-en-Aras*.

Khîm	Jeden z synów Krasnoluda Pośledniego Mîma; zabity z łuku przez Andróga.
Krasnoludy Poślednie	Rasa krasnoludów w Śródziemiu, której ostatnimi przedstawicielami byli Mîm i jego dwaj synowie.
Labadal	Imię, jakie Túrin nadał Sadorowi.
*Ladros**	Ziemie na północny wschód od Dorthonionu, nadane ludziom z rodu Bëora przez noldorskich królów.
Lalaith	„Śmiech", imię nadane Urwenie.
Larnach	Jeden z leśnych ludzi z krainy na południe od Teiglinu.
*Lasy Núath**	Lasy rozciągające się na zachód od górnego biegu Narogu.
leśni ludzie	Mieszkańcy lasów na południe od Teiglinu, łupieni przez Gaurwaithów.
Lothlann	Wielka równina na wschód od Dorthonionu (Taur-nu-Fuin).
Lothron	Piąty miesiąc roku.
Lúthien	Córka Thingola i Meliany, która po śmierci Berena wybrała śmiertelność i uczestnictwo w jego losie. Zwana Tinúviel – „córką zmierzchu", czyli „słowikiem".
Mablung	Elf z Doriathu, główny wódz armii Thingola, przyjaciel Túrina; zwany Myśliwym.
Maedhros	Najstarszy syn Fëanora, władający ziemiami na wschód od Dorthonionu.
Maeglin	Syn Eöla Ciemnego Elfa i Aredheli, siostry Turgona; zdradził położenie Gondolinu.
*Malduina**	Dopływ Teiglinu.
Mandos	Valar; Sędzia, Opiekun Domów Umarłych w Valinorze.

Manwë	Zwierzchnik Valarów; zwany Odwiecznym Królem.
Meliana	Jedna z Majarów (patrz hasło *Ainurowie*); królowa u boku Thingola, króla krainy Doriathu, którą opasała niewidzialną barierą ochronną, zwaną Obręczą Meliany; matka Lúthien.
Melkor	Quenejskie imię Morgotha.
*Menegroth**	„Tysiąc Grot", stolica Thingola i Meliany nad rzeką Esgalduiną w Doriacie.
Menel	Niebiosa, dziedzina gwiazd.
Methed-en-Glad	„Koniec Lasu", fort w Dor-Cúarthol na skraju lasu na południe od Teiglinu.
Mîm	Krasnolud Pośledni mieszkający na Amon Rûdh.
Minas Tirith	„Wieża Czat", zbudowana przez Finroda Felagunda na Tol Sirion.
*Mindeb**	Dopływ Sirionu, między Dimbarem i lasem Neldoreth.
Mistrz Łuku	Imię Belega; patrz *Cúthalion.*
*Mithrim**	Południowo-wschodni obszar Hithlumu, oddzielony od Dor-lóminu górami Mithrim.
Młodsze Dzieci	Ludzie. Patrz *Dzieci Ilúvatara.*
Morgoth	Potężny, zbuntowany Valar, początkowo największy z Potęg; nazywany Nieprzyjacielem, Czarnym Władcą, Czarnym Królem, Bauglirem.
Mormegil	„Czarny Miecz", imię nadane Túrinowi w Nargothrondzie.
Morwena	Córka Baragunda z rodu Bëora; żona Húrina i matka Túrina oraz Niënor; zwana Eledhwen – „Blaskiem Elfów" oraz Panią Dor-lóminu.
*Nan Elmoth**	Las w Beleriandzie Wschodnim; siedziba Eöla.

*Nargothrond** „Wielka podziemna twierdza nad rzeką Narog", założona przez Finroda Felagunda, zniszczona przez Glaurunga; także królestwo Nargothrondu rozciągające się na wschód i zachód od rzeki.

*Narog** Główna rzeka Beleriandu Zachodniego, mająca źródła w Ivrinie i wpadająca do Sirionu w pobliżu jego ujścia. *Lud osiadły nad Narogiem* – elfowie z Nargothrondu.

Neithan „Skrzywdzony", imię, które sam sobie nadał Túrin, gdy przystał do zbójców.

Nellas Mieszkanka Doriathu, przyjaciółka Túrina z jego chłopięcych lat.

Nen Girith „Drżąca Woda", nazwa nadana Dimrostowi, wodospadowi Celebrosu w lesie Brethil.

Nen Lalaith Strumień mający źródła u podnóża Amon Darthir, góry w Ered Wethrin, i przepływający obok domu Húrina w Dor-lóminie.

*Nenning** Rzeka w Beleriandzie Zachodnim, wpadająca do Morza obok przystani Eglarest.

*Nevrast** Obszar na zachód od Dor-lóminu, za Górami Echowymi* (*Ered Lómin*).

Nibin-noeg, Nibin-nogrim Krasnoludy Poślednie.

Niënor „Żałoba", córka Húrina i Morweny, siostra Túrina; patrz *Níniel.*

Nieprzeliczone Łzy Bitwa *Nirnaeth Arnoediad.*

Nieprzyjaciel Morgoth.

*Nimbrethil** Lasy brzozowe w Arvernien; wspomniane w piosence śpiewanej przez Bilba w Rivendell.

Níniel „Dziewczyna we Łzach", imię, które Túrin nadał Niënor w Brethilu.

Nirnaeth Arnoediad	Bitwa Nieprzeliczonych Łez, także *Nirnaeth*.
Nogrod	Jedno z dwóch miast krasnoludów w Górach Błękitnych.
Noldorowie	Drugi zastęp Eldarów w Wielkiej Wędrówce ze wschodu do Beleriandu; „Elfy Mądre", „Mądrzy".
Obręcz Meliany	Patrz *Meliana*.
Orleg	Człowiek należący do bandy zbójców Túrina.
Orodreth	Król Nargothrondu po śmierci swego brata Finroda Felagunda; ojciec Finduilas.
Ossë	Majar (patrz hasło *Ainurowie*); wasal Ulma Władcy Wód.
Pani Dor-lóminu	Morwena
Piękny Lud	Eldarowie.
Potęgi	Valarowie.
*Przeprawa na Teiglinie**	Bród, w którym Południowy Gościniec przecinał Teiglin.
Ragnir	Niewidomy sługa w domu Húrina w Dor-lóminie.
*Region**	Południowy las Doriathu.
Ríana	Kuzynka Morweny; żona Huora, brata Húrina; matka Tuora.
*Rivil**	Strumień spływający z Dorthonionu i wpadający do Sirionu na moczarach Serech.
Rok Lamentu	Rok Nirnaeth Arnoediad.
Sador	Snycerz; służący Húrina w Dor-lóminie i przyjaciel małego Túrina, który nazwał go Labadalem.

Saeros	Elf z Doriathu, doradca Thingola, wrogo nastawiony do Túrina.
*Serech**	Wielkie moczary na północ od Przełomu Sirionu, gdzie Rivil spływał z Dorthonionu.
Sharbhund	Krasnoludzka nazwa Amon Rûdh.
sindarski	Język Elfów Szarych, którym posługiwano się w Beleriandzie. Patrz *Elfy Szare*.
*Sirion**	Wielka rzeka Beleriandu, mająca źródła w Eithel Sirion.
Słomiane Głowy	Nazwa nadana Ludowi Hadora przez Easterlingów w Hithlumie.
Starsze Dzieci	Elfowie. Patrz *Dzieci Ilúvatara*.
*Stary Gościniec Południowy**	Starodawna droga wiodąca z Tol Sirion do Nargothrondu przez Przeprawę na Teiglinie.
*Stawy Półmroku**	Obszar moczarów i stawów, gdzie Aros wpadał do Sirionu.
*Strzeżona Równina**	Patrz *Talath Dirnen*.
Strzeżone Królestwo	Doriath.
synowie Fëanora	Patrz *Fëanor*. Wszystkich siedmiu synów władało ziemiami w Beleriandzie Wschodnim.
*Talath Dirnen**	„Strzeżona Równina", na północ od Nargothrondu.
*Taur-nu-Fuin**	„Las Okryty Nocą", późniejsza nazwa Dorthonionu.
*Teiglin**	Dopływ Sirionu, biorący początek w Cienistych Górach i płynący przez las Brethil. Patrz *Przeprawa na Teiglinie*.
Telchar	Słynny kowal z Nogrodu.
Telperion	Białe Drzewo, starsze z Dwóch Drzew, które dawały światło Valinorowi.

Thangorodrim	„Góry Tyranii", wzniesione przez Morgotha nad Angbandem.
Thingol	„Szary Płaszcz", król Doriathu, władca Elfów Szarych (Sindarów); poślubił Melianę z plemienia Majarów; ojciec Lúthien.
Thorondor	„Król Orłów" (por. *Powrót Króla* VI, 4: „u zarania dziejów Śródziemia budował swe gniazda na niedostępnych szczytach Gór Granicznych"*).
Trzy Rody (Edainów)	Rody Bëora, Halethy i Hadora.
Thurin	„Tajemnica", imię, które nadała Túrinowi Finduilas.
*Tol Sirion**	Wyspa w Przełomie Sirionu, na której Finrod wybudował wieżę Minas Tirith; później przejęta przez Saurona.
*Tumhalad**	Dolina w Beleriandzie Zachodnim między rzekami Ginglith i Narog, gdzie zostały pokonane wojska Nargothrondu.
Tumladen	Ukryta dolina w Górach Okrężnych, w której znajdowało się miasto Gondolin.
Tuor	Syn Huora i Ríany; kuzyn Túrina i ojciec Eärendila.
Turambar	„Pan Losu", imię przyjęte przez Túrina wśród ludzi z Brethilu.
Turgon	Drugi syn Fingolfina i brat Fingona; założyciel i król Gondolinu.
Túrin	Syn Húrina i Morweny, główny bohater pieśni zatytułowanej *Narn i Chîn Húrin*. Jeśli chodzi o jego inne imiona, patrz *Neithan, Gorthol, Agarwaen, Thurin, Adanedhel, Mormegil* (*Czarny Miecz*), *Dziki Człowiek z Lasu, Turambar.*

* J.R.R. Tolkien *Powrót Króla*, op. cit., s. 203 (przyp. red.).

Ukryte Królestwo	Doriath; także Gondolin.
Uldor Przeklęty	Przywódca Easterlingów, który został zabity w Bitwie Nieprzeliczonych Łez.
Ulmo	Jeden z wielkich Valarów, Władca Wód.
Ulrad	Członek bandy zbójców, do której przystał Túrin.
Úmarth	„Zły Los", fikcyjne imię ojca podane przez Túrina w Nargothrondzie.
Urwena	Córka Húrina i Morweny, która zmarła w dzieciństwie; zwana Lalaith – „Śmiech".
Valarowie	„Potęgi", wielkie duchy, które na początku czasu wkroczyły do Świata.
Valinor	Kraina Valarów na Zachodzie, za Wielkim Morzem.
Varda	Największa z Królowych Valarów, małżonka Manwëgo.
Wielka Muzyka	Muzyka Ainurów, z której narodził się Świat.
Wielki Kurhan	Patrz *Haudh-en-Nirnaeth.*
Wilkoludzie	Patrz *Gaurwaith.*
Władca Wód	Valar Ulmo.
Władcy Zachodu	Valarowie.
Wygnańcy	Noldorowie, którzy się zbuntowali przeciwko Valarom i wrócili do Śródziemia.
*Wysoki Faroth**	Wyżyna na zachód od rzeki Narog ponad Nargothrondem; także *Faroth.*
Wyspa Saurona	Tol Sirion.
Wzgórze Zwiadu	Patrz *Amon Ethir.*

Mapa Beleriandu i ziem na północ od niego

Mapa ta jest w dużej mierze oparta na tej zamieszczonej w opublikowanym *Silmarillionie*, która z kolei powstała na podstawie mapy sporządzonej przez mojego ojca w latach trzydziestych, nigdy niewymienionej na inną, lecz wykorzystywanej przy pisaniu wszystkich następnych tekstów. Góry, wzgórza i lasy przedstawiłem w sposób sformalizowany i z konieczności bardzo wybiórczo, a rysunki wzorowałem na stylu ojca.

Rysując tę mapę, wprowadziłem pewne różnice, mające na celu uproszczenie jej i lepsze dostosowanie do *Opowieści o dzieciach Húrina*. Dlatego nie rozciąga się ona dalej na wschód i nie obejmuje Ossiriandu ani Gór Błękitnych; pominąłem także pewne elementy geograficzne oraz (z pewnymi wyjątkami) zaznaczyłem tylko te nazwy, które występują w tekście opowieści.

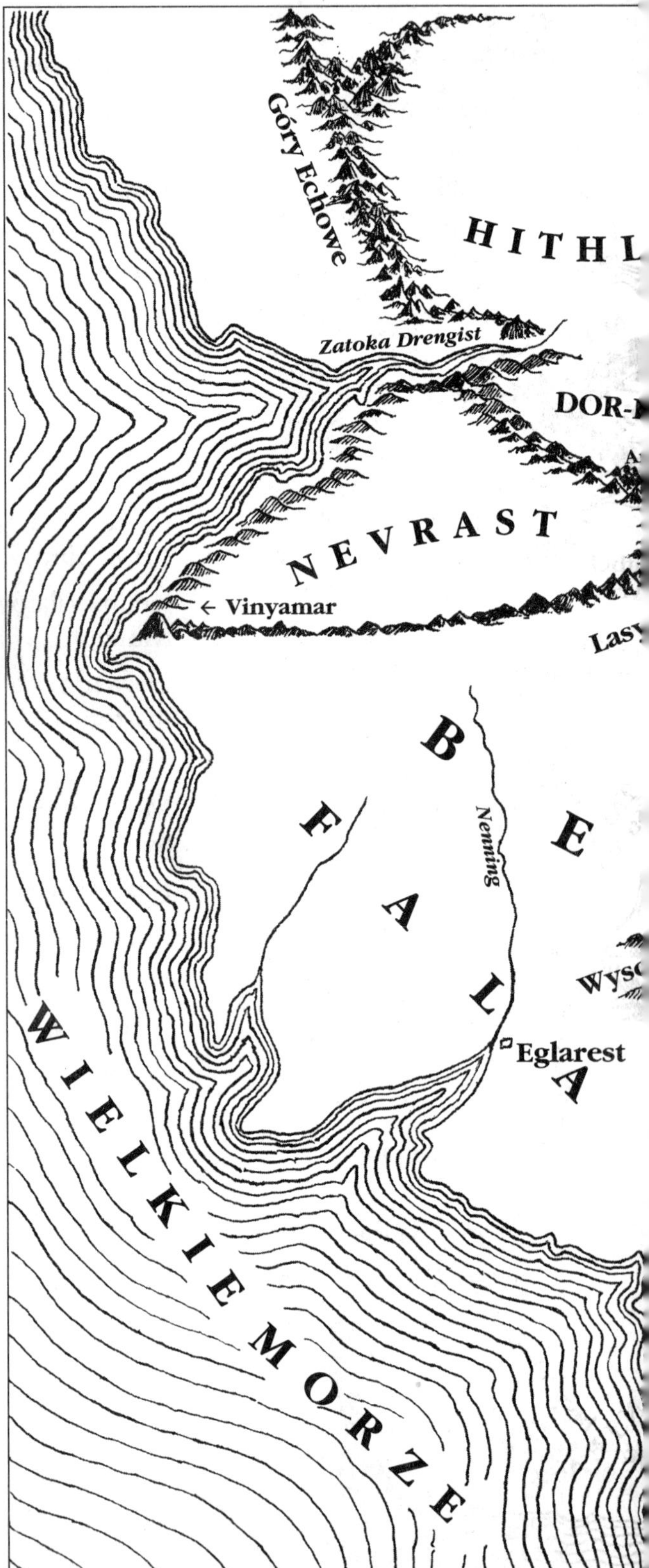

ANFAUGLITH
(Ard-galen)
Góry Cienia
Eithel Sirion
Moczary Serech
Rivil
MITHRIM
LADROS
TAUR-NU-FUIN
(Dorthonion)
Tol Sirion
Gondolin
Przeł. Anach
Crissaegrim
Brithiach
Glithui
Malduina
Teiglin
ERED GORGOROTH
DIMBAR
Mindeb
Sirion
Amon Obel
Las Neldoreth
Przeprawa na Teiglinie
BRETHIL
Stary Południowy Gościniec
Wąwozy
Esgalduina
Menegroth
NAN ELMOTH
DORIATH
Amon Rûdh
TALATH DIRNEN
(Strzeżona Równina)
Las Region
Aros
Moczary Sirionu
Stawy Półmroku
E R I A N D
Wodospady Sirionu
Bramy Sirionu
Narog
lasy Nimbrethil
Ujście Sirionu